«Ein echter Wetering-Krimi: gescheit, spannend.»
(Schweizer Woche)

Janwillem van de Wetering, geboren 1931 in Rotterdam, reiste fünfzehn Jahre lang durch die Welt und verbrachte davon 18 Monate in einem Zen-Kloster in Japan, bevor er nach Amsterdam zurückkehrte und dort zu schreiben begann. Bekannt wurde er vor allem durch die Serie um den Commissaris, dessen Adjudanten Grijpstra und den Brigadier de Gier. Inzwischen sind mehr als 20 Kriminalromane und mehrere Kurzgeschichtenbände in dieser Reihe erschienen.

Außerdem liegen in der Reihe der rororo-Taschenbücher «Der leere Spiegel» (Nr. 14708) und «Ein Blick ins Nichts» (Nr. 17936) vor.

Janwillem van de Wetering lebt in Maine und in Florida.

JANWILLEM
VAN DE WETERING

De Gier im Zwielicht

Roman

Deutsch von
Jürgen Martin

Rowohlt Taschenbuch Verlag

Neuausgabe Mai 2003

Deutsche Erstausgabe
Veröffentlicht im Rowohlt Taschenbuch Verlag GmbH,
Reinbek bei Hamburg, Mai 1993
Copyright © 1993 by Rowohlt Taschenbuch Verlag GmbH,
Reinbek bei Hamburg
Copyright © 1993 by Janwillem van de Wetering
Redaktion Jutta Schwarz
Umschlaggestaltung any.way, Barbara Hanke
(Foto: allOver / Max Dereta)
Gesamtherstellung Clausen & Bosse, Leck
Printed in Germany
ISBN 3 499 23427 0

De Gier im Zwielicht

Was immer wir uns einfallen lassen, unsere Lösungen sind nicht von Dauer: Alle taugen sie nur für das eine Gefecht, nicht für den immerwährenden Krieg zwischen Gut und Böse.

(Isaac Bashevis Singer, *Der Büßer*)

...doch fällt es den Menschen nicht einfach zu... aber es bringt sie einander näher... (aus einem Interview mit Abram de Swaan, holländischer Autor und Soziologe)

1

«De Gier hat sein Mädchen umgebracht», sagte Grijpstra, während er die Hand auf die Sprechmuschel legte. «Der Idiot hat sie irgendeinen Abhang hinuntergestoßen. War wohl besoffen oder bis über beide Ohren vollgekifft.» Es war ein sehr friedliches Bild, Grijpstra mit dem Rücken zum Fenster des schmalen, hohen Giebelhauses aus dem siebzehnten Jahrhundert – Nellies Haus – an der Rechtebomgracht in der Altstadt von Amsterdam. Hinter ihm wiegten sich Ulmenzweige hin und her, trostspendend ausgebreitete Arme eines heiligen Mannes in weiten Ärmeln aus dem dichten Gewebe zahlloser saftiger grüner Blätter. Eine Möwe strich dicht am Haus vorbei, füllte bei ihrem geräuschlosen Flug für einen Augenblick das ganze Fenster aus. Auf dem breiten Sims blühten Geranienstöcke.

«Aber doch nicht im Ernst, oder?» fragte Nellie. Sie saß vor dem Fernseher, wie fast jeden Abend. Und was sie am Abend sah, das gehörte nicht der Wirklichkeit an, was immer die Nachrichtensprecher an blutrünstigen Einzelheiten auch präsentierten. Grinsten Dämonen in Gestalt von Krankheit, Hunger, Verbrechen und Krieg noch so dreist vom Bildschirm – am Abend war alles Übel der Welt nichts weiter als Teil eines Traums.

«Aber doch nicht im Ernst, oder?» fragte Grijpstra quer über den Atlantik hinweg.

«Aber ja doch, im Ernst», sagte de Gier nervös. De Gier stand im Freien, auf der Straße und in Amerika. Schützend hielt er sich die Hand über die Augen vor dem wolkenlosen Himmel über der aufgewühlten See. Grelles Licht warf auch die unruhige Wasserfläche zurück, man durfte nicht vergessen, daß durch die unermüdliche Drehung der Erde der Tag hier an der amerikanischen Ostküste noch sechs Stunden jünger war als in Westeuropa auf dem entsprechenden Breitengrad. De Gier telefonierte vom Kai eines Fischernests, Jameson hieß es, in Maine. Das ziemlich ramponierte Münztelefon, Herzstück einer bizarren Wanddekoration aus gekritzelten und eingeritzten Telefonnummern, war an ein verwittertes Brett an der Außenwand von Jamesons einzigem Restaurant montiert. Das ziemlich heruntergekommene Holzhaus, das *Beth's Restaurant* beherbergte, hatte sich trotz allem eine gewisse Eleganz bewahrt. Ringsherum zog sich eine Galerie, schlanke und mit Schnitzerei verzierte Pfosten stützten das von Moos und Flechten überwachsene Schindeldach. Silbergrau war nun die vorherrschende Farbe, nur vom Tragewerk blätterte hellblauer Lack. Die überladene Schnitzerei war verrottet, nicht anders als die Eckpfosten, denen ihr längst verflossener Schöpfer die Form griechischer Säulen gegeben hatte: Zeugen vergangener Größe aus der Zeit, als Jameson noch ein richtiger Hafen gewesen war und richtige Werften Klipper für den Handel mit China bauten. Damals war die Stadt Mittelpunkt eines weltweiten Handels mit Bauholz gewesen, und auf den Inseln draußen schnitt man Granitblöcke aus den Felsen, um daraus die großen Städte Amerikas zu bauen. Jetzt gab es nur noch den Hummerfang, als Zugabe die Krabben (die ohnehin in die Hummerfallen gingen) und so etwas wie einen Hauch von Tourismus, eher wohl zufällig in den meisten Fällen, denn Jameson liegt weitab der üblichen Routen. In ihren Campingbussen und Wohnwagen, die sie hinter Holzzäunen versteckt haben, trifft man einige ältere Herrschaften, Ruheständler, aber das sind Zugvögel, die sich davonmachen, bevor noch die Farben des Herbstes richtig verblaßt sind. Dann sind da noch Sonderlinge, Leute «von draußen», wie es hier heißt, wie etwa Rinus de Gier, vormals Brigadier der Amsterdamer Kriminalpolizei, der seit seinem Ausscheiden aus dem Dienst zwei Jahre zuvor weder über einen festen Wohnsitz noch, dem Anschein nach, über ein geregeltes Einkommen verfügt.

«De Gier, der spielt Cowboy und Indianer, aber ganz für sich allein», sagen die Beamten der Amsterdamer Mordkommission, wenn in der Kantine das Gespräch einmal zufällig auf ihren alten Kollegen kommt. Ist es einer von der nachdenklichen Sorte, dann spricht er vielleicht von einer – natürlich – verspäteten Midlifecrisis. Denn ein Junggeselle wie de Gier, wird sich der scharfsichtige Menschenkenner an die Runde wenden, scheue doch die Verantwortung für Weib und Kind und brauche deshalb länger, um wirklich erwachsen zu werden. Kein Wunder, daß auch die Krise in der Mitte des Lebens bei so einem später stattfinde. De Gier war schon fast fünfzig gewesen, als er den Polizeiberuf an den Nagel hängte.

«Du kommst also?» fragte de Gier von der anderen Seite des Atlantiks. «Du wirst deinen alten Kumpel nicht im Stich lassen? Bitte, ja?»

«Hat Lorraine umgebracht», sagte Grijpstra, die Hand am Hörer. «Du erinnerst dich? Er hat diese Lorraine in seinem Brief an den Commissaris erwähnt. Katrien hat es dir vorgelesen. Lorraine, dieses Naturkind von der Insel nebenan?»

Nellie blendete den Ton des Fernsehers aus. Auf dem Bildschirm küßte sich ein Paar, und Nellie konnte es nicht leiden, beim Küssen zuhören zu müssen.

«Ich dachte, sie wären glücklich?» Wenn es nach Nellie ging, dann mußte die Liebe ewig dauern, nicht nur in ihrem Fall, sondern auch bei allen Leuten, die sie kannte. Sie war jetzt mit Henk zusammen, früher Adjutant bei der Kriminalpolizei und Rinus de Giers unmittelbarer Vorgesetzter – mit ihrem Henkieluvvie, der sein eigenes Detektivbüro aufgemacht hatte, hier in Nellies Haus, das einmal ein Hotel gewesen war. Nun war es geschlossen, nachdem es ihr endlich gelungen war, ihren unentschlossenen Liebsten – Henkieluvvie konnte sehr dickköpfig sein – zum Auszug aus seiner Wohnung hoch über der Looiersgracht zu bewegen. Henk hatte es schwer gehabt in der Looiersgracht, mit seiner Frau; später, ohne sie, war er dort glücklich gewesen. Das machte ihn einer Veränderung abgeneigt. Aber Nellie schaffte es schließlich, als sie sagte, er brauche ihr keine Miete zu zahlen. Er könne, wenn er wolle, von den Einnahmen ihres Hotels leben. Aber dann begann die Detektei zu florieren, und Nellie machte das Hotel zu. Immer besser hatten sich die Dinge inzwischen entwickelt.

«Umgebracht? Rinus hat...?»

Im Fernsehen wurde jetzt ein Werbespot eingeblendet. Nellie ließ das schöne Schauspielervolk verschwinden, als es gerade mit einem Kleinwagen eine Nashornherde durch die Savanne scheuchte. Es war also ernst. Rinus würde mit dem Tod dieser Frau nicht scherzen. Das war Nellie klar; es war ihr auch klar, daß Rinus in großen Schwierigkeiten steckte und ihren Henkieluvvie um Hilfe bat.

«Hast du etwa vor zu verreisen?»

«Hab ich etwa vor zu verreisen?» sprach Grijpstra in den Hörer.

De Gier auf der anderen Seite des Ozeans betrachtete die Vierteldollarmünzen in seiner Hand, dreimal so groß wie holländische Viertelgulden. Er schob ein paar davon in den Telefonschlitz. Ihre Größe ließ ihn an die Größe seines Problems denken. «Henk? Es ist alles auf den Kopf gestellt, ich bin der Verdächtige! Ich weiß nicht einmal mehr, was passiert ist. Diese Frau von nebenan, von der Nachbarinsel, Lorraine... Hat sie mich geärgert? Habe ich sie gestoßen? Flash und Bad George sagen, ich hätte. Sie muß gestürzt sein, hier auf meiner Insel, ist auf die Felsen aufgeschlagen, schwer, sie hat geblutet. Es ist ein bißchen Blut an der Stelle. Ich war gerade mit einer Sache beschäftigt, ich hatte etwas geplant, eine Art Zeremonie. Ich weiß noch, daß sie hier auftauchte und daß mich das störte.»

«Du erinnerst dich nicht, ihr etwas getan zu haben?»

«Ich war betrunken», sagte de Gier, «wie ich schon sagte, und hatte etwas Stoff genommen. Ich wollte eine Mixtur ausprobieren. Ich wollte mir eine Platte anhören, eine CD, Jazz, Miles Davis, hatte sie eben mit der Post bekommen. Es war wirklich eine Zeremonie, verstehst du, alles war geplant.»

«Aha», sagte Grijpstra.

«Lorraine hat das alles durcheinandergebracht, Henk.»

«Und da hast du sie von der Klippe geschmissen und sie unten verbluten lassen? JEsus! RiNUS!!»

«‹JEsus RiNUS!› trifft es genau», sagte de Gier. «Dann kommst du also rüber, alter Kumpel? Niemand weiß es bisher, außer Flash und Bad George. Es ist gestern abend passiert. Flash und Bad George haben Lorraines Leiche weggeschafft und mir eine Rechnung präsentiert. Wir haben ein Problem, wir werden damit fertig werden. Okay? Okay.»

«Erpressung?» fragte Grijpstra. Sehr nobel sah er aus in seinem maßgeschneiderten Anzug, blaugrau, mit Nadelstreifen, Weste. Eben war er zurückgekommen, hatte selbst eine Rechnung präsentiert. Auch da war es um Erpressung gegangen, aber er war der Gute gewesen, und die Bösen waren unschädlich gemacht. Auch seine Rechnung war recht stattlich gewesen, allerdings nicht so hoch wie die Summe, die erpreßt werden sollte. Schließlich mußte man einen Grund haben, sich einzumischen.

Einen solchen Grund sah er jetzt nicht. Wenn er nun ganz vorsichtig den Hörer auflegte, sich die Weste aufknöpfte, die Krawatte lockerte und mit hochgelegten Beinen gemütlich ein Glas trank? Wieder ein angenehmer Tag, zum Teufel mit dir, Rinus, zum Teufel mit diesem weinerlichen Stimmchen, das über den Ozean herüberdrang. Solange das Kaminfeuer heimelig brannte...

«Henk? Bist du noch da?» jammerte das Stimmchen.

«Absolut», sagte Grijpstra. «Erzähl mir von Flash und Bad George, die Zeugen waren, wie du Lorraine runtergestoßen hast.»

«Das waren sie nicht», sagte de Gier.

«Woher wissen sie dann, daß du es getan hast?»

«Das Opfer hat es ihnen gesagt.»

«Dann beschreib mir mal deine Ankläger.»

«Flash, das ist Flash Fartworth, und Bad George hat keinen anderen Namen. Sie haben ein Boot, die *Kathy III*, ein Schrottkahn, mit dem sie von Jameson aus die Inseln anlaufen, Besorgungen machen und so. Ich habe ja bloß ein Dingi, ich rufe sie über Funk, wenn irgend etwas Größeres zu transportieren ist. Wenn ich sie nicht rufe, kommen sie trotzdem, sie sind hilfsbereit, wie gutmütige Zwerge. Gewöhnlich kommen sie einmal am Tag, gestern abend hatten sie sich verspätet.»

«Dann ist es gestern abend passiert?» fragte Grijpstra.

«Sicher, alter Junge.»

«Und Flash ist auch nicht besser als *Bad* George?»

«Sie sind nicht schlecht», sagte de Gier, «sie sind eher einfältig. Du müßtest sie sehen, Flash mit seinem völlig verfilzten Haarschopf, wie ein Vogelnest sieht es aus. Und Bad George hatte einen Unfall, und irgendein Pfuscher hat sein Gesicht zusammengenäht, daß es unbeweglich wie eine Maske ist. Sie leben auf ihrem Kahn, zusammen mit ihrem Hund, *Kathy II*. Sie waren heute morgen wieder da, nachdem sie die Leiche weggeschafft hatten, um sich das Geld zu holen.»

«Sag bloß nicht, du hast bezahlt.»

«Ich sagte, daß ich gerade knapp bei Kasse wäre», sagte de Gier, «aber daß du kommen und mir aushelfen würdest.»

«Du hast mehrere Möglichkeiten», sagte Grijpstra.

«Bezahlen?» sagte de Gier. «Oder Flash und Bad George ebenfalls von der Klippe stoßen? Ins Gefängnis gehen? Das Gefängnis hier, Henk, damit ist nicht zu spaßen. Da sitzt man den ganzen Tag vor einem toten Fernseher, bis um halb sieben der Wärter kommt, um auf den Knopf zu drücken.»

«Du könntest abhauen», sagte Grijpstra, «verduften.» Er ließ die flache Hand durch die Luft streichen, bis sie aus seinem Gesichtsfeld verschwunden war. «Einfach verduften, ganz einfach.»

«Nee», sagte de Gier, «das ist es nicht. Ich muß wissen, was passiert ist.»

«Hau ab», sagte Grijpstra.

«Es wird mir auf den Fersen bleiben», sagte de Gier. «Hör zu. Ich bin hier in Jameson, Woodcock County, Bundesstaat Maine, das wirst du nicht verfehlen. Flieg über Boston. Nimm die El Al, ich hab eben angerufen, sie haben einen Flug von Schiphol um zwei heute nacht nach eurer Zeit. Von Boston gibt es eine Anschlußmaschine nach Portland, dort mietest du einen Wagen, es sind nur ein paar Stunden zu fahren.»

«Hol mich ab.»

«Geht nicht», sagte de Gier. «Es ist einfach zuviel los hier. Man beobachtet mich. Der Sheriff könnte mich zur Fahndung ausschreiben.»

«Ich schlafe ein beim Fahren», sagte Grijpstra.

«Immer noch das alte Problem?»

«Es wird schlimmer», sagte Grijpstra. «Aber ich weiß jetzt, woran es liegt. Es sind die Polypen in den Nebenhöhlen. Ich muß deshalb schnarchen, das weckt mich in der Nacht ständig wieder auf. Ich brauche ab und zu ein Nickerchen zum Ausgleich. Wenn wir länger unterwegs sind als eine halbe Stunde, dann muß Nellie den Bronco fahren.»

«Laß dich operieren.»

«Sicher», sagte Grijpstra. «Es gibt eine Warteliste, zwei Monate werden es schon sein. Du gibst mir dann Bescheid, wie es dir ergangen ist? Ich bin direkt froh, daß du das gesagt hast. Also dann, mach's gut!»

«HENK!»

«Ja.»

«Nimm den Bus von Portland nach Jameson. Es gibt einen Greyhound, aber nicht die ganze Strecke. Später ist es dann eine private Buslinie, der Fahrer kann dir das erklären.»

«Ich werde unterwegs verlorengehen», sagte Grijpstra. «Ich bin im Reisen nicht sehr geübt, Rinus. Du bist der geborene Globetrotter, nicht ich.»

«Frag den Commissaris», sagte de Gier. «Er und ich, wir waren doch einmal zusammen hier. Weißt du noch? Als wir seine Schwester nach Hause holten? Vor fünfzehn Jahren?... HALLO?»

«Ich bin jetzt allein auf mich gestellt», sagte Grijpstra.

«Tut mir leid.»

«Du solltest nicht einfach nette Frauen über Klippen schubsen», sagte Grijpstra.

«Squid Island», sagte de Gier, der sich jetzt beeilen mußte, weil sein Münzvorrat zur Neige ging. «Mit dem Rücken zu *Beth's Restaurant* ist das die zweite Insel, von der Halbinsel zu deiner Linken an gerechnet. Die Insel mit dem Haus auf einem hohen Sockel, viel Glas, ein doppeltes Dach, geschwungen und zu einer Spitze auslaufend, wie bei einer Pagode. Du kannst es nicht verfehlen. Von der Landzunge ist es in Ruderweite. Frag Beth, ihr gehört das Restaurant, wir sind befreundet, oder Aki, sie werden die *Kathy III* über CB-Funk rufen. Flash und Bad George werden dich abholen. Mach einen Bogen um den Sheriff, Hairy Harry.»

«Wie?»

«Ein Witz», sagte de Gier. «Hairy Harry hat noch nie Haare gehabt.» Durch das Fenster, nicht weit vom Telefon, konnte de Gier den Sheriff drinnen in der Gaststube sehen. Hairy Harry war ein pausbäckiger Riese mit einem völlig kahlen, spitzen Schädel, der ihn wie eine Figur aus einem primitiven Comic aussehen ließ. Hinter dem Wulst der dicken Wangen lauerten gelbgrüne Katzenaugen, immer wach, niemals freundlich. Der Sheriff war dabei, einen Hamburger mit allem Drum und Dran auf einmal in sich hineinzustopfen. Er trug ein kariertes Flanellhemd, ziemlich ausgewaschen, und

Jeans, über deren halboffenem Reißverschluß sich der Bierbauch hervorwölbte. Seine wadenhohen schwarzen Gummistiefel waren mit gelben Flicken in allen Größen ausgebessert. An einem rissigen Gürtel hing ein schmuddeliges Holster, und darin steckte ein langläufiger Magnum-Revolver. Der Sheriff hob eine Hand, um de Gier zuzuwinken, dann senkte er sie wieder, um sich den nächsten Hamburger zu schnappen. Er senkte sie noch einmal, um einen Schuß Honig in den Kaffee zu geben. Den Honig quetschte man aus einer flexiblen, transparenten Plastikflasche in Form eines Bären. Hairy Harry genoß es, den Bären in seiner Hand zu zerquetschen. Die Füße des Bären, die aus der gewaltigen rosaroten Faust ragten, sahen geradezu winzig aus.

«Keine Leiche, kein Mord», sagte Grijpstra. «Hat irgend jemand gesehen, wie du deine Lady runtergestoßen hast?»

De Giers letzte Münzen schepperten im Telefonkasten. «Nein.»

«Auch nicht Flash und Bad George?»

«Sie kamen erst später.»

«Wo ist die Leiche jetzt?»

«Sie haben sie mitgenommen. Hör zu», sagte de Gier, «das ist wirklich ein verdammter Mist. Stell dir doch mal die Situation vor: Ich probier diese Mixtur aus Whisky, Gras und Miles Davis, um high zu werden. Endlich habe ich es geschafft, da kommt Lorraine. Sie möchte beachtet werden, möchte knutschen. Ich sage: ‹Vielleicht ein andermal.› Sie gibt nicht auf. Ich stoße sie beiseite, da muß sie vom Felsen gestürzt sein. Ich gehe ins Haus. Die *Kathy III* taucht auf, mit Kathy II auf der Brücke, die wie verrückt bellt. Ich sehe das Schiff und höre den Hund, aber ich reagiere nicht. Flash und Bad George gehen an Land und finden die blutende Lorraine. Lorraine sagt, ich wäre auf sie losgegangen, hätte sie gestoßen und so weiter und so fort. Flash kommt ins Haus, aber ich bin schon nicht mehr bei Verstand. Flash nimmt eine Decke aus dem Haus, zusammen mit Bad George wickelt er Lorraine in die Decke, sie tragen sie ins Boot. Sie wollen sie nach Jameson bringen, zum Arzt, aber auf halbem Weg stirbt sie. Die *Kathy III* kehrt um, und die beiden zeigen mir Lorraines Leiche. Was nun? Ich bin noch immer nicht ganz bei Verstand. Flash schlägt vor, daß sie die Leiche irgendwo verschwinden lassen könnten. Ich sage: ‹Einverstanden.›»

«Kathy II ist ein Hund?»

«Ein kleines Wollknäuel, eine Hündin. Sie mag mich, sie mochte auch Lorraine. Vielleicht hat sie so gebellt, weil Lorraine in Schwierigkeiten war. Flash sagte, sie hätten Squid Island gar nicht angesteuert, wenn Kathy II nicht so getobt hätte. Sobald sie näher kamen, sprang das Tier über Bord und lief zu Lorraine.»

«Und wer ist Kathy I?»

«Die Mutter von Flash Fartworth. Es war schwierig mit ihr, so prophezeite er, daß sie als Hund wiedergeboren würde. Jetzt liebt er sie.»

«Er behandelt das Tier gut?»

«Kathy II ist sein ein und alles.»

«Dann ist Flash gar kein so übler Kerl?»

«Nein», sagte de Gier. «Aber er denkt, daß ich im Geld schwimme, und er hat so ein kleines Notizbuch in der Brusttasche seines Overalls und einen Bleistiftstummel, und er liebt es, Rechnungen zu schreiben. Er hat mich ganz schön ausgenommen für die Besorgungen, die ich ihn machen ließ. Aber er ist arm, und die *Kathy III* ist nicht gerade billig im Unterhalt. Es wäre ganz schön hart, wenn man hier ohne die Dienste der hilfreichen Zwerge auskommen müßte. Außerdem habe ich das Geld, nicht?»

«Was hat Flash verlangt, um die Leiche verschwinden zu lassen?»

«Zehntausend Dollar.»

«Das ist alles?»

«Okay», sagte de Gier, «aber bald wird dann die nächste Rechnung kommen, so ist das immer, Henk.»

Eine Tonbandstimme meldete sich und wollte noch mehr Vierteldollars haben.

«Ich hab keine Münzen mehr. Du kommst also, Henk? Okay? Okay.»

Grijpstras «Okay» ging in einem Klicken unter, dann summte es nur noch in der Leitung. Daß sie die Sache nicht ausgiebiger bereden konnten, spielte keine Rolle, denn er und de Gier waren Freunde. Zwanzig Jahre eines gemeinsamen Wegs, erklärte Grijpstra Nellie, das verband, schon der Dauer wegen. De Gier würde sich auf ihn verlassen. Außerdem gab es zwischen ihm und de Gier eine geistige Verwandtschaft, ein gemeinsames Ziel. Grijpstra sagte Nellie, daß so etwas schwer zu erklären sei.

Nellie half ihm beim Packen. Sie meinte, daß er sich die Erklärung sparen könne, daß sie Pfadfindergetue und Wichsträume kleiner Jungen nicht interessierten. Er brauche doch nur einen Grund, um sich für eine Weile davonmachen zu können, ja, es sei nichts als pure Abenteuerlust. Sie fand seine Pistole, eine Walther P 5, die neue Polizeiwaffe ohne Sicherung; unmöglich, daß im Umkreis von zweihundert Metern etwas heil blieb, wenn man abdrückte. Aber Grijpstra legte sie wieder an ihren Platz zwischen den langen Unterhosen. Er brauchte weder das eine noch das andere. «Damit kommt man nicht durch die Kontrollen am Flughafen, Liebes.»

«Aber könnte es nicht gefährlich werden da drüben, Henkieluvvie?»

Nellies ausladender Busen, über den sich ein rosafarbener Pullover spannte, schwappte gegen Grijpstras mächtigen Brustkorb. Es war lange her, daß Nellie sich einmal bei der Wahl zur Miss Holland versucht hatte, aber die Ausmaße ihrer weiblichen Attribute hatten die Jury schlicht überwältigt. Nellie fiel durch, doch gab es trotz allem einen glücklichen Gewinner: den lieben Gerard, Student an der Universität und ihr Zuhälter. Nellie liebte Gerard damals nicht mehr, doch kam sie nicht von ihm los. Katrien, der Frau des Commissaris, hatte sie erst kürzlich bei einer gemeinsamen Teestunde gesagt, daß Gerard und de Gier sich ähnlich seien – äußerlich und auch in ihrem Wesen, daß man sie für Zwillinge halten könnte, so unwahrscheinlich das auch klang. Man brauchte sich diese beiden identischen oder immerhin sehr ähnlichen Männer nur einmal vorzustellen, von denen der eine inzwischen tot war, der andere in den Tag hinein lebte: Beide waren sie groß, muskulös, neigten zum Philosophieren, beide trugen Kavallerie-Schnauzbärte, beiden haßten sie Fernsehen, sogar wenn es Fußball zu sehen gab. Gerard las moderne französische Autoren, und er las sie laut, Nellie zuliebe, deren Eltern kein einziges Buch besaßen. Diese «Vorlesungen» deprimierten Nellie, französische Literaten waren einfach zu klug, und beides zusammen drohte sie schließlich um ihren Schlaf zu bringen. Auch de Gier mochte diese Art Literatur, er las sie seinen Katzen vor.

«Es gibt keine absoluten Werte, Oliver.»

«Man weiß nichts wirklich, Täbris.»

De Gier war ein phantastischer Judoka. Gerard liebte das Fechten. Beide tranken sie, doch ist Disziplin nicht so sehr Sache der Zuhälter, also trank Gerard mehr. Es hatte eine Schlägerei in einer Kneipe gegeben, und Gerard – betrunken – wurde von einem Kollegen erstochen. Nellie dankte dem Himmel, als man ihn zu Grabe trug. Aber da sie nicht nur eine gottesfürchtige, sondern auch eine praktische Witwe war, machte sie ein Hotel auf, sogar mit Champagner-Zimmerservice, um die Hypothek schneller abzahlen zu können.

«Wie haben Sie denn Adjudant Grijpstra kennengelernt, meine Liebe?» hatte Katrien gefragt.

Adjudant Grijpstra von der Kriminalpolizei hatte die Untersuchung um den gewaltsamen Tod Gerards geleitet.

«Und Sie hatten nichts damit zu tun?» hatte Katrien gefragt.

Katrien war die Frau des Commissaris. Sie und Nellie saßen beim Tee in Nellies Haus.

«Ich hatte nichts damit zu tun.» Nellie lächelte. «Ich hatte nichts dagegen, aber es passierte ganz ohne mein Zutun.»

«Der Himmel hat es gefügt», sagte Katrien, die nicht glauben wollte, daß es so etwas gab, aber schließlich hatte sie diese Teeparty organisiert. Und dann gab es noch den Standesunterschied – Katrien gehörte zur feinen Gesellschaft, Nellie, die ehemalige Hure, zur unteren Mittelklasse: Katrien wollte nicht unhöflich sein.

Da Gerard tot war, konzentrierte man sich auf die Lebenden.

«Rinus ist auch nicht viel besser», sagte Nellie, «und er wäre wohl genauso schlimm geworden, wenn der Commissaris nicht auf ihn aufgepaßt hätte.»

Katrien war sich da nicht so sicher. Und auch Gerard hätte ja seinen Commissaris finden können, wenn es auch anders gekommen war.

«Weil Gerard unbelehrbar war?» fragte Nellie. «Aber keineswegs. Er wollte immer dazulernen, aber auf seine Weise. Er war nicht so ein...»

«...bewundernswert», sagte Katrien. «Sicher. Aber mein Mann, Jan, hat nie versucht, de Gier zu beeinflussen.»

«Und wenn schon», sagte Nellie. «Nehmen wir nur einmal Grijpstra, meinen Henkieluvvie! Ständig ist die Rede von Ihrem Jan. ‹Der Commissaris hat dies gesagt, der Commissaris hat jenes gesagt.›»

«Ich weiß», sagte Katrien.

«Ein Mann muß wissen, was er will.»

«Männer wissen nie, was sie wollen», sagte Katrien.

Sie lachten.

Nellie wollte noch etwas Nettes sagen. «Und de Gier hat nie Frauen für sich arbeiten lassen.»

Katrien goß Tee nach. Sie sagte, daß sie es heute bedauerte, nie ihren Beruf ausgeübt zu haben, nun, da sie zu alt und der Commissaris pensioniert war. Sie hätte als Rechtsanwältin praktizieren können, aber statt dessen hatte sie Kinder aufgezogen.

«Das ist doch schön», sagte Nellie.

«Sie mögen Kinder?» fragte Katrien.

«Ich hatte immer nur die Kunden», sagte Nellie, «und jetzt Henkieluvvie, aber manchmal hätte ich schon gern ein richtiges Baby gehabt.»

«Wirklich komisch», sagte Katrien, «ich habe Babies auch immer sehr gemocht, aber heute sehen sie für mich alle aus wie dicke, fette Würmer.»

Sie lachten.

«Wie viele Würmer hatten Sie denn?» fragte Nellie.

«Zu viele», sagte Katrien. «Und hören Sie, wohin es geführt hat: dreihundertzweiundfünfzig Niederländer pro Quadratkilometer, und drei davon sind von mir – das sind drei zuviel.»

«Wie viele Niederländer pro Quadratkilometer sollte es Ihrer Meinung nach denn geben?» fragte Nellie.

«Vielleicht keinen?» hatte Katrien gesagt.

«Es beruht auf Gegenseitigkeit», erklärte Grijpstra Nellie. Er redete darüber, was für eine wundervolle Sache eine Männerfreundschaft sein konnte, und über absolutes Vertrauen, über Treue, über die verschworene Ritterschar. Er mußte nur mit den Fingern schnipsen, das war alles – schon würde de Gier auf der Bildfläche erscheinen, mit einer feuerspeienden Uzi würde er aus dem Schrank gehüpft kommen. Sobald man ihn brauchte.

«Hilf ihm aber nicht umsonst», sagte Nellie, «dieser Typ hat die Taschen voll.» Sie boxte Grijpstra gegen die Brust. «Wie kommt es, daß er so viel Geld hat?»

«Eine Erbschaft vielleicht?» sagte Grijpstra. «Seine Mutter?»

«Bitte», sagte Nellie.

Grijpstra überragte Nellie wie ein Turm. «Zuerst starb seine Mutter, dann seine Schwester, der Krebs hat sie aufgefressen, also hat er das Haus der Mutter samt ihrer Ersparnisse und die Sammlung antiker Stickereien der Schwester bekommen, die er versteigern ließ. Dann belauschte er einige Anlagespezialisten im Fahrstuhl und landete einen Coup an der Börse. Hat eben Glück, der Rinus?»

«Sicher», sagte Nellie. Es hatte keinen Sinn, ihm in den Ohren zu liegen. Wie oft mußte ein armer Schlucker seine Barschaft multiplizieren, um den Fahrpreis bis ans östliche Ende der Welt, nach Neuguinea, bezahlen zu können – wo immer dieses Neuguinea auch war –, um dort für fast zwei Jahre zu bleiben, dann einmal hier-, einmal dorthin zu fliegen, für ein Wochenende in Amsterdam aufzutauchen, nach Amerika hinüberzuhüpfen, Fotos zu schicken: de Gier im Sportwagen (Wo konnte man Sportwagen mieten?), de Gier auf dem Motorrad (Wo mietete man Motorräder?), de Gier im nagelneuen Safarianzug, immer irgendeine Schönheit an der Seite (auch Schönheiten sind recht kostspielig). Und wer hat je von einem Spieler gehört, der seinen Gewinn nicht wieder verspielte?

«De Gier hat in Neuguinea viel Geld gemacht», sagte Grijpstra. «Er hat für Metery, den Polizeichef in Port Moresby, gearbeitet. Diese diffizile Japaner-Sache, dieser Mord. Erinnerst du dich an die Telefaxbriefe?»

Nelly lächelte milde. Sie war eine Hure gewesen, und Huren sind schlau. Seit wann wurden Polizeibeamte, die in Dritte-Welt-Länder ausgeliehen werden, gut bezahlt?

«Du bist eifersüchtig», lachte Grijpstra und hätte fast einen Kinnhaken bekommen. Er konnte Nellies Linke gerade noch abwehren. «Pah!» giftete Nellie. Grijpstra tat es leid, er verfiel in die gewohnte Rolle des väterlichen Beschützers. Er rieb seine Wange an ihrem Kopf. Und Nellie war die zur Vergebung bereite Tochter. Dieses Spiel spielten sie sehr gut. «Henkieluvvie.»

«Liebes», sagte Grijpstra, der sich nun erinnerte, wie ähnlich Gerard und de Gier sich waren. Immer wieder vergaß er, daß Nellie de Gier nicht ausstehen konnte. «Tut mir leid, Liebes.»

Der El-Al-Angestellte am Telefon hatte ihm gesagt, er solle sich möglichst früh am Abfertigungsschalter einfinden. Nellie saß hinter dem Lenkrad von Grijpstras wuchtigem Bronco, als sie zum Amsterdamer Flughafen fuhren. Sie liebte es, die Kraft des starken Motors zu spüren und hoch über der Straße zu thronen. Und sie haßte es zu tanken, wenn sie dann an der Tanksäule stand und zusehen mußte, wie der Betrag zur astronomischen Summe anwuchs. «Dieses Auto macht uns arm.»

Grijpstras Argument war immer, daß so ein stattliches Auto immer noch billiger kam als ein Rollstuhl, daß man die gefährlichen Straßen und Gassen Amsterdams immer noch am besten in einem Panzerwagen bewältigte. Außerdem brauchte er das dicke Auto, um die Kundschaft zu beeindrucken, so, wie er auch Nellies Giebelhaus aufmöbelte, um die richtigen Leute anzuziehen.

«Was du an Geld ausgegeben hast!»

Soviel war es wohl gar nicht, und entscheidend war doch, was man dafür bekommen hatte: sorgfältig ausgebesserte und frischgestrichene Fensterbänke, Ziegelmauern ohne Lücken und mit frischer Lasur, neue kupferne Dachrinnen und Rohre, die das Regenwasser in die richtigen Bahnen leiteten; dann der Engel mit seiner Trompete oben am Giebel, der durch den Sandstrahler seine alte Pracht zurückerhalten hatte, die neuen eichenen Treppen, die Fußböden aus Hartholz, die weißgetünchten Wände, die Balken und Pfosten abgeschliffen und ebenfalls neu gestrichen, alles von den besten Handwerkern der Stadt.

«Und nichts umsonst.»

«Leben wir jetzt nicht in einem Palast?»

«Wir müssen eine Menge Schulden haben.»

«Und habe ich nicht das Kellergeschoß ganz allein hergerichtet?»

«Aber warum nur, Henkieluvvie? Ich dachte schon, du würdest einen Herzanfall kriegen, dieses Zementgießen, alles hast du allein in den Keller getragen. Warum hast du mich nicht helfen lassen?»

Es hatte ihm Spaß gemacht, den Keller ganz allein zu renovieren.

«Und nur, um diese alten Akten zu lagern. Diese schmutzigen alten Kartons.»

«Jeder Detektiv braucht ein Archiv.»

«Bist du sicher, daß unser Geld auch reicht, Henkieluvvie?»

Sicher. Er hatte Ersparnisse. Er verdiente inzwischen ganz ordentlich. Sicher, es gab keinen Grund zur Besorgnis. Er versuchte, in Kopfstimme die Melodie zu singen: *Be happy, don't worry.*

Sie machte sich keine Sorgen, aber ging sein Geschäft wirklich so gut? Die Rechnungen, die er seinen Kunden schrieb, waren ganz ordentlich.

«Und deine Frau, die Kinder?»

Grijpstras Frau war Haushälterin im Landhaus ihrer reichen Schwester, irgendwo draußen. Die – mißratenen – Kinder lebten von der Wohlfahrt. Wenn er ihnen Geld gab, dann würden sie auch das verpulvern.

«Und Rickie auf der Marineakademie?»

Nichts als Einsen. Ein Stipendium also. Für Rick war gesorgt.

Nellie seufzte. Das Ticket der El Al, das er, ohne lange zu überlegen, gekauft hatte, ging auf Kreditkarte und mußte am Ende des Monats bezahlt werden; auch das war nicht billig. «Du wirst das Geld von Rinus zurückverlangen?»

Sicher.

«Du wirst mich jeden Tag anrufen?»

Kannst du wetten.

«Das wird aber teuer.»

Nicht zum Nachttarif.

«Am frühen Morgen?»

Sicher.

«Aber du schläfst doch immer am frühen Morgen.»

Ach, liebe Nellie, nun mach's mal gut.

2

Es war der übliche Erster-Klasse-Flug mit allen Schikanen, aber es war harte Arbeit, erst einmal an Bord zu kommen. Mitternacht war vorüber, und die Abflughalle von Schiphol war leer bis auf die eindrucksvoll uniformierten Beamten der Militärpolizei und israelische Geheimdienstleute in Jeans und lässigen Jacken. Die junge Angestellte hinter dem Schalter fragte Grijpstra, warum er denn unbedingt El Al fliegen wolle. Sie sah ihn aufmerksam an.

Grijpstra sagte den Satz: «Ich bin kein Jude.»

Er dachte an Grijpstra senior, damals während des Kriegs, wie er bestürzt nach Hause kam: Deutsche Soldaten hatte er gesehen, wie sie auf dem Dam mitten in Amsterdam die jüdischen Mitbürger zusammentrieben. Auch der Vater mußte seinen Ausweis vorzeigen. Da hatte er es gesagt. «Ich bin kein Jude.»

War es ein Fehler?

«Sie haben es gesagt», sagte das El-Al-Mädchen, «ich hatte Sie nicht gefragt.»

«Ich habe Ihre Gedanken gelesen», meinte Grijpstra. «Ich bin Privatdetektiv, Juffrouw, ich tue das bisweilen. Ich habe einen Freund in Amerika, der in Schwierigkeiten steckt. Ich will mich um ihn kümmern.»

Das Mädchen warf einen Blick auf den Computerbildschirm. «Darum haben Sie so kurzfristig gebucht?»

«Ja, Juffrouw.»

«Und was hat Ihr Freund für Probleme?»

«Psychologische Probleme.» Grijpstra grinste. «Die Großmutter meines Freundes ist Jüdin.»

Sie lächelte zurück. «Was haben Sie nur immer mit den *Juden?*»

«Es ist, weil Sie so besorgt sind», sagte Grijpstra. «Sie möchten nicht, daß Ihr Flugzeug in die Luft gesprengt wird, Sie möchten wissen, ob ich okay bin.»

«Und sind Sie okay?» fragte das Mädchen.

«O ja», sagte Grijpstra.

«Also, was hat Ihr Freund für Probleme?»

Grijpstra seufzte. «Geld, vielleicht?»

«Er hat kein Geld?»

«Er hat ganze Berge davon», sagte Grijpstra. «Er hat ausgesorgt. Das ist ganz schön hart, wenn man sich nicht mehr sorgen muß.»

«Ist Ihr Freund religiös?»

«Nein», sagte Grijpstra.

«Manchmal hilft das.»

«Sind Sie religiös?» fragte Grijpstra.

«Nein», sagte das Mädchen, «aber mein Mann. Er sagt, er müßte sich dem Rätsel stellen, von Angesicht zu Angesicht. Tun Sie das auch?»

«Es macht mich wahnsinnig», sagte Grijpstra.

«Haben Sie auch einen Berg von Geld?»

«Einen ganz kleinen», sagte Grijpstra.

«Also haben Sie auch ausgesorgt?»

«So etwa», sagte Grijpstra, «aber das macht mich nicht wahnsinnig. Schönheit macht mich wahnsinnig. Ich versuche sie festzuhalten, indem ich Enten male, die mit den Füßen nach oben in den

Grachten schwimmen. Oder ich versuche die Schönheit beim Schlagzeugspielen einzufangen.»

«Und haben Sie es geschafft?»

«Nein», sagte Grijpstra. Er sagte auch, daß er keine Waffen und keinen Sprengstoff bei sich hätte, daß er auch kein Paket von irgendeinem Fremden angenommen hätte. Sie kontrollierte sein Gepäck nicht.

«Sie glauben mir?» fragte Grijpstra.

«Ein wenig», sagte das Mädchen. Sie lächelte. Sie sah wie eine Ägypterin aus. Grijpstra glaubte, sie schon einmal gesehen zu haben, als Skulptur inmitten von Hieroglyphen in einem Museum. Langes schwarzes Haar hatte sie, olivfarbene Haut, sehr große Augen und weiche, volle Lippen. Er fragte sie. Sie sagte, daß ihre Familie aus Ägypten stammte.

Die Boeing rollte zur Startbahn, begleitet von zwei gepanzerten Wagen, auf denen Maschinengewehrtürmchen montiert waren. In der Kabine fing gerade der Film an, Robert Redford in Kuba. Grijpstra sah ihn sich an, während er aus dem Kopfhörer Musik aus dem anderen Kanal hörte: Bill Evans am Klavier, Eddy Gomez am Baß. Die rechte Hand des Klavierspielers setzte sich durch, fast wie ein Hornsolo, und der Baß – Grijpstra kam es vor, als wäre sein Steg etwas nach oben verrückt, so daß sich diese celloartigen Töne ergaben – antwortete auf die Fragen des Klaviers, so ein bißchen, um dann mit eigenen Fragen zu parieren, so daß die Harmonik immer reicher und komplizierter wurde. Robert Redfords tropische Landschaft war sowohl romantisch als auch schrecklich, je nachdem, ob die Kamera auf das schöne Publikum an den strahlend sauberen Stränden oder auf die propellergetriebenen Kampfflugzeuge gerichtet war, die das schöne Publikum an den schönen Stränden unter Beschuß nahmen. Grijpstra mochte die Häuser im kubanischen Stil und auch die glutäugige Schauspielerin, die nun in ein Duett mit Robert Redford einstimmte: Verkörpert wurde sie durch Mr. Gomez' Baß, während Redfords wohlproportioniertes Profil sich in den einfühlsamen Klängen des Jazz-Pianos widerspiegelte. Die schöne Schauspielerin hatte allen Grund, auf ihr Land stolz zu sein, und gastfreundlich, wie sie war, hielt sie mit nichts zurück. Grijpstra schlief und sah Lorraine vor sich, die an de Giers Seite durch die magische Welt der Küste von Maine wandelte. Mit einem erstickten

Schrei wachte er auf, als man die Unglückliche über eine Klippe stieß.

3

Der Commissaris, ein altes, zerknittertes, dünnes Männchen, dachte über das Leben nach, das er nun führte – *otium cum dignitate*, so nannte man das –, während er seine Knie betrachtete, die aus dem Schaumbad ragten wie Inseln aus einem Meer. *In Ehren entlassen*, nichts anderes bedeutete es, nur eben auf lateinisch. In goldenen Buchstaben war es auf dem Mahagonischildchen zu lesen, das ihm Amsterdams Polizeichef bei seiner Pensionierung überreicht hatte, nach vierzig Jahren, in denen der Commissaris als Chef der Kriminalpolizei die Krone repräsentiert und dem Volk gedient hatte. Katrien saß, eingewickelt in ein Badetuch, auf einem Stuhl neben der Wanne und paßte auf ihren Liebsten auf. Die Haare hatte sie auf Lockenwickler gedreht. Der Commissaris hatte seine letzten Haare längst verloren, mit Ausnahme des dünnen Flaums auf seiner Brust. Katrien runzelte die Stirn. «Was sagst du da? De Gier schubst keine Frauen von Klippen herunter? Was *weißt* du überhaupt? Du kennst nicht einmal die Geschichte mit den Schnürstiefeln.»

Der Kopf des Commissaris am einen Ende der Wanne verschwand, dafür tauchte am anderen ein Fuß aus dem Wasser. Der Fuß näherte sich den Wasserhähnen. Der große Zeh machte sich am Warmwasserhahn zu schaffen. Fuß und Zeh verschwanden wieder. Der Kopf kam wieder zum Vorschein.

«Laß das sein», sagte Katrien. «Mein Vater hat das auch gemacht. Dabei starb er, es war ein Herzanfall. Und meine Mutter dachte, er würde Spaß machen.»

Der Commissaris wusch seine Brille ab und reichte sie Katrien.

«Was...»

«Bitte trockne sie ab», sagte der Commissaris.

Sie tat es, beugte sich dann zu ihm hinüber und setzte ihm vorsichtig das Brillengestell über Nase und Ohren. «Gut so?»

«Danke fürs Abtrocknen», sagte der Commissaris. «Ich wünschte, du hättest nicht diese Dinger auf dem Kopf, Liebe.»

«Wer sagt, daß du mich anschauen sollst?» sagte Katrien. «Nellie hat recht. De Gier zeigt sein wahres Gesicht, jetzt, wo er tun und lassen kann, was er will. Du hättest es schon früher sehen können, aber du wolltest nicht, natürlich. Denk doch nur einmal an Rinus' Lebenswandel, all diese Frauen...»

«Ah.» Der Commissaris lächelte.

«Ja!» sagte Katrien. «Aber nun ist es zu spät, Jan. Wenn ich Rechtsanwältin geworden wäre, wie ich es vorhatte, dann hätten wir ein Verhältnis haben können. Wir hätten ein Paar sein können, ohne zusammenzuleben. Dann hättest du Katzen gehabt wie diese Oliver und Täbris, und Frauen wie diese, wie hieß sie nur...»

«Esther?»

«Kann mich an den Namen nicht erinnern», sagte Katrien, «Rinus hatte so viele. Diese Polizistin aus Friesland mit ihrem Motorrad, die auf einem Rad fahren konnte. Sie hatte so lange Beine...»

«Hylkje?»

«Gleich fängst du an zu sabbern!»

«Worauf hättest du dich spezialisiert als Anwältin?» fragte der Commissaris. «Vermögensangelegenheiten? Das hätte dir sicher gefallen, Katrien. Solche Anwälte verdienen auch ein Vermögen. Du hättest mich aushalten können.»

«Ja», sagte sie. «Du wärst viel glücklicher gewesen, allein für dich. Du wärst frei gewesen, wie Rinus. Hättest Bücher lesen können, die du nicht verstehst. Ich wäre dir nicht immer im Weg gewesen. Hättest diese lächerliche Minitrompete spielen können.»

«Immer noch besser als seine Flöte, oder?»

«Ja», sagte Katrien. «De Gier hört sich auf der Trompete viel besser an. Aber wohin haben ihn seine Hirngespinste gebracht? Na? Daß er diese arme Frau töten mußte?»

«Was ist das mit den Schnürstiefeln?» fragte der Commissaris. «Und warum gehst du so hart mit ihm ins Gericht? Du magst Rinus, Katrien. Du hast ihm Weihnachten Schokolade geschenkt. Du hast für ihn indonesische Nudeln mit Krabbenmehlchips gemacht, wenn er vorbeikam, und ich mußte es auch essen. Du hast ihn zum Bleiben genötigt und zugelassen, daß er das Bad auf den Kopf stellte. Du bist nicht von seiner Seite gewichen. Du hast mich eifersüchtig gemacht.»

«Weißt du, was er geschrieben hat?» sagte Katrien. «Daß Amerikaner aus der Gegend diese Küstenlandschaft in Maine ‹Zwielicht-land› nennen. Daß es eine wirklich merkwürdige Gegend sei. Daß es die richtige Gegend sei, um sich davonzumachen. Davonmachen von was, Jan?»

«Davon, als Rheumakranker in einem kalten Bad zu liegen», sagte der Commissaris. Mühsam bekam er Boden unter die Füße und reckte die Hände seiner Frau entgegen. Sie fing ihn auf, als er aus der Wanne stieg, wickelte ihn in ein Tuch und rieb ihn trocken. «Besser jetzt?»

«Heißes Wasser spült immer ein bißchen davon weg», sagte der Commissaris. «Die Schnürstiefel?»

Katrien erzählte ihm die Geschichte, die sie von Nellie gehört hatte. Nellie hatte sie von Grijpstra. («Nellie Plappermaul», sagte der Commissaris, «kein Wunder.» – «Wieso kein Wunder, Jan?» – «Vergiß es, Katrien.») Grijpstra hatte sie von de Gier selbst gehört.

Grijpstra und de Gier, beide noch im Dienst, aber schon am Überlegen, ob sie aufhören sollten, hatten einen Abend in ihrer Lieblingsbar verbracht, wo man sich unter die Musiker mischen konnte, meistens Pianisten und Schlagzeuger. Man hatte *Endless Blues* gespielt, ein Stück, das de Gier selbst komponiert hatte. Ein Stück, das sich auf eindrucksvolle Weise von Chorus zu Chorus steigerte, sogar von einem Abschnitt eines Chorus zum nächsten. («Du solltest Covertexte schreiben, Katrien.» – «Du willst es zu Ende hören, Jan? – «Ja, Katrien, entschuldige.») Grijpstra sang noch dazu, ein wirklich heißer Scatgesang. («Grijpstra spielt doch Schlagzeug, dafür braucht man immerhin schon Hände und Füße. Jetzt singt er auch noch?»)

Katrien seufzte.

Sie waren jetzt im Schlafzimmer angelangt. Der Commissaris ließ sich aufs Bett fallen, richtete sich noch einmal auf, um Katrien zu küssen, legte sich wieder zurück. «Mach weiter.»

«Kommandier mich nicht herum!... Also, Grijpstra sang, dazu schlug er diesen langen, immer lauter werdenden Trommelwirbel, spielte auch die kleine Trommel, ließ das Glockenspiel läuten. Er machte wirklich alles.»

«Du warst dabei?»

«Natürlich.»

«Du hast es mir nie erzählt.»

«Es gibt eine ganze Menge, was ich dir nie erzähle», sagte Katrien. «Ich war mit Nellie da. Du warst in New York, bei einem Polizeikongreß.»

«Ich gehe niemals auf Polizeikongresse.»

«Ja», sagte sie. «Bitte, red keinen Unsinn, Jan. Denk doch an diesen Polizisten der Reserve, dessen Onkel nach Amerika ausgewandert ist und im Central Park durch einen Stromschlag ums Leben kam. Niemand hat sich darum gekümmert, aber es war sein Lieblingsonkel, und der arme Kerl war ohne Eltern aufgewachsen. So war er völlig aufgelöst und bat dich, etwas zu unternehmen. Und du hast gesagt, daß New York nicht unbedingt in deiner Zuständigkeit läge, aber dann hörtest du von dem Kongreß, bist hingefahren und hast herausgefunden, wer es getan hat. Und dann der Blindenhund, der mit dem Drüsenproblem? Um den du dich dann auch noch kümmern mußtest? Und der Pathologe und das tote Mädchen im Kofferraum eines Wagens? Mit den Maden auf dem Mund?»

«Ja», sagte der Commissaris, «und wir dachten alle, es wäre Spucke. Und du bist mit Nellie durch die Stadt gezogen?»

«Und de Gier war so allein», sagte Katrien. «Wirklich seltsam, wie er an jenem Abend spielte. Wie Don Cherry. Du kennst Don Cherry?»

«Ja», sagte der Commissaris. «De Gier schätzt Don Cherry sehr, darum hat er sich diese Minitrompete angeschafft. Aber de Gier spielt nicht ganz so schrill.»

«Sein Ton ist weicher», sagte Katrien, «aber an jenem Abend war das ganz anders. Er war auch laut, nicht übertrieben, mehr wie jemand, der tatsächlich leidet. Da war eine Schwarze in der Bar, die plötzlich mitmachte, und sie hat mit ihm Duett gesungen, dieses typische Hin und Her im Jazz, er fragte, sie antwortete.»

«In Worten?»

«Nur in Tönen», sagte Katrien. «Sie hatte eine wunderschöne Stimme, wie eine Glocke, manchmal auch wie ein Becken. Man glaubte, die Töne zu sehen; Nellie meinte, man könne sie greifen.»

«Hast du getrunken?»

«Nellie hatte etwas Gras mitgebracht», sagte Katrien. «Sie hat es früher selbst gezogen, weißt du noch? Im Garten hinter dem Haus? Das echte holländische, das stärkste, was es gibt.»

«Ich würde Gras rauchen», sagte der Commissaris, «nur um mehr Musik in mir drin zu hören, aber ich möchte keiner von denen sein, die nachts herumrennen, wenn alle Läden schon geschlossen sind, und verzweifelt nach ihrem Leckerbissen Ausschau halten.»

«Sicher», sagte Katrien.

«Du hast eine Menge Gras mit Nellie geraucht?»

«Wir haben beschlossen, es seinzulassen», sagte Katrien. «Nellie wird so leicht abhängig davon.»

«Du wirst nicht abhängig?»

«Erinnere dich, wie ich mir diese Codeinpillen abgewöhnt habe!» sagte Katrien. «Und vergiß nicht, wie schwer es dir fiel, mit dem Rauchen aufzuhören!»

«Schnürstiefel», sagte der Commissaris, «nun laß schon hören, Katrien.»

«Gut», sagte Katrien. «Die Bar schloß, irgendwann schließen sie immer, und die Frau mit der Glockenstimme war gegangen, sie hatte schon einen Begleiter. Nellie brachte Grijpstra nach Hause, und ich nahm ein Taxi. De Gier war wieder einmal allein, also ging er in eine andere Bar und noch eine, schließlich irgendwohin, wo man durchgehend geöffnet hat, bis er dann ganz hinüber war.»

«*Hinüber?*» fragte der Commissaris. «*De Gier?*»

«Er landete im Nuttenviertel.» Katrien verzog mißbilligend den Mund. «Dein Superdetektiv, sturzbetrunken, morgens um vier, die Vögel begannen schon zu singen. Er mußte eine Prostituierte haben, um jeden Preis, aber seine schönen neuen Schnürstiefel wollte er ausziehen, er bestand darauf. Und danach, nachdem er sich lange genug über die arme Frau gewälzt hatte und mit Hilfe der modernen Technik endlich zufriedengestellt war...»

«Das hat er dir erzählt?» sagte der Commissaris, und sein Mund blieb offen.

«Er erzählte es Grijpstra», sagte Katrien, «der es Nellie erzählte...»

«Kein Wunder», sagte der Commissaris.

Katrien kuschelte sich neben ihn aufs Bett. «Warum sagst du immer ‹kein Wunder›, Jan?»

«Weil ich so alt bin, Katrien. Aber was meinst du mit moderner Technik?»

«Einen elektrischen Apparat.»

Der Commissaris zog überrascht die Luft ein. «Für Männer gibt's das auch?»

«Ja, mein Lieber. Künstliche Vaginen. Sie pulsieren und massieren rhythmisch. Und hinterher schaltet man sie einfach aus. Nie beschweren sie sich über irgend etwas. Willst du den Rest der Geschichte hören?»

Der Commissaris seufzte.

«Nun», sagte Katrien, «de Gier ist leicht zu beeindrucken, deshalb hat er sich diese hochgeschnürten Kampfstiefel gekauft. Er hatte sie in einem Film gesehen, sie wirkten einfach umwerfend. Trug er sie, dann glaubte er sich draußen in der Wüste, im Kampf gegen die Nazis. Nachdem er zufriedengestellt war, wollte er nicht nur seine Stiefel wieder anziehen, er wollte sie auch wieder zuschnüren, um in der Sahara gegen General Rommel antreten zu können. Und die Frau half ihm in den einen Stiefel, doch dann wurde er unverschämt, und sie warf ihn raus. So machte er sich auf den Heimweg, einen Stiefel am Fuß, den anderen in der Hand.»

«Bis zu seiner Wohnung?»

«Genau.»

«Vom Nuttenviertel?»

«Ja, Jan.»

«Nicht im Taxi?»

«Er schwankte so sehr, daß kein Taxifahrer es riskieren wollte.»

«Ja», sagte der Commissaris. «Sie mögen keine Fahrgäste, die sich auf dem Rücksitz übergeben könnten. Armer de Gier. Ein Blackout. Du liebe Zeit.»

Der Commissaris schlief schlecht in jener Nacht; er warf sich hin und her, drehte und wand sich im Bett und murmelte vor sich hin.

«Wer ist d'Artagnan?» fragte Katrien, die ihn an der Schulter rüttelte.

Der Commissaris war ein Musketier gewesen, einer der drei aus Dumas' Roman, und de Gier war d'Artagnan, sein Kamerad. Und ihn hatte man angeschossen.

«Warum sprichst du deutsch?» fragte Katrien, als sie ihn wieder rüttelte.

Der Commissaris durchlebte eine Talk-Show von neuem, in der man eine Reihe älterer Deutscher – gewöhnliche Leute aus der Mittelschicht – gebeten hatte, ihr Leben einmal Revue passieren zu lassen. Sie sprachen immerzu von Fehlern und Schwierigkeiten, wenn sie zurückblickten; sahen sie nach vorn, dann gab es nichts als den Tod für sie.

«Bitte», sagte Katrien, «hör doch auf, mit deinen Füßen zu scharren. Was soll das?»

Er murmelte etwas von Hundescheiße, die er abwischen müsse. Barfuß war er durch die Stadt gelaufen, der letzte Mensch, der noch hier ausharrte. Alle anderen waren geflohen, denn die Deiche mußten jeden Augenblick brechen, die Polkappen waren durch die Erwärmung des Planeten am Schmelzen, der Meeresspiegel stieg. Auch er wollte in die Alpen, aber die Hundescheiße war ihm im Weg. Katrien machte ihm eine heiße Milch mit Honig und streute etwas Zimt darüber. Sie sah zu, wie er in kleinen Schlucken trank.

«Schon besser?»

Nicht lange darauf murmelte er wieder. «Rinus? Ich komme! Halt aus, mein Junge.»

«Tu es endlich, *mon Capitaine*», flüsterte Katrien.

Danach schlief der Commissaris ruhig und tief, und als er aufwachte, hatte er schon einen fertigen Plan. Er erklärte ihr, was er vorhatte. «Ein Tonband, das man an ein Telefon anschließen kann?» fragte Katrien. «Wo soll ich das hernehmen? Seekarten der Küstenregion von Maine? Das Tonband an Nellies Telefon anschließen? Damit sie die Gespräche mit Grijpstra aufnehmen kann? Ihr sagen, welche Fragen sie stellen soll? Bitte... Was glaubst du eigentlich, wo du bist? In deinem Büro vielleicht?»

4

«Wirklich im Handumdrehen», sagte Grijpstra. Um zwei Uhr früh hatte die El-Al-Maschine vom Flughafen Schiphol abgehoben, flog dann fünfeinhalb Stunden ruhig und stetig dahin, unterstützt von einem freundlichen Rückenwind, und als sie auf Logan Airport, Boston, wieder festen Boden unter den Rädern hatte, war es gerade ein Uhr dreißig. «*Wow*», sagte Grijpstra. Er hatte eine Zeitreise gemacht, in die Vergangenheit, und war jetzt eine halbe Stunde jünger. Er würde ein kleines Stückchen seines Lebens noch einmal durchleben können, und wenn er so weitermachte, dann würde er irgendwann wieder ein Baby sein – natürlich mit dem gesamten Erfahrungsschatz seines bisherigen Lebens. Und was würde er dann machen? Maler werden? Sich von de Gier fernhalten? Alles tun, damit er niemals in seinem Leben um ein Uhr dreißig in Boston landete, wo es niemanden gab, der ihn abholte?

Da war eine Angestellte am Schalter, die schon am Gehen war. «*Sorry*, Sir, es gibt keinen Anschluß nach Maine.» Sie blickte auf den Bildschirm. «Der erste Flug ist um elf, aber für heute und morgen ist alles ausgebucht.» Sie lächelte mitleidig. «Wir haben Hochsaison, Sir.»

«Und mit dem Bus?» fragte Grijpstra. «Bitte?»

Sie meinte, da gäbe es wohl einen um acht Uhr dreißig, aber der wäre sicher voll, dann müßte er noch umsteigen, mindestens einmal, und überhaupt würde er an die zwölf Stunden unterwegs sein, die Wartezeit beim Umsteigen nicht mitgerechnet.

«Ein Flugtaxi?» fragte Grijpstra. «Bitte?»

Bei jeder Nummer, die die Frau am Schalter wählte, meldete sich ein Tonband mit der freundlichen Aufforderung, nach dem Piepton eine Nachricht durchzugeben.

Die Angestellte ging nach Hause.

Grijpstra ging in den Erfrischungsraum.

Da war noch ein Mann inmitten der Leere zwischen den gekachelten Decken und Wänden. Auch der andere Mann tat, was Grijpstra tat: den Reißverschluß öffnen, den Dingen ihren Lauf lassen, bis es nur noch tröpfelte, schütteln, den Wasserhahn aufdrehen, die Hände anfeuchten, den Knopf für die Seife drücken, die Hände waschen, ein Papiertuch herausziehen, abreißen, rubbeln, es in den Mülleimer werfen.

«Marionetten», sagte der Mann, «das sind wir, und wir tun immer dasselbe. Routine, auf Erden und im Himmel nicht anders.» Er sah Grijpstra an. «Glauben Sie nicht auch? Daß es im Himmel nicht anders sein wird als hier drinnen? Sauber und aseptisch?» Er zeigte auf die Kachelwände um sie herum. «Kein Platz für die Sünde?»

Grijpstra fluchte.

«Sind Sie krank?» fragte der Mann. Er sah Grijpstra in die Augen. «Krank sehen Sie nicht aus. Haben Sie sich verschluckt?» Er klatschte in die Hände. «Dann los! Husten Sie, raus damit!»

«Ich habe nur geflucht», sagte Grijpstra, «auf holländisch!»

«Sind Sie aus Pennsylvania?»

«Wie bitte?»

Der Mann und Grijpstra gaben sich die Hände. Der Mann hieß Ishmael. Er sagte, er käme von The Point in Maine. Das wäre in Woodcock County. Grijpstra sagte, er wäre aus Amsterdam, das wäre in Holland. Ishmael sagte, seine Schwester hätte dorthin geheiratet, nach Kopenhagen genauer gesagt. Dort, wo dieses Gebäck fürs Frühstück herkäme.

«Wie bitte?» fragte Grijpstra.

«Diese klebrigen Dinger», sagte Ishmael. Er wußte noch mehr, über diesen dänischen Käse namens Gouda und diese Saab-Autos, die man im Preisausschreiben gewinnen konnte, und über Hans Brinker, der mit seinem Finger das Loch im Deich verstopfte.

«Wer ist Hans Brinker?»

Ishmael meinte, Hans wäre doch dieser holländische Junge, der auf den Etiketten von Farbdosen abgebildet war. Er war überrascht, daß Grijpstra den eigenen Nationalhelden nicht kannte. «Sind Sie sicher?»

Grijpstra, der ihm gern den Gefallen getan hätte, war sicher.

Ishmael wußte auch, daß die USA im Zweiten Weltkrieg gegen Holland gekämpft hatten, aber das wäre schon in Ordnung jetzt – selbst dann, wenn er Angehörige zu beklagen hätte. Er sei nicht nachtragend. Obwohl, bei den Japanern war er da nicht so sicher.

«Gegen Deutschland», sagte Grijpstra, «nicht gegen Holland, auch nicht Dänemark. Und wir Holländer haben auch gegen Deutschland gekämpft, fünf Tage lang. Dann hatten sie uns erledigt.»

«Alles schwarzweiß damals, richtig?» Ishmael schüttelte den Kopf. «Wirklich schade.»

«Ja», sagte Grijpstra, «wirklich schade.»

«Und sie haben immer noch das Sagen bei euch?»

«Sie haben sich wieder davongemacht.»

«Sie wollten euch nicht behalten?»

Inzwischen hätte man alles zusammen in einen Topf geworfen und würde es ‹Vereintes Europa› nennen, sagte Grijpstra. Man gehöre jetzt zusammen, und das wäre besser so. «Wieder ein paar Grenzen weniger.»

«Man sollte auch die kanadische Grenze abschaffen», sagte Ishmael, «und die mexikanische, wenn wir schon dabei sind. Es gibt sie sowieso nicht. Ich habe nie etwas davon gesehen vom Flugzeug aus.»

«Wie war das mit dem ‹Schwarzweiß›?» fragte Grijpstra.

«Im Film.»

«Aah.»

«Nach Korea war alles in Farbe», sagte Ishmael.

«Für uns war auch der Zweite Weltkrieg in Farbe», sagte Grijpstra. Ishmael meinte, das wäre doch phantastisch.

5

Ishmael war klein und drahtig und vielleicht fünfzig Jahre alt. Er trug eine grünliche, an den Beinen ziemlich weite Baumwollhose und eine Windjacke, beides abgetragen und ausgebleicht, und eine Baseballmütze, die aber nagelneu und von leuchtendem Grün. Das Gesicht unter dem Mützenschirm war wettergegerbt, und mittendrin prangten große, sehr weiße Zähne, die nicht so recht ins Bild paßten. Es schien, als müßte er sie festhalten, mit der Zunge vielleicht oder durch Ansaugen der Wangen, die vielleicht darum so eingefallen wirkten. Und Ishmael war Pilot. Und er war auch auf dem Weg nach Hause, und außerdem war The Point gar nicht weit von Jameson...

«Ich werde dafür bezahlen», sagte Grijpstra.

«Zweihundert?»

Weil er in Amsterdam keine Zeit gehabt hatte, noch Geld zu wechseln, besaß Grijpstra nur holländische Gulden, Hunderter, Zweihundertfünfziger und Tausender, wie sie ihm gerade in die Hände gefallen waren, bevor er ging. Er zeigte ihm die Brieftasche.

«Das ist Geld?» fragte Ishmael, als er die schönen bunten Scheine sah. Scheine in verschiedenen Größen, mit prunkvollen mittelalterlichen Porträts, stilisierten Blumen, Früchten, einem Vogel sogar, ganz zu schweigen von den Streifenornamenten und den kunstvoll gezeichneten Ziffern.

«Gulden», sagte Grijpstra. «Ein Gulden ist ungefähr ein halber Dollar. Es müßte eigentlich reichen.»

«Europäische Dollars», sagte Ishmael und schüttelte den Kopf. «Damit kann man in Maine nichts anfangen.»

Im Logan Airport war so gut wie alles geschlossen, die Wechselstube würde nicht vor neun Uhr aufmachen. Kaffeemaschinen, die gab es. Ishmael drückte ein paar Knöpfe und reichte Grijpstra dann einen Becher. Grijpstra zeigte ihm seine Diners-Club-Karte.

«Aah», sagte Ishmael. «Kann man in Maine auch nichts mit anfangen. Nicht dort, wo wir sind. Menschenleere Küsten, sonst nichts. Die Bank ist ein Lastwagen, kommt immer dienstags, akzeptiert Visa, aber nur, wenn sie einen kennen, denn sie haben kein Telefon im Auto. Und wechseln können sie nur kanadische Dollars, keine europäischen, denke ich.»

Grijpstra steckte die Kreditkarte wieder weg. «Verstehe.»

«Der Banklaster nimmt auch keine Pesos», sagte Ishmael, «nicht daß sie etwas gegen Holländer hätten, bestimmt nicht.»

«Ich *muß* nach Jameson», sagte Grijpstra. Er erzählte von seinem Freund, der dort auf seiner Insel saß, um die unberührte Natur zu genießen, Squid Island würde sie heißen.

«Das ist gleich die nächste nach Bar Island», meinte Ishmael. «Ich fliege manchmal durch diese Gegend. Bar Island heißt so, weil ein Streifen Land sie mit der Halbinsel von Jameson verbindet. Ist bei Flut unter Wasser.»

«Jameson wird überflutet?»

«Nein, nur die Verbindung zu Bar Island.» Ishmaels Zähne klakkerten, als er lachte. «Jameson vielleicht später mal, wenn dieses Ozonloch noch ein bißchen größer wird. Ist ja genau über der Küste von Maine, wußten Sie das? Wird uns ein bißchen aufwärmen. Was treiben Sie beruflich?»

Grijpstra sagte, daß er früher Polizist gewesen sei, jetzt arbeite er als Privatdetektiv.

«Und Ihr Freund auf Squid Island war auch Polizist?»

Wirklich erstaunlich, meinte Ishmael, daß zwei ehemalige Polizisten aus Europa sich nun um die Natur kümmerten, um die dreitausend Meilen Küste von Maine mit all ihren Winkeln und Ecken, die von Küstenwache, Marine, den zuständigen Sheriffs und der DEA und wie sie alle hießen vernachlässigt würde.

«D-E-A?»

«Die Drogenbehörde», sagte Ishmael.

«Es gibt Drogenhandel in Maine?»

Ishmaels Zähne klackerten wieder. «Gibt es Drogen in Holland?»

Grijpstra sagte, daß ihn Rauschgift nicht sonderlich interessiere. Insgeheim sagte er sich, daß dreitausend Meilen kaum überwachter Küste einiges davon ins Land locken konnte.

«Also», sagte Ishmael, «Sie können es kaum erwarten, mit Ihrem Freund und früheren Polizisten die Natur um Squid Island herum zu bewundern. Also, wenn Sie ein Auto mieten, dann sind Sie in zehn Stunden da.»

«Ich würde lieber mit Ihnen fliegen», sagte Grijpstra. «Ich könnte doch nach der Ankunft bezahlen.»

«Das könnten Sie», sagte Ishmael. Er flog nicht gern, wenn es dunkel war, weshalb sie bis Tagesanbruch warten mußten. Drei Stunden noch. Grijpstra schlief in einem der Wartesäle; immer wieder wachte er auf, weil Ishmael im Sessel neben ihm schnarchte oder mit Kaffee oder Schokoladenriegeln auftauchte, die er aus den Automaten geholt hatte.

Es war eine kleine Maschine, rot und weiß gestrichen, und es war ein Doppeldecker, dessen Flügel mit Segeltuch bespannt sein mußten. Wenigstens schien es Grijpstra so. Mit Tauen war sie auf dem Rollfeld verankert. Grijpstra half, sie loszubinden. Im Innern der Maschine gab es nur eine schmale Bank, dahinter eine Nische, wo Grijpstra seine Reisetasche verstauen konnte. Das Armaturenbrett war denkbar einfach.

«1949», sagte Ishmael, «alles Holz und Stoffbespannung, so etwas baut man heute nicht mehr. Sitzen Sie bequem?»

Dafür war Grijpstra einfach zu groß, aber das sagte er nicht. Er sah Ishmael zu, der an dem hölzernen Propeller drehte, und lauschte dem kleinen Motor vorne, der tüchtig stotterte, bevor er endlich zu laufen begann. Ishmael hievte sich in den Sitz, machte einige Handgriffe am Armaturenbrett, holte dann ein tragbares Funkgerät hervor und rief den Kontrollturm. Während der Fahrt über die Rollbahn begann das Maschinchen sich im Kreis zu drehen. «Nanu?» Ishmael sprach mit dem Flugzeug. «Würde es dir etwas ausmachen... Oh, ich seh schon.» Es war Grijpstras rechter Fuß, der auf dem Pedal für die rechte Radbremse stand. Es gab alle Bedienungshebel doppelt. «Fassen Sie nichts an», sagte Ishmael. Das Maschinchen auf seiner Kreisbahn beendete eben einen vollen Umlauf und rollte nun geradeaus weiter. Ishmael trug einen kleinen Kopfhörer, der mit dem tragbaren Funkgerät verbunden war. Er mußte die Starterlaubnis erhalten haben, denn unerwartet und ganz schön schneidig hob die Maschine ab. In einen leeren Himmel ging es hinauf, der ohne sichtbare Begrenzung in das unendliche All überging, dachte Grijpstra, in die Unwirklichkeit, in die völlige Leere, wo es keine Richtung gab, kein Maß außer den Begriffen, die die Menschen sich ausgedacht hatten.

«Nichts», rief Grijpstra, es brauchte nicht viel, um das Dröhnen des schwächlichen Motors zu übertönen.

«Was?» rief Ishmael.

«Nicht einmal Ihr Himmel», sagte Grijpstra und zeigte nach vorne und den Seiten. Auch nach hinten, nachdem er mit einiger Mühe den Kopf gedreht hatte. Da war nichts außer dem spielzeuggroßen Schwanz des Maschinchens, der in die Lücke zwischen zwei kleinen weißen Wolken eingeklemmt schien, den beiden einzigen in einer Unendlichkeit aus Blau, Blau in allen Schattierungen und immer transparent.

«Himmel?»

«Ihr gekachelter Himmel.»

Ishmael rief nach hinten, daß er vom Himmel geträumt hätte, heute, kurz bevor er Grijpstra traf. Der Doppeldecker flog nun in konstanter Höhe die Küste Massachusetts entlang, das kraftlose Dröhnen des Motors war in ein leises Tuckern übergegangen. «Vielleicht sind Sie der Engel», sagte Ishmael. «Es müssen doch Engel im Himmel sein, aber in meinem Traum – es war im Wartesaal, kurz bevor Sie kamen – gab es nur die gekachelten Wände und einen Schuhputzer. Aber er war weiß, und es war Sankt Peter, der wissen wollte, was ich denn so getrieben hätte.»

«Der Aufpasser an der Himmelstür», sagte Grijpstra.

«Genau der.» Ishmael drehte sich mit einer Hand eine Zigarette, den Tabak nahm er aus einer Dose im Handschuhfach. Auf der Dose sah man einen Soldaten, der Trompete blies. «Wollen Sie eine?»

Grijpstra lehnte ab.

«Raucht man denn noch in Holland?»

«O ja», sagte Grijpstra, den die Aussicht auf die Bostoner Vorstädte unter ihnen in die Wirklichkeit zurückgeholt hatte; sie sahen alle gleich aus, wie sie da an der Küste aufgereiht waren. Man sah auch Segelboote und Fährschiffe, die geschäftig vom wohlanständigen A zum nicht weniger anständigen B fuhren. Was wäre, wenn er sich auf eine der stoffbespannten Tragflächen setzte und sich mit lautem Hallo und Winken bemerkbar machte? Einige brave Bürger, die ihre durchgestylten Körper auf den Balkons sonnten, würden zum Telefon gehen, vielleicht würde auch irgendein Seebär, der Kapitän einer der Fähren, am Steuerrad drehen. Nichts, worum man sich sorgen mußte.

«Hier raucht kein Mensch mehr», sagte Ishmael, «nur noch ich und Hairy Harry. Wo waren wir stehengeblieben?»

Grijpstra glaubte nicht, daß sie irgendwo stehengeblieben waren. Das Flugzeug flog nun ziemlich unruhig seine Bahn, die Häuser und die Boote unten wurden immer weniger.

Ishmael blies eine dicke Rauchwolke gegen die gesprungene Windschutzscheibe. «Sankt Peter wollte wissen, was ich mit meinem Leben gemacht habe, und ich sagte, daß ich einmal zu den Pfingstlern gehört habe. Sie kennen das? Die Pfingstbewegung? Wenn der Heilige Geist über die Leute kommt? Man läßt sich die Haare ein bißchen länger wachsen, die Frauen tragen lange Kleider, und immerzu geht man in die Kirche?»

«Aber ja», sagte Grijpstra. Jetzt gab es wieder Häuser und reichlich Boote.

«Kommt in Holland an Pfingsten auch der Heilige Geist über die Leute?»

«Ja», sagte Grijpstra. Da war dieser Onkel Joe auf dem Land, dem letzten Reservat der Rechtgläubigkeit, wo man die Kinder nicht gegen Polio impfen ließ und jedermann am Geburtstag der Königin die Flagge hißte. Onkel Joe war ein Geistheiler.

«Hat er schon jemanden geheilt?»

Nicht daß Grijpstra wußte, aber das Zungenreden klappte bei Onkel Joe ganz gut.

«So wie bei Ihnen», sagte Ishmael, «da im Waschraum. Okay. Also habe ich Sankt Peter gesagt, daß ich dabei war. Beten rund um die Uhr, immer ab in die Kirche, und er sagte: ‹Na schön, mein Herr, das wäre dann die zweite Tür rechts.›»

Die Abstände zwischen den Häusern unten wurden größer, und ein einziges Schiff nur war übriggeblieben – ein riesiger Tanker, der an Größe einigen der größeren Inseln nicht nachstand, die sie bisher überflogen hatten. Es schien Grijpstra, als würde er sich kaum langsamer bewegen als ihr Doppeldecker. Und es fiel ihm jener holländische Segler ein, dem der Sturm das Boot zerschlagen hatte; der Mann erzählte dem Fernsehreporter, wie er über das aufgewühlte Meer trieb, oben auf den großen Wogen, hoch genug, um in die Bullaugen der vorbeifahrenden Tanker sehen zu können. Und drinnen hätten die Mannschaften beim Essen gesessen oder vor dem Fernseher oder waren damit beschäftigt, das Poster im Playboy auszuklappen – und niemand bemerkte ihn da draußen, sosehr er auch schluchzte und flehte.

«Zweite Tür rechts», sagte Ishmael, «und wir waren doch im Waschraum, und wo sollte die Tür denn sonst hinführen als ins Scheißhaus. Aber wenn er es doch sagte, er war schließlich Sankt Peter, das stand auch auf dem Namensschild an seiner Brust.»

Grijpstra stöhnte.

«Wirklich blöd», sagte Ishmael, «aber ich bin eben aus Maine, und wir glauben nur, was unsere Eltern uns zu glauben aufgetragen haben, und meine Eltern sind tot. Also blieb ich eine Weile da stehen, während andere Leute kamen, um sich die Schuhe polieren zu lassen. Leute, die sich nie um Pfingsten gekümmert haben, und wollen Sie wissen, wohin Sankt Peter sie geschickt hat?»

«Nein», sagte Grijpstra. Er sagte sich, daß er ganz beruhigt sein konnte, denn diese Maschine hielt nun schon seit 1949, und sicher war sie von Könnern wie Ishmael geflogen worden. Es gab nichts zu fürchten als die Furcht selbst. Und einmal angenommen, sie würden unsanft unten ankommen – war denn das Leben auf diesem Planeten so erstrebenswert? Immer größere Algenteppiche trieben im Meer und färbten es rot, immer mehr Leute mit schrecklichen und schmerzhaften Krankheiten wurden künstlich am Leben erhalten. Er sollte eher dankbar sein. Er sollte auch besser geradeaus nach vorn gucken und zuhören, um sich etwas abzulenken.

«Zweite Tür rechts», sagte Ishmael. «Einer nach dem anderen. Alle mußten sie durch die zweite Tür rechts. Einen der Typen kannte ich, er hat in einer Kommune von Zen-Jüngern gelebt... Kennen Sie Zen?»

«Mein Freund praktiziert es», sagte Grijpstra und blickte starr nach vorn. «Mein Freund Rinus, auf Squid Island. Manchmal, am

Sonntag morgen. Man setzt sich hin und verknotet die Beine, so gut es geht, wissen Sie. Man muß ignorieren, wenn es weh tut.»

«Auf Squid Island?»

«Nein, auf seinem Dachboden, in Amsterdam. *Lange Leidse Dwarsstraat honderd drie en veertig drie hoog.*»

«Alles in Ordnung?» fragte Ishmael.

«Tut mir leid», sagte Grijpstra und blickte noch immer starr geradeaus. «Ich dachte, Sie wollten wissen, wo Rinus seine Zen-Übungen machte. Das war die Adresse.»

«War das Zungenreden?»

«Nein, Holländisch.»

«Und was ist mit Ihrem Rinus passiert, wenn er Zen machte?»

«Immer wenn Rinus aufhörte zu meditieren, dann hörten seine Beine auf, weh zu tun. Also, wo hat Sankt Peter Ihren Zen-Menschen hingeschickt?»

«Zweite Tür rechts», sagte Ishmael. «Wie alle anderen auch. Ganz gleich, was man getan hat. Hätte auch Golf spielen oder Forellen fischen können, das ganze Leben lang. Oder bei IBM oder Ford arbeiten, rund um die Uhr. Oder Ronald McDonald spielen. Überall das gleiche. Aber dann gab es ja noch die anderen Türen, die Waschräume auf Logan sind groß. Fünfzig Türen vielleicht, also habe ich mich gefragt, wo sie wohl hinführen. Und bei den vielen Leuten, die zum Schuhputzen kamen, da war der alte Bursche ganz schön beschäftigt und merkte nicht, was hinter seinem Rücken vorging. Also habe ich alle die anderen Türen probiert, und wissen Sie was?»

«Attrappen», sagte Grijpstra. «Keine richtigen Türen, alles nur aufgemalt auf die Wand zwischen dem Jetzt und der Ewigkeit. Nur die zweite Tür war echt.»

«Sie hatten den gleichen Traum?»

«Klingt doch ganz logisch», sagte Grijpstra, «nicht? Und Sie haben auch die zweite Tür probiert?»

«Sicher», sagte Ishmael. «Dahinter war die ewige Glückseligkeit. Kein großer Unterschied, nur daß sie das Unangenehme weggelassen hatten. Man kann tun, was immer man möchte. Da waren sie, all diese Leute mit den frischgeputzten Schuhen, und hätten gern gewußt, was sie sich denn wünschen sollten. Ich wollte Musik machen, und da waren auch diese Schwarzen.»

«Sicher», sagte Grijpstra.

39

«Sie hatten den gleichen Traum?»

«Was für ein Instrument spielen Sie?» fragte Grijpstra.

«Keyboard.» Ishmael hatte noch einige Male in die Tabakdose mit dem trompetenden Soldaten gegriffen, Zigarette um Zigarette gerollt. Er mußte ein Fenster aufstoßen, um frische Luft ins Cockpit zu lassen. Der Fahrtwind wirbelte ihre Worte durcheinander, aber das hinderte Ishmael nicht, ihm die Landschaft unten zu erklären. Die Küste wurde steiler, es gab keine Villen an Sandstränden mehr, die mit kleinen Maschinen sorgfältig geharkt wurden, dafür aber Buchten, kleine Fjorde, Halbinseln und wild zerklüftete Inseln, jede von einer hin und her tanzenden Girlande aus strahlendweißer Gischt umgeben, hinter der sich nackter Fels aus dem Meer erhob, der schließlich in einen grünen Teppich aus Gebüsch und Tannen und Kiefern überging. Einige spärliche Fischerboote, weiß, aus Holz, stampften schwer in der aufgewühlten See, dann war da noch ein Dreimastschoner in voller Takelage.

«Touristen», rief Ishmael.

Auch eine hochmoderne, schnittige Segeljacht sah man unter einem Riesenbausch weißen Nylons dahinsausen.

Grijpstra dachte, daß dies das Schiff war, das hierhergehörte, Ishmael ging tiefer. Der Doppeldecker umkreiste die Jacht, die winzigen Rädchen nur wenige Meter über den Wellen. Die Segler winkten. Junge, gutaussehende Leute, Männlein und Weiblein von knapp zwanzig bis in die Dreißiger. *Beautiful people*, dachte Grijpstra, das mußten die Typen von den Titelseiten der Modemagazine sein, die man für einige Zeit aus ihrer zweidimensionalen Welt entlassen hatte. Hinter dem Ruder erkannte er eine große Gestalt mit weißer Löwenmähne – wettergegerbte Haut, scharfgeschnittene Züge, militärisch straffe Haltung: eine wahre Respektsperson. Die Respektsperson rauchte eine langstielige Pfeife, deren Kopf aus einem Maiskolben geschnitzt war. Es hätte General MacArthur sein können oder ein Gott, der Gott dieses Amerika. Grijpstra winkte, und der Vereinigte-Staaten-Gott hob zum Gruß gebieterisch die Hand. Ein starker, mächtiger Mann.

Das Maschinchen hatte wieder Kurs nach Norden genommen. Grijpstra dachte an de Gier, der nun vielleicht die Macht der amerikanischen Behörden zu spüren bekam. «Sie kennen also Hairy Harry, den Sheriff?»

Das Thema Hairy Harry lieferte Ishmael Gesprächsstoff für die letzten hundert Meilen, die der Doppeldecker unerschrocken und unaufhaltsam in Richtung Jameson schaukelte, auch wenn er sich gelegentlich unterbrach, um seinen Passagier auf die eine oder andere Sehenswürdigkeit aufmerksam zu machen. Einen Finnwal etwa, der sich nach jedem Tauchgang mit einer hohen Fontäne zurückmeldete: mehr als zwanzig Meter Tier, eine geschmeidige graublaue Silhouette. Ein majestätisches Wesen, das gelassen seinem Tun nachging, umringt von Schaumkronen auf grünen Wellen.

«Dreißig Elefanten», sagte Ishmael, «man braucht mindestens dreißig Elefanten, um so einen Brummer aufzuwiegen.»

«Ein Riesenbrummer», sagte Grijpstra in dem Doppeldecker, der neben dem Wal einmal mehr wie ein Spielzeug wirkte.

«Größer als Tyrannicus rex», sagte Ishmael, «und so einer war schon fünf Stockwerke hoch. Was haben Sie über unseren Sheriff gehört?»

«Daß man ihm aus dem Weg gehen sollte, richtig?» sagte Grijpstra.

Ishmael meinte, daß das wohl das beste wäre. Und wenn Grijpstra jetzt meinte, daß dieser Wal groß und mächtig wäre, dann wäre das noch immer nichts gegen Hairy Harry. Warum? Ob er denn auch gehört hätte, daß Hairy Harry, der Herrscher über Woodcock County, ein Fünfhunderttausend-Dollar-Haus für eben hunderttausend von Fartworth gekauft hätte? Fünfundzwanzig auf den Tisch und den Rest mit einer lächerlichen Hypothek?»

«Von Flash Fartworth?» fragte Grijpstra.

«Dann kennen Sie also jeden hier?» Ishmael staunte, daß sein Gebiß zu klackern begann und verrutschte. Nach einigem Hin und Her hatte er es wieder in die richtige Position gebracht. «Nein. *Bildah* Fartworth, das ist Flashs Onkel. Alles, was Flash besitzt, ist ein Fischadlerhorst anstelle einer Frisur und ein Anteil an einer lecken Badewanne.»

Grijpstra meinte, daß es wohl einen Preissturz bei Häusern gegeben hätte, wenn man sie zu einem Fünftel ihres Werts verkaufte. Ishmael meinte, so müßte es wohl sein, die Wirtschaftskrise und so, aber schließlich wäre in Maine immer Wirtschaftskrise, und Hairy Harrys Haus sei feinste Maßarbeit, neu, ausgestattet mit allem Drum und Dran. Er hätte nur noch den Schlüssel umdrehen und hineinspazieren müssen in Harrys Traumland, genau auf den Geschmack des Sheriffs zugeschnitten. Elektronische Musikboxen mit plärrenden Schlagern auf CD, in jedem Zimmer des Hauses, in jeder Etage Snooker-Tische in voller Größe, Golfmatten von Wand zu Wand, Bierbar mit ausländischen Bieren vom Faß, ein eigenes Videozimmer mit jeder Menge Pornos. Kein Kinderkram, womit sich Hairy Harry abgab. Das echte Rein-Raus, importiert, in Farbe und Stereo. Hardcore, die beste Sammlung in ganz Maine. «Mögen Sie so was, äh...»

«Grijpstra.»

«Kripstra», sprach Ishmael nach. «Mögen Sie harte Pornos, Krip?»

«Ich habe immer das Gefühl, es sollte jemand die Vorhänge zuziehen», sagte Grijpstra.

«Auch wenn sie gut sind?»

«Vorhänge zu», sagte Grijpstra.

«Genau wie Flash Fartworth», sagte Ishmael. «Flash schließt an den guten Stellen immer die Augen.»

«Bei Pornos?»

«Nein, bei ganz normalen Filmen», sagte Ishmael. «Aber in normalen Filmen gibt es das auch zu sehen. Flash will es nicht sehen, in seinem Kopf könnte er das viel besser.»

«Flash mit dem Adlerhorst auf dem Kopf?»

«Genau.» Ishmael ließ den Doppeldecker wie einen springenden Kiesel über die Wellen hüpfen, rechts und links sausten die Inseln vorbei, während er Grijpstra von Flash erzählte. Weiße Sommergäste tummelten sich auf den Terrassen ihrer Sommerhäuser und blickten von den Inseln hoch auf den Oldtimer der Lüfte, der da so kühn vorbeischnurrte.

Flash Fartworth war einmal bei der Küstenwache gewesen, erinnerte sich Ishmael, und hatte zu der Zeit auch tüchtig getrunken. Aber die göttliche Vorsehung waltete und schickte einen Berg von Frau in jenen Bostoner Park. Und jetzt humpelte Flash. «Wissen Sie, Krip, so sieht Flash die Geschichte mit der Dicken. Sie verstehen?»

Von Amsterdamer Polizisten wird verlangt, daß sie Englisch verstehen und es auch sprechen können, sogar eine Prüfung müssen sie ablegen; schließlich gab es in der Stadt eine Unmenge Touristen, und der Anteil legal und illegal hier lebender Ausländer war hoch. Grijpstra hatte eben noch bestanden. Grijpstra sah sich auch amerikanische Filme an, während Täbris, de Giers zurückgelassene, fette, wuschelige Katze sich auf seinem Schoß räkelte und die Sicht auf die Untertitel verdeckte. Manchmal hörten sie beide hin, manchmal schliefen sie. Dann war da noch Ishmaels Maine-Akzent. Dann war da noch die Angst, die nicht gerade geringer geworden war, seit die Maschine so tief flog. Aber trotzdem konnte Grijpstra in groben Zügen verstehen, wie und warum aus Flash durch göttliche Fügung ein neuer Mensch geworden war.

«Alles hat seinen Grund», sagte Ishmael gerade. «Flash besteht darauf. Es muß der Allmächtige gewesen sein, der ihm die Frau geschickt hat. Da marschiert unser Flash in weißer Ausgehuniform durch den Boston Common – so heißt der Park –, mit einem hübschen Fläschchen in der Gesäßtasche seiner Hose, und da kommt die Dicke angeschaukelt, und die Vorsehung hat beschlossen, daß sie sich treffen werden.»

Grijpstra nickte und wunderte sich dabei über die Spritzer auf der Windschutzscheibe. Was war das? Gischt? Das mußte es sein, so niedrig, wie sie flogen.

«Und die Dicke will das Fläschchen haben, und Flash will die Dicke haben, und die Vorsehung führt sie in die Side Street und noch eine Nebengasse weiter. Und in der Gasse steht eine Mülltonne, und die Dicke drückt Flash auf den Deckel runter und macht sich über ihn und...»

Ishmael gab eine Reihe rhythmischer Pfeiftöne von sich.

Dazu klatschte er mit der Hand auf das Armaturenbrett.

«Flash ist ein ruhiger Typ, aber in diesem besonderen Fall schrie er wie am Spieß, und die Dicke dachte, daß sie es wäre, die ihn so in Ekstase versetzte, aber es war die zerbrochene Flasche unter Flashs Hintern.» Ishmael begann nach der Melodie von *Humpty-Dumpty* zu singen:

> *«Und trotz der Chirurgen*
> *Und der Marine dazu*
> *Kriegt Flash seinen Hintern*
> *Partout nicht mehr zu.»*

Grijpstra wünschte, er hätte von der Geschichte noch viel, viel weniger verstanden. Übelkeit stieg in ihm auf, und dort unten zwischen den Beinen schien sich alles in sprödes, hartes Glas verwandelt zu haben. An irgend etwas Wichtiges mußte er jetzt denken, das ihn von Flash Fartworths Schließmuskelproblemen ablenken konnte. Da gab es die Windschutzscheibe mit dem ständigen Sprühregen, der von der Motorhaube hochgeweht wurde und wieder hinuntertropfte. Ishmael flog jetzt doch höher, mindestens hundertfünfzig Meter hoch, und hielt auf die Küste zu. Das Wetter war schön, klarer Himmel mit wenigen schmalen Wolkenstreifen parallel über dem Horizont.

«Was sind das für Tropfen auf der Scheibe?» fragte Grijpstra.

Ishmael, der sich noch immer über das menschliche Bedürfnis ausließ, einen Sinn hinter den Dingen auszumachen, und wenn es nur um irgendein dralles Weib im Boston Common ging, und es beklagte, daß die Menschen sich einfach weigerten, an den Zufall zu glauben, schaltete die Scheibenwischer ein.

«Es regnet doch nicht», sagte Grijpstra.

Was da sprühte, war Benzin. Ishmael war überhaupt nicht überrascht. Das wäre nicht das erste Mal. «Sie müssen wissen, Kripstra, daß es in den Tragflächen backbord und steuerbord Benzintanks gibt, die auch nicht mehr die jüngsten sind. Deshalb saugt die Benzinpumpe Rost an, der die Benzinleitung verstopft; aber wenn sie immer weiter pumpt, dann gibt es durch den Druck Risse in der Leitung.»

«Dann läuft das Benzin jetzt über statt in den Motor?» fragte Grijpstra.

Der Motor stotterte.

Grijpstra dachte nach.

«Der Motor versucht sein Bestes.» Ishmael blickte auf die Instrumente. «Für ein Weilchen wenigstens.» Er tätschelte seinem Passagier die Hand. «Aber Sie haben schon recht, wir wollen doch nicht, daß so explosives Zeug wie hochoktaniges Benzin über den heißen Motor läuft, nicht wahr, Krip?»

«Wollen wir nicht», sagte Grijpstra.

Man sah jetzt die Hügel um Jameson, dann die Stadt selbst, ein Halbrund aus pastellfarbenen viktorianischen Häusern, dahinter etwas erhöht ein paralleler Streifen mit einfacheren Holzhäusern, meist in schlichtem Weiß, mit schlichten Formen für das gewöhnliche Volk. Einige der größeren davon trugen kleine Kuppeln, nichts anderes als Beobachtungstürme, von denen aus man das Meer übersehen konnte. Man sah auch mehrere Kirchen mit schmalen Türmen. Auf die Frontseite der größten war das Auge Gottes aufgemalt, riesig und blau wie die See, das zwischen langen Wimpern hervor voll Güte dem Flugzeug entgegenblickte.

Von alldem sah Grijpstra nur die Hügel, die Felshänge aus Granit mit ihren spärlichen Fichten, wenn sie nicht ganz nackt waren, blank, schroff, die nur darauf warteten, daß das kleine Fluggerät an ihnen zerschellte.

«Der Flugplatz von Jameson ist jenseits der Hügel», sagte Ishmael und stellte den Motor ab. «Kann es nicht ändern, daß ich daran denke, es da unten bei den Viechern zu versuchen, schließlich wollen wir kein Feuer an Bord, ja?»

Die Viecher da unten waren Schafe, die aufgeregt durcheinanderrannten, als die Maschine sich in steilem Sinkflug ihrer Weide näherte.

Der Doppeldecker glitt lautlos der Erde entgegen, aber langsam genug, daß Grijpstra den Hafen in Augenschein nehmen konnte. Dort hatte, inmitten zahlreicher aus dem Wasser ragender Felsbänke mit ihren Möwen und Kormoranen, Jamesons kleine Flotte von Hummerbooten festgemacht. Grijpstra sah auch eine Kette von Inseln, von denen eine die Form eines Tintenfischs hatte – ein kompakter Leib mit zahllosen Tentakeln aus vogelübersäten Felszungen, die sich in alle Richtungen ausstreckten. Von Jameson aus schob sich eine Landzunge ins Meer, den Inseln entgegen, und verband die erste Insel durch einen Streifen von naß glänzendem Sand und Gestein mit dem Festland. Man konnte in dem hellgrünen Wasser ganz gut ihre Konturen erkennen, vielleicht drei Meter tief. Er sah auch Schwärme silberheller Fische und Kormorane, die mit gestreckten Flügeln, um ihre Längsachse rotierend, nach ihrer Beute tauchten.

Grijpstra sog die ganze Schönheit dieses Bildes in sich ein, trotz seiner panischen Angst – oder vielleicht darum, denn manchmal macht die Angst die Sinne über die Maßen aufnahmefähig.

Die Maschine landete, holperte über die Wiese, in Kurven und Zickzacklinien, als wollte sie es den aufgescheuchten Schafen gleichtun.

«Das dürften wieder Ihre Füße sein», sagte Ishmael. Grijpstra zog die Beine an. Das Flugzeug, das fast umgekippt wäre, richtete sich wieder auf. Ein klobiger Ford Bronco kam mit blitzendem Blaulicht die unbefestigte Straße entlanggefahren und hielt am Zaun an. *Sheriff* las man an der Seite. Hairy Harry wuchtete sich aus der Tür. Der Leithammel, ein riesiges Tier mit schraubig gewundenen Hörnern, löste sich von der Herde, um die Eindringlinge zu vertreiben. Der Sheriff, der das hölzerne Gatter geschlossen hatte und sich eben wieder umdrehte, legte die Hand auf den Revolver.

«Ist ja gut», brummte Ishmael, indem er sich zwischen das aufgebrachte Tier und den Mann schob, «immer mit der Ruhe, Harry.»

Der Riese machte noch ein paar Schritte in ihre Richtung, dann blieb er stehen. Er lächelte, der Sheriff, mit seinem Zigarrenstummel zwischen den Zähnen. «Hab euch gesehen, wie ihr herübergetuckert seid. Dachte, sollte mal einen Blick auf euch werfen, Ishy.» Harry schob die Krempe seines abgewetzten Filzhuts hoch. «Hab euch irgendwie erwartet. Ärger gehabt?»

«Ein klein bißchen.» Ishmael schubste den Leithammel zu seiner Herde zurück. «Tut mir leid, daß ich auf der Gemeindewiese landen mußte, Sheriff.»

«Wollen mal sehen, was wir da haben», sagte der Sheriff mit einem Nicken zu Grijpstra. «Haben sicher nichts von anderswo mitgebracht? Nichts, was wir hier nicht brauchen können? Was dagegen, wenn ich nachschaue? Würden Sie sich umdrehen, Sir?»

Grijpstra wurde abgetastet, dann sollte er seine Taschen ausleeren. Der Sheriff kontrollierte die Brieftasche, besah sich den Ausweis mit dem Foto und dem Rot-Weiß-Blau der niederländischen Flagge. «Polizist?»

«Inzwischen Privatdetektiv», sagte Grijpstra.

«Mr. Marlowe», sagte Hairy Harry, «ein Marlowe aus Europa.» Er zog einen Tausendguldenschein aus der Brieftasche. «Wieviel in Dollars?»

«Fünfhundert», sagte Grijpstra, «vielleicht etwas mehr inzwischen.»

Der Sheriff nahm das Bündel Scheine und zählte. «Zweiundzwanzigtausend Gulden sind elftausend Dollar?»

«Genau», sagte Grijpstra

«Soviel Geld tragen Sie mit sich herum?»

«Für die Reise», sagte Grijpstra. «Es ging alles sehr schnell. Ich dachte, vielleicht brauche ich soviel.»

Hairy Harry gab ihm die Brieftasche zurück. «Das wäre im Augenblick alles, Sir. Gibt es einen Grund für Ihren Aufenthalt hier?»

«Das weißt du doch, Harry», sagte Ishmael, «du hörst doch auch den CB-Funk. Du weißt doch, daß Rinus mich gebeten hat, einen Freund in Boston abzuholen. Dies ist ein freies Land, Harry.»

«O ja», sagte Hairy Harry, «frei, solange man nicht die Menschen guten Willens bei ihren guten Taten stört. Das meinst du doch?»

Ein Jeep tauchte auf der anderen Seite der Schafweide auf, und ein Hilfssheriff in Uniform stieg aus. Ein großer, militärisch wirkender Kerl. Der Hilfssheriff salutierte seinem Chef und nickte Ishmael zu.

«Das ist Kripstra, Deputy Billy Boy», sagte Ishmael.

«*How are you*, Kripstra.» Als Frage war es bestimmt nicht gemeint. Unverdrossen antwortete Grijpstra, daß es ihm gut ginge. Überhaupt sehr hübsch, dieses Jameson. Während Billy dem Sheriff half, das Flugzeug und Ishmaels und Grijpstras Gepäck zu durchsuchen, ging Grijpstra hinüber zu dem Bronco. Er bewunderte gerade die Trittbretter aus dickem Stahlblech, als der Sheriff herüberkam. «Gefällt Ihnen, was, Kripstra?» Sicher gefielen sie Grijpstra, er würde gern solche Trittbretter an seinem eigenen Bronco haben. «Sie haben ein amerikanisches Auto, Kripstra?» Sicher hatte er das. «Man fährt noch amerikanische Autos drüben in Europa? Nicht nur Toyota und so?» Sicher taten sie das. Grijpstra redete sich in Begeisterung, er erzählte Hairy Harry, daß es Amerikaner waren, und Kanadier natürlich, auch Briten und Polen – ein polnisches Regiment, das aus England kam –, die die Niederlande befreit hatten. Aber allein die Amerikaner hatten den kleinen Grijpstra beeindruckt, wie er da auf dem Dam mitten in Amsterdam stand und sich an der Hand seiner Mutter festhielt.

«Das sind die Amis, Henkieluvvie.»

Die Amerikaner saßen in ihrem Panzer, kauten Kaugummi und blickten grinsend auf den kleinen Grijpstra herunter, wie er das orangefarbene Tuch an dem Holzstab schwenkte. Orange, das stand für das Haus Oranien, für die Königin, für das Gute, für die Landesmutter, die in ihr geliebtes Land zurückgekehrt war, um es in Frieden zu regieren. Und das verdankte man den Kaugummi kauenden Amis in den Panzertürmen.

«Dann seid ihr noch immer weiß und protestantisch in diesem befreiten Holland», sagte Billy, «und jetzt besuchen Sie Ihren Freund Rinus auf Squid Island. Und warum, Kripstra?»

«Um die Natur zu bewundern, Sheriff.»

«Im Ernst?»

«In Holland wird es einfach zu eng», sagte Grijpstra. Er sagte dem Sheriff und dem Deputy, was Katrien ihm gesagt hatte, als er zuletzt den kränkelnden Commissaris besucht hatte, ein Höflichkeitsbesuch. Katrien hatte gerade die neuesten Statistiken gelesen. «Neunhundert Menschen auf die Quadratmeile, neunhundert Schweine auf dieselbe Quadratmeile, nicht zu vergessen die dreiundzwanzig Kühe und dreiundzwanzig Autos.»

«Und wie groß ist euer Land, Kripstra?»

Grijpstra war noch am Rechnen, wieviel dreihundert mal einhundert Kilometer abzüglich dieser enggeschnürten Taille plus des nach Süden ragenden Beins in Quadratmeilen ergeben würde, als Ishmael ihm zu Hilfe kam. Holland, sagte er (der nicht hatte glauben wollen, daß es dieses Land gab – wie konnte man diesem Rinus auf Squid Island denn glauben?), das käme sogar in seiner *Encyclopedia Britannica* vor und es wäre ungefähr halb so groß wie Maine. Und sechzehn Millionen Holländer, das könnte wohl stimmen, auch wenn in seiner alten *Britannica* nur von fünf Millionen Einwohnern die Rede wäre. Aber die war schließlich von 1980, und würde sich die Menschheit, diese Plage, nicht immerzu vervielfachen? Dank der modernen Medizin? Und wenn man sich sechzehn Millionen Holländer über die Hälfte von Maine verteilt denken würde, ja, das wären dann wohl an die neunhundert pro Quadratmeile, wie der Mann gesagt hatte. «Ganz schönes Gewimmel wäre das in einem Nest wie Jameson, habt ihr mal nachgerechnet?»

Leute, die die schwere Hand des Gesetzes auf sich fühlen, neigen zum Lügen. Hairy Harry fragte Billy Boy, was er dazu meine.

«Könnte stimmen, Hairy Harry.»

«Und wie viele sind wir jetzt in Maine, Billy Boy?»

«Eine Million ungefähr, Hairy Harry.»

«Sechzehn Millionen Kunden», sagte der Sheriff, «ein einziges Gekrabbel, einer über dem anderen – und Sie, Sie waren eine ganze Weile bei der Polizei, mußten auf sie aufpassen; so war's doch, Kripstra?»

Er hätte das Vergnügen gehabt, sagte Grijpstra, bis vor zwei Jahren.

«Und jetzt wollen Sie sich Natur angucken und sonst nichts, Sie und der andere Expolizist? Und was guckt ihr euch noch an?»

«Nichts, nur die Natur», sagte Grijpstra.

Jetzt konnte man alle die großen Zähne des Sheriffs sehen, so breit war sein Lächeln. «Wir werden euch zugucken beim Gucken.»

6

Billy fuhr Ishmael und Grijpstra zu *Beth's Restaurant*, damit sie frühstücken konnten. Ein spätes Frühstück, es war jetzt elf Uhr, aber Billy Boy und Ishmael sagten, daß bei Beth um diese Zeit ganz schön was los wäre: Die Hummerboote, die am frühen Morgen zum Leeren der Fallen ausliefen, seien jetzt zurück. Grijpstra fiel wieder ein, daß er nur Gulden bei sich hatte.

«Rinus kann Ihnen Dollars geben», sagte Ishmael, «rufen Sie ihn doch an.»

«Es gibt kein Telefon auf Squid Island», sagte Grijpstra.

Billy Boy griff nach dem Mikrofon unter dem Armaturenbrett. «Wir sind in Amerika, Krip, nichts ist unmöglich.» Er drückte auf den Knopf am Mikrofon. «Squid Island, hier spricht der Sheriff. Rinus, bitte kommen.»

Im Lautsprecher nichts als Rauschen.

«Er ist wohl nicht im Haus», sagte Ishmael, «vielleicht ist er schon auf dem Weg hierher, mit der *Kathy III*.» Er drückte auf den Knopf. «*Kathy III*, hier ist der Sheriff, bitte kommen, *Kathy III*.»

Das Radio rauschte noch immer.

«Flash und Bad George machen sich nicht viel aus dem Funkgerät», sagte Ishmael. «Vielleicht haben sie es wieder mal abgeschaltet.»

Grijpstra stöhnte.

«Haben Sie Hunger?»

Grijpstra hatte an Gewicht zugelegt, seit er den Dienst quittiert hatte, und daran wollte er ungern etwas ändern. Nellie half ihm dabei. Sie mochte die Männer gern etwas fülliger.

«De Gier wird kommen», sagte Ishmael, «wenn nicht – auch nicht schlimm.»

Grijpstra achtete mehr auf das Essen als auf Akiapola'au, doch nachdem er den Stapel Pfannkuchen mit Schlagsahne und die Bratkartoffeln mit Petersilie und darübergeschlagenen extragroßen, frischen Eiern gegessen hatte – nicht zu vergessen das kleine Steak mit den verschiedenen Saucen zur Auswahl, den Pumpernickeltoast, den frischen Orangensaft –, achtete er auf Akiapola'au um so mehr.

«Noch Kaffee?»

«O ja, Miss.»

«Akiapola'au, sagen Sie ruhig Aki.»

Aki sagte, daß sie von Hawaii käme, von der Hauptinsel selbst, von der Westküste bei Kona. Ob er einmal da gewesen wäre, die brodelnden Vulkane gesehen hätte, oder die kleinen Finken, die Aas fraßen?

Grijpstra rülpste, aber rücksichtsvoll hinter vorgehaltener Hand, und entschuldigte sich dann. Er war noch nie in Hawaii gewesen, genauer gesagt, er war noch nirgendwo gewesen. Er war in Antwerpen gewesen, in Belgien, zum Muschelessen; Antwerpen war eigentlich nur die Straße runter, Belgien wäre ein kleines Stück südlicher als Holland, ein paar Stunden Fahrt. Aber das lohnte sich schon wegen der Muscheln. Und er wäre nicht hier in Amerika, auf der anderen Seite der Erdkugel, wenn Rinus ihn nicht die ganze Zeit dazu gedrängt hätte. Also hätte er einen Paß beantragt, dann ein USA-Visum, und als der Anruf von drüben kam, war er gerüstet. Grijpstra sprach gern mit Aki, der sein Akzent zu gefallen schien. Sie war groß und einfach schön, exotisch, mit den schwarzen Haaren bis auf die geraden Schultern, den Rehaugen, der glänzenden Seide ihrer Kleidung. Aus Seide war die Bluse unter der kleinen Schürze, auch der enge Rock mit den Schlitzen an den Oberschenkeln, die für Bewegungsfreiheit sorgen sollten. Die Bluse war ausgeschnitten, und was sie verhüllte, schien höchst appetitlich zu sein.

«Muscheln gibt es hier auch», sagte Aki. «Aber die Einheimischen wissen sie nicht zu schätzen. Dabei sind sie gut. Meine Beth kann Ihnen welche kochen.»

«Ihre Beth», sagte Grijpstra.

Aki lächelte. «Beth und ich, wir sind ein Paar. Sie kocht die Miesmuscheln mit Jalapeños, ich ziehe sie selber im Blumenkasten.»

Sie mußte gehen, es waren viele hungrige Mäuler zu stopfen. Bärtige Mäuler von stämmigen, derben Typen in gelben Plastikanoraks, hohen Stiefeln, Pullovern mit Schildkrötenkragen und schwarzen Schirmmützen mit schwarzer Borte über dem Schirm. «Es ist kalt auf dem Meer», sagte Ishmael, «immer an die zehn Grad weniger, manchmal auch zwanzig. Hier gibt es keinen Golfstrom wie bei euch in Europa.»

«Also Rinus hat Sie geschickt?» fragte Grijpstra.

Ishmael lächelte. «Sie wußten es nicht, Spürnase?»

Grijpstra trank einen Schluck Kaffee.

«Ein Flugzeug aus Woodcock County in Maine?» fragte Ishmael. «Gibt eine Menge Countys in Maine.» Ishmael sah ihn von der Seite an. «Und ich pinkle genau neben Ihnen auf dem leeren Flughafen? Gibt eine Menge Waschräume auf Logan Airport. Zwei Zufälle auf einmal, ist das nicht zuviel, Spürnase?»

Grijpstra lächelte, er wollte nicht humorlos scheinen. «Also fliegen Sie doch bei Nacht? Sie waren gerade erst auf Logan angekommen und mußten sich ausruhen. Darum haben wir gewartet, ja?»

«Wußten Sie's oder wußten Sie's nicht?» fragte Ishmael.

Grijpstra ging nicht darauf ein. «Also, wie komme ich nach Squid Island? Hinfliegen können Sie mich wohl kaum, und die *Kathy III* meldet sich nicht. Soll ich ein Ruderboot nehmen?»

«Das wäre eine Möglichkeit», sagte Ishmael, «bitten Sie Aki, Sie nach The Point zu bringen, dort gibt es Boote. Aber passen Sie auf die Gezeiten auf. Wir haben jetzt Ebbe, es wird sie aufs Meer hinaustreiben.»

Ishmael mußte sich um sein Flugzeug kümmern. «Bleiben Sie nicht an der Sandbank hängen, Kripstra.» Ishmael legte das Geld auf die Rechnung, die Aki auf dem Tisch zurückgelassen hatte. Sie gaben sich die Hände, man würde sich bestimmt wiedersehen. «Angenehmen Aufenthalt, Krip. Und passen Sie auf sich auf.»

Grijpstra achtete kaum auf das, was Ishmael sagte. Es passierte einfach zu viel, und es ging zu schnell. Er war in Jameson, vor ihm lag der Hafen, den die Einheimischen aus irgendeinem Grund, den nur sie kannten, The Point nannten; dort gab es Ruderboote, und Ishmael schien da zu wohnen. Grijpstra stand auf und sah aus dem Fenster. Irgendeine Art Spitze, die den Namen «Point» rechtfertigen konnte, war nicht zu sehen. Man sah Fischerboote, die an ihren

Haltetauen zerrten, und eine stattliche, neu aussehende Segeljacht, die ihn an jenen teuren Hochseesegler erinnerte – der mit dem gottgleichen Steuermann und der Mannschaft mit der Aura ewiger Jugend –, den er von Ishmaels Flugzeug aus gesehen hatte. Die Jacht war an einem ziemlich ausgefransten Ankertau festgemacht, das den schlanken Bug hart nach unten zog. Grijpstra las den Namen der Jacht am Heck, weiße Buchstaben in eleganter Kursivschrift auf dem lasierten Teakholz: *Macho Bandido*. Wieso gab es für ein Boot, das Millionen gekostet hatte, keine wichtigtuerische weiße Riesenboje aus Plastik, an der man es festmachen konnte? Er sah auch Ruderboote, nebeneinander aufgereiht, die offensichtlich den Fischern als Transportmittel zu ihren Schiffen dienten. Die Ruderboote waren am Kai vertäut, sicher konnte er eines davon mieten. Er blickte hinaus zu der Girlande aus Inseln jenseits der Hafenbucht; sie waren zu weit entfernt, als daß man Einzelheiten erkennen konnte, aber doch nah genug. Es mußte Ebbe sein, sonst hätte Ishmael ihn nicht vor der Sandbank gewarnt. Bei Niedrigwasser würde sie auftauchen, und er mußte sie überqueren, um nach Squid Island zu kommen. Wenn er dort strandete, dann müßte er bis zur nächsten Flut warten, bis er wieder freikam, und außerdem noch gegen den Strom hinausrudern. Was war mit dem Wind? Die Wellen liefen aufs Meer hinaus. Sehr schön.

Aki kam zurück, um Ishmaels Geld zu holen. «Noch Kaffee, Kripstra?»

Er ließ die schmale Hand nicht aus den Augen, während sie das Geld aufsammelte. Er bedankte sich bei Aki.

Also, dachte Grijpstra, da gab es nun die Gegebenheiten dieses Ortes, und es gab ihn, und natürlich gab es auch eine Reihe von Möglichkeiten, mit den Gegebenheiten zufriedenstellend fertig zu werden. De Gier hätte hier sein müssen, um ihm diese Gegebenheiten im Detail zu schildern, aber leider erwies sich de Gier wieder einmal als egozentrisches Arschloch. Es war Grijpstra unangenehm, so von einem Musikerkollegen denken zu müssen, mit dem zusammen er schon den *Endless Blues* gespielt hatte. Eigentlich hatten sie nur geübt, was einen zufällig anwesenden Journalisten, der über Amateurjazzer schrieb, immerhin veranlaßte, von einem «sanft dahinschlurfenden, aber unwiderstehlichen Beat» zu reden. Er mochte es nicht, von einem Kollegen so zu denken, einem Kameraden, mit dem er ein halbes Leben zusammengearbeitet hatte. Zwanzig Jahre, in denen man zusehen mußte, wie die Dinge immerzu schlechter wurden, angefangen bei den zivilen Polizeiwagen, meist eine Rostschüssel von Käfer mit ausgeleierter Federung, ewig beschlagenen Scheiben und einem Funktelefon, das viel zu oft krächzte und sie zum Schauplatz eines häuslichen Disputs schickte, wenn es nicht gerade kaputt war. «Hat Ihr Mann sie verprügelt, Mevrouw?» – «Nein, ich bin gestürzt.» – «Hat Ihre Frau Ihnen das Auge blaugeschlagen, Mijnheer?» – «Nein, das war immer so.» – «Wer hat uns denn gerufen, Mevrouw?» – «Diese gottverdammten Nachbarn.»

Wo war de Gier, das egozentrische Arschloch? In sicherer Deckung, während sein Retter einen ganzen Ozean überquerte, in einem Flugzeug, das man mit gepanzerten, kanonenbestückten Wagen vor Terroristen beschützen mußte. Und er blieb in seiner Deckung, auch während sein Schutzengel in einem benzingetränkten Papierdrachen herbeigeschwebt kam, während das größte, häßlichste und gemeinste Ungeheuer aus Hollywoods Trickkiste ihn blöde belästigte... und jetzt sollte er auch noch mit einem Ruderboot aufs Meer hinaus?

Lieber wäre es Grijpstra gewesen, wenn jemand ihn auf die Insel gebracht hätte. Mit einem Lächeln wandte er sich an die Frau hinter der Theke, die damit beschäftigt war, weitere Teller zu beladen. «Sie müssen Beth sein. Ich bin Grijpstra, Rinus de Giers Freund.» Beth lächelte zurück. Beth hatte mehr als nur ein Kinn, eine ganze Kaskade davon, und prallrunde Arme. Und was sich unter ihrer Bluse ausbeulte, schien eine schwer beladene Hängematte zu sein. Ihre Augen waren groß und blau. Es waren sehr klare Augen. «Freut mich, Sie kennenzulernen. Sie wollen auch die Natur beobachten?»

Grijpstra lächelte noch immer. Sicher, die Natur. Er malte manchmal am Sonntag nachmittag, Enten. Enten, die mit dem Bauch nach oben schwammen und ihre orangefarbenen Füße als Segel benutzten. Die Natur hatte es ihm angetan. «Ja, Ma'm.» Die Natur. Das Naturkind. Das tote Naturkind Lorraine, das vielleicht kopfunter draußen im weiten Meer schwamm? Und wo zum Teufel war de Gier? Hatte er wieder zu trinken angefangen? Grijpstra lächelte noch immer eisern. Einer Frau gegenüber, die jünger war als er, wurde er ganz unwillkürlich zum väterlichen Freund, und er spielte diese Rolle sehr gut. Als er noch mit de Gier im Herzen von

Amsterdam Polizist spielte, da war de Gier derjenige, der die Verdächtigen in die Mangel nahm, während *er* sie aufbaute, Händchen hielt, Kaffee besorgte, auf ihre Probleme einging, Angehörige und Anwalt verständigte und ihnen ihre Rechte vorlas.

Aber Beth war doch keine Verdächtige.

Grijpstra bemerkte ein graues Metallkästchen in dem Regal hinter der Theke. Ein Mikrofon war durch ein Kabel mit dem Kästchen verbunden.

«Ist das Ihr CB-Funkgerät? Könnte man nicht versuchen, die *Kathy III* zu erreichen?»

Grijpstra erinnerte sich, wie der Commissaris seine Amerika-Erfahrungen in wenigen Worten zusammengefaßt hatte. «Amerikaner sind gutwillig und hilfsbereit. Wenn sie erst verstanden haben, was man von ihnen will, und wenn sie glauben, daß sie einem damit helfen können, dann tun sie es auch.»

«Aber ja.» Beth schaltete das Gerät ein. «*Kathy III*, hier spricht Beth. Bitte kommen, *Kathy III*.»

Das Radio knatterte und rauschte.

Beth versuchte es auch auf Squid Island. «Rinus, hier spricht Beth...»

Sie schüttelte den Kopf. «Hat keinen Sinn.»

«Man kann doch hinüberrudern, ja?»

«Aber sicher», sagte Beth. Wenn er einen Augenblick wartete, dann könnte sie ihn nach The Point bringen, oder vielleicht Aki, aber jetzt waren noch zu viele Fischer im Restaurant. Ob es ihm etwas ausmache zu warten? Ob er vielleicht noch einen Kaffee trinken möchte? «Entschuldigung, Kripstra.» Einige neue Gäste waren hereingekommen. «Sucht euch ein Plätzchen, Leute.»

Grijpstra machte ein paar Schritte weg vom Tresen; er wußte, wo die Ruderboote lagen, und Squid Island konnte man von hier aus sogar sehen. Er hatte seine Reisetasche beim Tisch gelassen. Aki reichte sie ihm. Er mochte Aki. Aki und Beth, so war das also? Auch einige von Nellies Freundinnen waren lesbisch. War sie etwa bisexuell? Er hatte nie zu fragen gewagt.

Am Kai traf Grijpstra Little Max, den Sohn von Big Max, dem Hummerfischer. Little Max saß im Ruderboot seines Vaters und angelte.

«Hi.»

Little Max sagte ebenfalls ‹Hi›.

Man stellte sich vor.

«Mein Freund Rinus lebt drüben auf Squid Island, Little Max. Ich werde einige Zeit bei ihm wohnen. Ich möchte gern zur Insel rudern. Könntest du mir dein Boot leihen? Ich bringe es zurück, wenn die Flut kommt, dann bekommst du zehn Dollar von mir.»

«Zehn Dollar», sagte Little Max sehr nachdenklich.

«Zehn Dollar, genau das.» Grijpstra ging in die Hocke, um nicht so von oben herab zu dem Jungen zu sprechen – er konnte auch gut mit Hunden umgehen. «Du kennst doch den Mann drüben auf Squid Island, der Tiere und so beobachtet? Bestimmt hast du ihn schon gesehen, ein Ausländer. Ich wollte mit der *Kathy III* rüberfahren, mit Flash Fartworth und Bad George. Aber Beth kann sie mit dem Funkgerät nicht erreichen, deshalb muß ich rudern.»

Little Max war beeindruckt. Dieser Mann aus der Fremde kannte eine Menge Leute, das stand fest. Grijpstra hatte sich in Boston rasiert, sein Anzug aus Kammgarn war nicht übermäßig zerknittert, und die lederne Reisetasche war neu. Für Max sah dieser allwissende Mann, der vom Ausland redete, wie einer von diesen Bankleuten aus. Little Max hatte schon öfter Banker aus Boston gesehen, sie kamen zum Fischen oder Jagen hierher, und sie warfen mit Geld nur so um sich, nur für ihn war bisher noch nichts abgefallen. Für zehn Dollar Eis mit Schokoladensplittern, wie es Beth machte, das würde eine ganze Weile reichen . . .

Grijpstra ruderte. Seit sein Vater ihn das erste Mal mit zum Angeln genommen hatte, an die vierzig Jahre war das her, war er nie aus der Übung gekommen. Die Riemen blieben in den Dollen, kleine Wellen brachen sich mit einem melodischen Laut am Bug, dem er den Rücken zukehrte. Die Richtung stimmte, er fuhr auf einer gedachten Linie zwischen Squid Island und dem Turm von Jamesons größter Kirche, den er genau im Auge behielt. Die Beine hatte er fest gegen den hinteren Sitz des Boots gestemmt, und wenn er es schaffte, den Turm genau zwischen den Beinen zu halten, und wenn er hin und wieder einen Blick über die Schulter warf, um den Kurs auch in dieser Richtung zu kontrollieren, dann konnte er Squid Island beim besten Willen nicht verfehlen.

Der Gezeitenstrom zog ihn aufs Meer hinaus, der Wind half nach, der immer stärker wurde, je weiter er sich von Jameson entfernte.

Die Wellen wurden größer. Er sah ein schnelles, beigegestrichenes Motorboot mit zwei Außenbordern den Hafen von Jameson verlassen. Rasch kam es näher. Grijpstra konnte die Schrift rechts und links am Bug lesen, denn jedesmal, wenn das Boot über eine Welle hüpfte, gierte es ein wenig, bevor es den alten Kurs wieder aufnahm. Am Bug stand: SHERIFF'S DEPARTMENT WOODCOCK COUNTY. Ein ordentlicher Brocken von Boot, gut zehn Meter lang, schnittig, stark und gefährlich. Ein Hai auf der Pirsch.

Am Steuerpult, hinter dem Ruder, stand Hairy Harry. Billy Boy kauerte hinter der Windschutzscheibe vorn im Bug. Die beiden schienen überaus guter Laune zu sein. «Na, wie läuft's denn so?»

«Gut», sagte Grijpstra.

Die Außenbordmotoren, nun im Leerlauf, grummelten bedrohlich. Auf Höhe des Ruderboots hatte Hairy Harry gestoppt. «Wir wollten uns heute mal um die Vorschriften auf See kümmern», sagte Billy Boy. «Sie haben sich die Vorschriften angesehen, Krip?»

«In letzter Zeit nicht», sagte Grijpstra.

Billy hatte eine Kladde mit einer Checkliste in der Hand. Er hatte auch einen Kugelschreiber. Alles war bereit zur Überprüfung der vorgeschriebenen Bootsausrüstung.

«Schwimmweste?»

Keine Schwimmweste.

«Signalhorn?»

Kein Signalhorn.

Auch kein Schöpfeimer, kein Reservepaddel, keine Taschenlampe, keine Leuchtraketen.

«Leuchtraketen *müssen* Sie einfach haben, ohne Wenn und Aber», sagte der Sheriff, der über der Steuerkonsole zu thronen schien, und kaute an seiner Zigarre. «Stellen Sie sich vor, Sie kommen in Schwierigkeiten, Kripstra, und wollen auf sich aufmerksam machen. Dann brauchen Sie Leuchtraketen!»

«Signalpistole?» fragte Billy Boy.

Keine Signalpistole.

«Es ist zu Ihrem eigenen Besten», sagte Billy Boy. «Ich weiß, die Bußgelder sind hoch, aber die Leute müssen einfach lernen, die Vorschriften ernst zu nehmen. Kommen Sie bei Gelegenheit vorbei. Sechs Übertretungen zu je vierzig Dollar, wollen mal sehen...»

«Zweihundertvierzig», sagte Hairy Harry.

«Danke, Sheriff.» Billy füllte in aller Ruhe den Strafzettel aus, auch das unberechenbare Schwanken des Boots konnte ihn nicht stören. Er reichte ihn Grijpstra. «Sie haben nur europäische Dollars, habe ich gehört?»

Hairy Harry legte den Vorwärtsgang ein und gab ein klein wenig Gas, damit das Boot nicht abgetrieben wurde. «Das ist schon okay, Deputy. Wir rufen in Boston an, dort erfahren wir den Wechselkurs.»

«Zuzüglich vierzig Prozent», sagte Billy Boy, «für die Umstände.»

«Wie kommen Sie zu dem Ruderboot, Krip?» fragte Hairy Harry.

Grijpstra erzählte ihm von Little Max und den zehn Dollar.

«Little Max ist nicht befugt, Big Max' Boot auszuleihen.»

«Das ist wieder ein Fall für sich», sagte Billy. «Big Max könnte Anzeige erstatten, sicher wird er das tun. Hab ich recht, Sheriff?»

«Genau», sagte Hairy Harry.

«Kommen Sie mal vorbei», sagte Billy Boy. «Irgendwann vor morgen mittag.»

«Da fährt nämlich der Bus», sagte Hairy Harry. «Wir werden dafür sorgen, daß Sie drinsitzen, Krip.»

«Nachdem Sie das Bußgeld und alles andere bezahlt haben», sagte Billy Boy.

Die beiden Außenbordmotoren heulten auf, das Polizeiboot wendete; das aufgewirbelte Kielwasser spritzte Grijpstra naß.

Grijpstra ruderte. Die Wellen waren mit zunehmendem Wind immer größer geworden, so daß es nicht einfach war, das gierende Boot auf Kurs zu halten. Jedesmal, wenn es ausscherte, schwappte etwas Wasser ins Boot. Bar Island tauchte auf und verschwand wieder. Nebelfetzen hingen über dem Wasser. Durch Gischtschleier hindurch erkannte Grijpstra Baumwipfel, außerdem purpurne Felswände und Riffe, die naß glänzend aus dem Wasser auftauchten, wenn die Wellen zurückwichen, nachdem sie mit Urgewalt dagegengekracht waren. Große Möwen, weißer Körper mit schwarzen Flügeln, schmiegten sich mühe- und schwerelos in den starken Wind und verspotteten keckernd den Mann da unten, der nur noch mühsam mit den schlüpfrigen Riemen zurechtkam. Ein Seehundkopf tauchte aus dem Wasser, rund und glatzköpfig, endlose Schnurrhaare ragten nach den Seiten. Die Augen starrten ihn geisterhaft an. Der Körper des Tiers ragte nun senkrecht aus einem eben entstandenen Wellental, schimmerte im Sonnenlicht, das für einen Augenblick durch den Nebel gedrungen war. Er schnaubte laut. Ein Gruß vielleicht, vielleicht wollte er auch nur das Wasser aus der Nase pusten. Grijpstra nickte ihm zu. «Alles okay heute?» Der Seehund, den so viel menschliche Anteilnahme sprachlos machte, ließ sich nach der Seite plumpsen und verschwand in seinem nassen Element, wie ein Clown, der sich zu einem komischen Abgang verpflichtet fühlt, nachdem er lange genug die Leute erheitert hat. Grijpstra genoß die Zirkusvorstellung, er hatte die Riemen ruhen lassen. Der Gezeitenstrom hatte nun seine volle Stärke erreicht und trug, im Verein mit dem starken Wind, das kleine Boot an Bar Island vorbei und immer weiter hinaus, durch die Passage zwischen dieser Insel und Squid Island. Ein bizarrer Bau lugte zwischen den Kiefern hervor, ein Haus mit gleich zwei geschwungenen Ziegeldächern übereinander, mit einem Türmchen obendrauf. Er konnte doch unmöglich schon in China sein, dachte Grijpstra. Eine Welle hob das Boot, und Grijpstra sah den Ozean, der vor ihm lag, unermeßlich weit, der nicht nach China führte, wie er sich nun erinnerte, sondern zurück nach Europa. Zurück zu Nellie, zu einem angenehmen Leben, zum Überleben, zu neuen Gedanken, an denen er nun nie mehr teilhaben würde. Obwohl er sich unendlich müde fühlte, ein wenig schwindlig auch, strengte er sich noch einmal mächtig an und legte sich in die Riemen. Warum? Vermutlich wollte er Nellie beeindrucken, die ihm vom hinteren Sitz aus zusah. Wirklich hübsch sah sie aus. Weißes Kleid, Strohhut. Wie an dem Tag, als sie auf der Amstel spazierengefahren waren.

Nellie mit einer Geschichte zu unterhalten war sicher besser, als ohnmächtig zu werden.

«Diese Wellen kommen aus Fernost, Nellie; es sind Wellen wie auf dem Bild von – wie hieß er doch? Hokusai? Ja! Es sind Hokusai-Wellen, erinnerst du dich an die Reproduktion, die ich dir gezeigt habe? Ich wollte diese Welle in eine Amsterdamer Gracht malen, mit toten Enten obendrauf.»

«Henkieluvvie», sagte Nellie zärtlich.

«Hokusai-Wellen können dein ganzes Haus an der Rechteboomgracht wegspülen, Nellie.»

Nellie lachte. Alberner Henkieluvvie!

Vielleicht hatte er etwas übertrieben. «Na, dann eben deinen Fahrradschuppen.»

Der dreizehn Meter lange und dreimal dreizehn Jahre alte Kabinenkreuzer *Kathy III* tauchte neben ihm auf, wuchtig, stabil genug für dieses Wetter (wenn auch gerade so eben), ohne von dem ins Nichts treibenden Grijpstra Notiz zu nehmen. Der Acht-Zylinder-Diesel des Boots stampfte unbarmherzig vor sich hin, während Flash, der kleine Kapitän, dessen Haarfilz sich im Wind aufgerichtet hatte, mit dem Fernglas die stürmische See absuchte. Nichts anderes tat Bad George, der kaum größere Erste Offizier mit dem ausdruckslosen Maskengesicht. Es war die falsche Richtung, in der sie suchten, und darum konnten sie das Ruderboot auch nicht sehen, das sich, zwischen Wellenbergen auf und ab tanzend, immer weiter entfernte.

Ein Hund – klein, schwarzgrau, wenn man von Kopf und Pfoten einmal absah – mit Namen Kathy II bemerkte Grijpstra und hüpfte wild auf der Brücke umher. Aufgeregt legte er die Stirn in Falten, ließ die Schnurrhaare tanzen und bellte, so durchdringend er konnte.

«Wal in Sicht!» riefen sich Käpten und Erster Offizier zu, dann stoppte die *Kathy III* und stieß etwas zurück. Ein Greifhaken an einem langen, dünnen Seil schwirrte durch die Luft und fand Halt am Bug des Ruderboots; mit ausgestreckten Armen hing Bad George über der Reling und rief Grijpstra etwas zu, er schien durch eine vorgehaltene Pappmachémaske zu sprechen. Grijpstra, völlig durchnäßt, krampfhaft an seine Tasche geklammert wie ein verlassen im Regen stehender Büroangestellter, wurde blitzschnell an Bord gehievt. Das Ruderboot folgte. Kathy II hüpfte und schlitterte auf dem rutschigen Deck, als sie den durchnäßten Ankömmling begrüßte. Passagier und Hund wurden in die Bugkabine gebracht, wo sich Grijpstra auf eine Koje legte und Kathy II, auf den Hinterbeinen stehend, eine Pfote an seine Brust und den Kopf gegen seinen Arm legte und leise, mit geschlossener Schnauze, bellte.

«Der verdammte Hund mag sonst keine Fremden», sagte Bad George, der ihm heißen Kaffee brachte. Der Becher klapperte gegen Grijpstras Zähne, während er sich in der Kabine umschaute, ein Lagerraum für allerlei kaputtes und rostiges Werkzeug, zerschlissene und mit Klebeband geflickte Taue, Lebensmittelvorräte für Mensch und Hund in karg beschrifteten Dosen, zerbeulte Dieselkanister und, wie es aussah, mehr als nur leichtgebrauchte Motorenteile, die wohl beim Abwracken anderer Schrottkähne angefallen waren. Die Kabine war sauber, wie auch die Kombüse dahinter, wo blitzblanke Töpfe an Haken hingen und zwischen Zwiebelbündeln, einem Schinken, getrockneten Fischen und einem Netzbeutel mit Kartoffeln hin und her schwankten.

Auch Flash Fartworth kam jetzt herein, um sich den Fang anzusehen. «Hätten leicht verschüttgehen können, bei den Wellen, wissense», sagte er, während er eine dicke, filzige Strähne wieder zurechtzurücken versuchte, die sich im Wind verselbständigt und hinter einem Ohr verfangen hatte. «Gut, daß Aki uns so hartnäckig angefunkt hat. Unser Gerät hat wieder mal verrückt gespielt, haben 'ne ganze Weile nichts empfangen können. Wie fühlense sich?»

Grijpstra fühlte sich schrecklich. Er fror, er war hungrig, seine Beine schmerzten – er mußte den halben Tag auf dem Meer verbracht haben. Er wollte gar nicht glauben, daß Flash ein Mensch aus Fleisch und Blut war. Ein über und über behaarter Hobbit. Auch seine dicken Fußzehen, die aus den Sandalen ragten, waren behaart. Er trug einen grauen Overall und dazu ein gelbes Seidentuch um den Hals, ausgefranst und schmutzig. Er mußte es gefunden haben, dachte Grijpstra. Sicher hatte eine Touristin es verloren, der Wind hatte es in einen Baum geweht. Flash sah nicht aus wie ein Mann, der sich seidene Halstücher kaufte. Flashs grauweißer Bart hatte keinerlei Form, er sah aus wie eine Wolke, die zufällig an seinem Gesicht hängengeblieben war. Bei jedem Luftzug wirbelten Barthaare in seine Augen. Wenn er sprach, sah man große, unregelmäßige Zähne aufglitzern.

Von der Brücke rief jemand, Schritte dröhnten auf dem Kabinendach. Flash humpelte hinaus. Grijpstra, der sich nur unter Schmerzen bewegen konnte, versuchte den Hund zu ignorieren, der unbedingt spielen wollte. Kathy II sprang hin und her, stellte die langen Ohren auf. Kerzengerade standen sie von dem kleinen pelzigen Kopf ab, so daß man das Innere sehen konnte. Überraschend intensives Rosa, als hätte man bunte Wimpel zu einem Fest gehißt. Der Hund wedelte mit dem arg zerrupften Schwanz.

«Aufforderung zum Tanz?» fragte Grijpstra.

Der Hund kläffte freudig.

«Ich kann nicht tanzen, Kleine.» Grijpstra taumelte hinaus, kletterte eine wacklige Leiter zur Brücke hinauf, wo Flash an einem kleinen, rostigen Steuerrad drehte. Angestrengt starrte er über den Bug hinweg ins Meer, eine Hand am Gashebel. «Bißchen kitzlig hier», sagte Bad George. «Untiefen. Man kann sie nicht sehen. Flash kennt sie noch am besten.» Das Schiff schob sich ganz langsam, zentimeterweise, durch die kabbelige See. Bis ans andere Ende von Squid Island ging es so, dann machten sie eine scharfe Wendung, zur Küste hin, daß sie manchmal fast die Bäume berührten, bevor sie sich in weitem Bogen wieder dem Meer zuwandten. Hier und da sah Grijpstra unter Wasser bernsteinfarbene Schemen, einige abgerundet, andere zerklüftet, an denen Seetang hing, das in der Dünung schaukelte. «Üble Burschen», sagte Bad George, «sie können einem den ganzen Rumpf aufreißen.»

«Mit Leichtigkeit», sagte Flash zu niemandem und zupfte dabei an seinem Bart, während die andere Hand fest das Steuer hielt. «Mit Leichtigkeit, mein Lieber.»

Dann war es still. *Kathy III* wurde sogar noch ein bißchen schneller, als sie zwischen den felsigen Tentakeln der Insel dahinsegelte. Die Maschine brüllte noch einmal kurz auf, als Flash sich selbst das Kommando «hart achtern» zurief und kräftig am Gashebel zog. Dann legte er den Leerlauf ein und schaltete die Maschine aus. Die *Kathy III* trieb gemächlich dem Landungssteg der Insel zu, wo de Gier wartete. Er winkte, dann fing er höchst elegant das Haltetau auf und wickelte es fachmännisch um die hölzerne Klampe. Er schwang sich über die Reling und riß Grijpstra in seine Arme. Er ließ ihn schnell wieder los. «Du bist ja naß.» Er lächelte. «Angenehme Reise gehabt? Ich hätte dich abgeholt, aber ich habe nur das Dingi hier.» Er tätschelte Grijpstras Schulter. «Außerdem hat Aki gesagt, daß die *Kathy III* das besorgen würde.» Er verbeugte sich zu Flash, Bad George und dem Hund. Bad Georges Gesicht blieb unbewegt, es zeigte den üblichen Ausdruck, was bedeutete: gar keinen. Auch Flash, der sich ohnehin leicht hinter seinem dichten Pelz verstecken konnte, ließ sich nichts anmerken, doch war da möglicherweise ein Zwinkern um die leicht vorstehenden und rotunterlaufenen Augen, die ein Leben lang dem direkten oder vom Meer reflektierten Sonnenlicht ausgesetzt gewesen waren. Der Hund, der sie von der Brücke beobachtete, fletschte wütend die Zähne.

7

«Besser?» fragte de Gier, als Grijpstra aus der Dusche kam. «Alles klar zum Lunch? Wie wär's mit Nudeln? Ich hab Nudeln gemacht. Magst du frische Makrele? Es gibt auch Jakobsmuscheln, hab sie mit Lorraine auf einem Tauchausflug geholt. Oder Krabbencocktail? Als Einstieg? Du magst doch Meeresfrüchte, hoffe ich!»

«Nachdem ich beinahe selbst Fischfutter geworden wäre, verdammt», sagte Grijpstra. «Wo zum Teufel hast du gesteckt?»

Es gab natürlich eine Erklärung, es gibt sie immer. De Gier hatte den ganzen Morgen das CB-Funkgerät eingeschaltet und den offenen Kanal abgehört – bis auf zwei kurze Unterbrechungen, als er glaubte, Meister Petz draußen vor der Pagode rumoren zu hören. Die Bären an der Küste von Maine halten nicht viel davon, sich sehen zu lassen. Die Bärenjagd war nämlich ein Sport, dem gerade Experten wie Sheriff Hairy Harry und Deputy Billy Boy mit größtem Eifer nachgingen. De Gier wollte Petz mit seiner neuen Nikon fotografieren. Er hatte am Strand Drähte gespannt, über die das Tier stolpern mußte, wenn es an derselben Stelle wie eine Woche zuvor an Land kletterte. Bei Tagesanbruch war es gewesen, und de Gier war zufällig auf, denn er meditierte draußen auf den Felsen. Leider ohne die Nikon.

Irgend etwas hatte diesen Morgen zweimal die Drähte berührt und Alarm ausgelöst, Füchse vielleicht.

«Hast du das Gerät nicht mit rausgenommen?» fragte Grijpstra.

Es war kein Batteriegerät, das man einfach in die Hand nehmen konnte. Eine Steckdose mußte schon in Reichweite sein. «Siehst du?» sagte de Gier und zeigte auf den Stecker in der Wand.

«Erst hat dich dieser verdammte Deputy angefunkt, um dir zu sagen, daß ich angekommen bin», sagte Grijpstra, «dann hat das verdammte Restaurant angerufen, um es dir zu sagen. Und du, du beschäftigst dich mit irgendwelchen *Bären*?»

Zufall, Fügung... wie es eben so geht, den besten Absichten zum Trotz. Es tat de Gier wirklich leid. «Okay?»

Von wegen.

Auch daß es ihn nicht versöhnte, tat de Gier leid. Also, wie war es ihm mit der El Al ergangen? Ishmael, das war schon eine Nummer,

62

nicht? Katrien hatte geschrieben, daß die entzündeten Beingelenke des Commissaris sich einen Hauch gebessert hätten – stimmte das? Ob Grijpstra ein Hummer zum Abendessen recht wäre?

Grijpstra schaufelte die in der Pfanne geschmorten Nudeln samt Beilagen hinunter; ein bißchen besser fühlte er sich schon, er konnte sich womöglich sogar vorstellen, daß er de Gier *nicht* verabscheute. Es war, wie es früher einmal gewesen war, vor langer Zeit, als er bei de Gier in dessen winziger Wohnung übernachtete, nur um nicht nach Hause gehen zu müssen. De Gier war ein guter Koch, er tat Kräuter ins Essen, die er auf dem Balkon selbst zog, das gab seinen Gerichten einen Hauch des Besonderen. Grijpstra sagte es in fast bittendem Ton: «Was soll ich nur von deinem Vorschlag halten, zu dir rüberzurudern? Ich versuchte es und wäre beinahe draufgegangen?»

«Von der Landzunge aus, von The Point», sagte de Gier. «Das ist nicht einmal ein halber Kilometer.» Die Halbinsel südlich von Jameson ragte genau in die richtige Richtung. Ob er sie von Ishmaels Flugzeug nicht gesehen hätte? Ishmael wohnte doch am Ende der Halbinsel.

«Das hab ich nicht mitbekommen», sagte Grijpstra. «Da war der Hafen, genau vor *Beth's Restaurant*, dort gab es Boote, man konnte deine Insel sehen...»

«Nein», erklärte ihm de Gier, vom Hafen von Jameson bis Squid Island waren es mehrere Kilometer. Niemand, der bei Verstand war, würde so etwas versuchen. Höchstens ein Idiot.

«Ein Idiot?» fragte Grijpstra und ließ die Gabel sinken.

Na ja, es war nicht sehr geschickt. Und dann sollte doch Aki, die schöne Aki, Akiapola'au... so genannt nach diesem fleischfressenden Finken ihrer Heimat Hawaii...

Grijpstra starrte ihn böse an. «Hör auf damit.»

«Bitte», sagte de Gier, «mach dir klar, wo du bist. Das hier ist nicht Amsterdam. Ein richtiger, großer Bär treibt sich auf dieser Insel herum, ich hab ihn mit eigenen Augen gesehen. Und auch diesen fleischfressenden Finken auf Hawaii gibt es wirklich.» De Giers Lächeln wurde breit und breiter, freute er sich doch, daß er noch mehr für Grijpstra hatte tun können. «Wie gefällt dir dieser Engel?»

Grijpstra ging mit der Schale Nudeln in der Hand zum Fenster und sah zur Halbinsel hinüber. Tatsächlich, sie mußte ziemlich nah sein. Er aß weiter.

«Akiapola'au hat dir gefallen?»

«Der fleischfressende Vogel ist lesbisch», sagte Grijpstra.

De Gier starrte ihn an.

«Etwa nicht?» fragte Grijpstra. «So wie Beth. Ich hab's ihnen angesehen. Das sehe ich immer.»

«Ach ja?»

Grijpstra zuckte die Achseln.

«Machst du neuerdings auf Sexismus?» fragte de Gier.

«Bitte», sagte Grijpstra, «das haben wir doch schon hinter uns. In meinem Kopf gab es *New Age* schon, bevor das Wort erfunden war. Sexismus heißt, daß ein Geschlecht sich dem anderen überlegen glaubt. Das ist diskriminierend. Ich diskriminiere nicht, ich bin nur deutlich.»

«Du diskriminierst», sagte de Gier. «Ich habe gefragt, ob dir Aki gefällt, und du sagst: ‹Sie ist lesbisch.›»

«So habe ich es nicht gesagt.» Grijpstra hörte auf zu essen. «Ich sagte es so: ‹Sie ist lesbisch.›»

«Mit demselben freundlichen Lächeln?»

Wieder unterbrach sich Grijpstra beim Hineinschaufeln der Nudeln. Er schluckte. «Mit diesem freundlichen Lächeln.»

«Dann magst du also Akiapola'au?»

«Ich mag Akiapola'au sogar sehr.»

«Und Beth?»

Grijpstra nickte. «Auch Beth mag ich sehr.» Mit der Gabel zeigte er auf de Gier. «Derjenige, der mir im Augenblick völlig schnuppe ist, bist du.»

«*Du* bist mir nicht schnuppe», sagte de Gier. «Ich hatte alles geregelt. Für den Fall, daß ich nicht im Restaurant war, wenn du aufkreuzt – und das war sehr wahrscheinlich, denn ich hatte keine Ahnung, wie lange Ishmael für den Flug hierher braucht –, hatte Beth den Auftrag, die *Kathy III* zu rufen. Wenn Beth Flash und Bad George nicht erreichen konnte, dann sollte sie oder Aki dich nach The Point fahren, von wo man leicht rüberrudern kann. Und das hat Beth dir auch gesagt. Sie hatte zu tun, vertröstete dich für ein paar Minuten, aber du bist einfach losgezogen und in die Bucht hinausgerudert, obwohl Sturm aufkam und obwohl das ablaufende Wasser dich wie irre aufs Meer hinauszog. Beth hat dir den Sheriff hinterhergeschickt, aber er kam zurück und sagte, du hättest nicht an Bord gehen wollen. Sie konnte es nicht glauben und hat es schließlich geschafft, die *Kathy III* zu alarmieren.»

«Dann war ich in besten Händen?» Grijpstra war wütend. Er berichtete von seiner Begegnung mit dem Polizeiboot.

De Gier nickte.

«Warum nickst du?»

«Das ergibt Sinn», sagte de Gier. «Hier wird mit Drogen gehandelt, sie glauben, daß ich dem nachgehe. Jetzt glauben sie, daß du aus diesem Grund hier bist.»

«Wer sind *sie*?»

«Fast jeder könnte es sein», sagte de Gier. «Auf allen Inseln hier wird Marihuana angebaut, mehr davon kommt per Schiff, und vermutlich werden auch harte Drogen mit dem Flugzeug hergebracht.»

«Und der Sheriff steckt mit drin?»

«Bitte», sagte de Gier.

«Bitte was?»

«Vergiß nicht, wie es in Amsterdam war. Vergiß nicht, daß man zu jeder beliebigen Zeit an jedem beliebigen Ort jeden beliebigen Stoff bekommen konnte – und daß an die viertausend Polizisten herumliefen und dafür sorgten, daß die Verteilung auch klappte. Nenn es Kapitalismus oder freie Marktwirtschaft oder eine Maßnahme gegen den Preisauftrieb! ‹Wenn wir es nicht tun, tun es andere – da machen wir's lieber selber›? Ich meine, schließlich gibt es auch hier Polizisten, oder?»

«Nicht alle viertausend haben mitgemacht.»

«Die meisten, auf die eine oder andere Weise.»

«Wir nicht.»

«Das macht die Sache ja kompliziert», sagte de Gier, «wenn einige Polizisten bekanntermaßen nicht mitmachen, obwohl die meisten von ihnen sich in die Hände spucken, ‹packen wir's an›...»

«Weil du diesen Killern hier gesagt hast, wir beide wären Polizisten, wäre ich beinahe abgesoffen», sagte Grijpstra. «Wirklich brillant. Wolltest du irgendwelchen Weibern imponieren?»

«Sicher», sagte de Gier. «Als ehemaliger Bulle aus Amsterdam, den es ins ‹Zwielichtland› verschlagen hat. Und wo ist Amsterdam? Amsterdam, Ohio?»

65

«Wo ist Ohio?»

«Auf amerikanischem Boden», sagte de Gier. «Was anderes kennen sie hier gar nicht. Es interessiert sie auch nicht.»

Grijpstra stellte seine Eßschale vorsichtig auf den Tisch, dann packte er de Gier an den Aufschlägen seines adretten Safarijäckchens und schüttelte ihn grimmig. «Warum hast du den Leuten hier erzählt, daß du Polizist warst!»

Es gab natürlich eine Erklärung, es gibt immer eine. De Gier entwand sich ihm mit aller Lässigkeit, er brachte den Kaffee und sprach mit Engelszungen auf den ungehobelten Gast ein. Er erinnerte ihn daran, daß er – de Gier – schon einmal in Maine gewesen war, in Jameson. Fünfzehn Jahre war es her. Er sollte dem Commissaris dabei helfen, seiner Schwester zu helfen, die unvermittelt Witwe geworden war und nicht wußte, wie sie es anstellen sollte, um so schnell wie möglich nach Holland zurückkehren zu können. Damals lernte de Gier einige wichtige Leute kennen, den Sheriff...

«Hairy Harry?» fragte Grijpstra. «Du *kanntest* Hairy Harry?»

Ein anderer Sheriff. Sheriffs kommen und gehen, wie alles andere auch. «Kann ich weitermachen», sagte de Gier, «oder hast du was dagegen? Darf ich dir die Geschichte erzählen? Du bist jetzt Privatdetektiv, du hättest beinahe ins Gras gebissen heute morgen, du hast den Auftrag übernommen, deshalb mußt du ab jetzt auf dich aufpassen. Du benötigst alle erdenklichen Informationen, du bist allein auf weiter Flur. Und merk dir, was dieser heilige Mann gesagt hat.»

«Alle Heiligen sind Betrüger», sagte Grijpstra.

«Warum?»

«Weil es nichts Heiliges gibt. Also, was sagte dein Betrüger?»

«Mein heiliger Betrüger», sagte de Gier, «sah Gott von Angesicht zu Angesicht, dann kam er zurück, um zu berichten, daß die Dinge so sind, wie sie sind, weil Gott gar nicht nett ist. Gott ist nicht unser guter Onkel.»

«Flash Fartworth ist nett», sagte Grijpstra, «und Bad George ist nett. Und dieser alberne Hund ist auch nett.» Er sah zu, wie de Gier den Nachtisch servierte, Eis, mit Pfirsichen und Schokoladesplittern obendrauf, bittere Schokolade. Er hob seinen Löffel. «Nun gut, vor fünfzehn Jahren lag der Schwager des Commissaris zerschmettert unter einer Felswand, und wenn ich mich recht erinnere, hatte jemand nachgeholfen. Jetzt hast du bei Lorraine etwas nachgeholfen. Soll das zur Gewohnheit werden?»

«Es gab hier auch einen Einsiedler, Jeremy hieß er», sagte de Gier. «Ich kam hierher, um Jeremy wiederzusehen, vielleicht auf seiner Insel zu leben.

«Diese Insel?» fragte Grijpstra.

De Gier lächelte traurig. «Leben bedeutet Chaos. Es gibt Tausende von Inseln hier. Dies ist nicht Jeremys Insel, und Jeremy ist lange tot. Er war alt geworden und hinfällig, und man hätte ihn wohl in ein Heim gesperrt. Also tat er, was du auch beinahe gemacht hättest heute vormittag...»

Grijpstra ließ den Löffel sinken: «...der Einsiedler Jeremy ruderte los und ward nie mehr gesehen?»

«Genau das.»

«Absichtlich?» fragte Grijpstra.

«Absichtlich.»

«Wie ist es wohl, wenn man es absichtlich tut?» sagte Grijpstra. «Ich hatte es nicht geplant und hab einige schöne Sachen gesehen. Nellie mit Hut, zum Beispiel.»

De Gier wurde neugierig. «Und was noch?»

«Hokusai-Wellen», sagte Grijpstra, «groß genug, um Nellies Haus zu verschlingen. Dann hat mich der Hund gesehen, Fartworths Mutter.»

De Gier begann den Tisch abzuräumen. «Hat Ishmael dir von Fartworths Problemen erzählt? Hätte ich mir denken können. Immer das Unwesentliche, natürlich. Nur nicht, daß ich ihn geschickt habe, hab ich recht?»

Das konnte seinen Grund haben, meinte Grijpstra. Ishmael wollte vielleicht herausfinden, was Grijpstra vorhatte, und hoffte, dadurch vielleicht herauszufinden, was de Gier vorhatte. Ishmael hätte möglicherweise so seine Befürchtungen. Welcher Art? «Was, wenn er mit den Machenschaften hier zu tun hat?» Was für Machenschaften? Grijpstra schüttelte die Faust. «Der gottverdammte Drogenhandel an der Küste von Maine.»

«Was soll dieses ‹gottverdammt›?» fragte de Gier. «Das war immer mein Part. Du bist doch der mit der Silberzunge.»

«Aber du hast dich aus unserem Geschäft zurückgezogen», sagte

Grijpstra. «Nun also. Vor einer ganzen Weile gab es den weisen Einsiedler Jeremy auf einer Insel, die nicht diese Insel war, und seine philosophischen Einsichten beeindruckten dich in deinem jugendlichen Leichtsinn. Und jetzt, wo du älter bist und noch immer nichts weißt und, vor allem, nicht weißt, wie du das ändern könntest, kommst du hierher zurück, um zu fragen, wie oder was (weil du alles vergessen hast) – und mußt feststellen, daß der alte Esel verblichen ist.»

«Ein bißchen mehr Respekt doch», sagte de Gier.

«Ein bißchen gar nichts mehr», sagte Grijpstra. «Nenn mir einen einzigen guten Grund, warum du den Leuten hier gesagt hast, daß du Polizist warst und daß ich ein alter Kollege bin, so daß ich auch auf der Abschußliste stehe und in den fünf Minuten, die ich hier bin, a) gefilzt werde und b) leicht Jeremy der Zweite auf der Reise nach Nirgendwo hätte werden können, wenn nicht dieser alberne Hund gewesen wäre, Fartworths Mutter.»

«Du hörst dich besser an als früher», sagte de Gier.

«Mmh?»

«Und weißt du, warum?» fragte de Gier. «Weil du besser Schlagzeug spielst. Das gehört zusammen. Das Ohr wird schärfer. Du bekommst mehr mit, du kannst mehr sagen.»

«Aha.» Grijpstra nickte. «Aha.»

«Ishmael kannte mich noch von meinem ersten Aufenthalt hier», sagte de Gier. «Er hat mitbekommen, wie der Commissaris und ich hier herumschnüffelten. Man muß uns eine Meile weit gesehen haben. Er hat nicht vergessen, daß ich als Polizist hier war. Jetzt bin ich zurück, allein. Damals hatte es einen Mord gegeben, es gab eine Bande nihilistischer Typen auf Motorrädern, die BMF-Bande, die einen Nazi getötet hatten, und es gab eine Verbindung zur Bodenspekulation. Es war einiges los, damals. Und die Erinnerung daran hat Ishmael natürlich neugierig gemacht.»

«Und eine Verbindung zum Drogengeschäft gab es damals nicht?»

«Nicht daß ich wüßte.»

«Hat Ishmael heute mit Drogen zu tun?» fragte Grijpstra.

«Möglicherweise.»

«Er roch mir nicht nach Drogen», sagte Grijpstra. «Seit ich nicht mehr rauche, habe ich einen guten Riecher. Das ganze Flugzeug war clean. Der Deputy hat es durchsucht. Nichts. Aber Ishmael sprach von seinen Flügen über die Grenzen.»

«Er kommt viel herum in seiner Freizeit», sagte de Gier. «Er ist hier sehr gefragt, wenn es etwas zu schweißen gibt, ein Diesel zu reparieren ist, als Computerexperte. Ishmael verdient eine Stange Geld und gibt wenig aus. Dieses Flugzeug ist billig im Unterhalt. Er war einmal religiös, aber er hat seinem Glauben abgeschworen.»

«Also Agnostiker?»

«Vielleicht wegen Jeremy, dem Einsiedler», sagte de Gier. «Ishmael mochte Jeremy. Jeremy war kein Hiesiger, und als er ihn kennenlernte, war Ishmael noch nirgendwo gewesen. Jeremys Ideen beeindruckten ihn. Er sagte, daß das Schicksal ihn zu Jeremy geführt hätte – und Jeremy sagte, daß ihr Zusammentreffen purer Zufall wäre, daß sie beide aber auch Mitglieder einer Geheimgesellschaft sein könnten, so geheim, daß niemals ein Mitglied sich dem anderen zu erkennen gab.»

«Viele Kinder?» fragte Grijpstra. «Spielsucht? Alkohol? Eine kostspielige Geliebte?»

«Nein. Nicht einmal verheiratet; er lebt allein in der alten Konservenfabrik, die einmal seiner Familie gehörte. Er sammelt Krimskrams, wertloses Zeug, das er in der Fabrik aufstellt. Ich hab ihn gestern per Funk erreicht, gerade nachdem ich mit dir telefoniert hatte. Er ist geradewegs losgeflogen. Ich wollte nicht, daß du in Boston aufgehalten wirst, nachdem du dich in Amsterdam so beeilt hast.» De Gier grinste. «Und Ishmael hat kein Wörtchen verlauten lassen, als ihr euch auf Logan getroffen habt? Tat, als wäre er ganz zufällig dort? Aber du hast es natürlich sofort durchschaut.»

«Klar», sagte Grijpstra und sah sich erst einmal um. «Hübsch hast du's hier.»

Es sei wirklich ein schönes Haus, pflichtete de Gier bei. Es gab eine ganze Menge solcher kostspieliger Ferienhäuser in Zwielichtland. Die Pagode war von «Goldy» Yamamoto entworfen worden, einem New Yorker Architekten. Ein Taoist, behauptete Ishmael, der sich nicht hätte nehmen lassen, den Bau selbst zu beaufsichtigen. Zunächst mußte ja herausgefunden werden, wieviel flaches Gelände es auf Squid Island überhaupt gab. Ishmael und Yamamoto waren gemeinsam auf die Idee gekommen, die Pagode auf einen Sockel aus Granitquadern zu bauen; das Material der Insel selbst sollte als Fundament dienen. Eine elektrische Pumpe versorgte das Haus mit Wasser aus den natürlichen Vorkommen der Insel. Den Strom dafür lieferte ein großer Dieselgenerator, in einigem Abstand vom Haus in einem schallisolierten Verschlag untergebracht. Der Generator erzeugte auch den Strom für Licht und alle Geräte. Es gab Holzfußböden, große Fenster, eine Küche mit allem Drum und Dran, zwei Schlafzimmer, Wände in allen Schattierungen von Weiß, die von Pfosten und Balken aus seltenen Hölzern getragen wurden. Kalifornisches Redwood, sagte de Gier, Fidschi-Teak. Die freiliegenden, grob behauenen Dachbalken waren aus altem Kiefernholz, das einen wunderschönen Orangeton angenommen hatte. Die Einrichtung war nicht weniger exquisit: eine Eckcouch mit Leinenpolstern und dazu passende Sessel, die um den aus Treibholz gezimmerten Couchtisch gruppiert waren. Überall Orientteppiche. Ein großes abstraktes Gemälde, offensichtlich von der Küstenlandschaft inspiriert, wirkte beruhigend auf den Betrachter ein: grüne Pinselstriche auf grauem Grund, hellblaue für das Meer, ein weißer Klecks als Segel.

«Wo das Geld ist, ist die Kunst nicht weit», sagte de Gier. «Ein Banker wollte seine eigene Pagode haben, nachdem ihm das Tao der Aktienkurse aufgegangen war.»

«Inzwischen pleite und gefeuert?» fragte Grijpstra.

«Genau.»

«Prima», sagte Grijpstra. «Was zahlst du dafür?»

«Fünfhundert.»

«Pro Monat?»

«Pro Woche.»

«An wen?»

«An Bildah», sagte de Gier. «Bildah Fartworth hat es eingesackt, als die Junk-Bonds ins Bodenlose fielen. Er wird beim Verkauf ein Vermögen machen, wenn die Konjunkturflaute erst vorüber ist. Inzwischen habe ich es gemietet.»

«Du weißt, daß Bildah Hairy Harry einen Palast hingestellt hat, für ein Fünftel der Kosten?»

De Gier lachte. «Ishmael hat geplaudert, natürlich. So konnte Harry sein Drogengeld waschen. Dafür ist Bildah der richtige Mann. Ich hab ihn kennengelernt. Kluges kleines Bürschchen.»

«Klug?»

«Sagen wir ‹clever›», sagte de Gier. «Aber man kann nie wissen, vielleicht kommt eins zum andern dazu.»

«Das Finanzgenie dieser Gegend?»

«Er hat nicht nur das Geld», sagte de Gier, «er hat schlechthin alles in der Hand. Der oberste aller Puppenspieler in Zwielichtland. Er läßt Hairy Harry und Billy an seinen Fäden tanzen, ihm gehören Grund und Boden und die Häuser von Jameson. Er hat die Aktien der Fischereiflotte. Kein krummes Ding, an dem er nicht verdient.»

Grijpstra fröstelte. «Übler Kerl, dieser Bildah?»

«Immer noch nicht aufgewärmt? Willst du eine heiße Milch mit Honig? Zimt obendrauf?» Es war das Rezept des Commissaris für strapazierte Nerven, das er von seiner Mutter hatte. De Gier machte sich an die Arbeit. «Nein. Bildah füttert Vögel. Er lebt komfortabel. Fährt ein Cadillac-Cabriolet, das mein bankrotter Banker abstoßen mußte. Er fischt auch hin und wieder. Er wandert gerne. Ich hab ihn bei The Point beim Strandspaziergang gesehen.»

«Er ist verwandt mit Flash Fartworth?»

«Entfernt.»

Grijpstra stellte seinen Becher ab. «Ich habe dir monatlich viertausend Dollar geschickt. Du hast das alles ausgegeben?»

«Ich bezahle die Miete», sagte de Gier. «Ich habe in The Point ein Auto stehen, einen Ford, ganz brauchbar, gemietet. Ich habe das Dingi gekauft, um aufs Festland überzusetzen. Das waren schon mal zweitausend. Lebensmittel sind hier nicht billig, sagen wir hundert die Woche. Dann die Stereoanlage und die Platten, die ich mir schikken lassen muß. Akiapola'au kommt rüber, um die Hausarbeit zu erledigen, sie verlangt zwanzig die Stunde.»

«Wir reden von Dollars», sagte Grijpstra.

«Sicher.»

Grijpstra seufzte. «Ich habe keinen einzigen Dollar dabei. Die Bank in Luxemburg hat dir diesen Monat keinen Scheck geschickt, weil der Angestellte, der meine Stimme kennt, auf Urlaub ist. Ich wollte einen Brief schicken, damit sie es schriftlich haben, aber da hast du schon angerufen. Hast du irgendwas an Bargeld?»

«*Wir* haben kein Bargeld?» De Gier bohrte seine Finger in Grijpstras Brust.

«Nur keine Dollars», sagte Grijpstra. «Ich habe jede Menge Gulden mitgebracht. Hairy Harry hat sich meine Brieftasche angesehen. Er schien überrascht zu sein.» Er rieb sich das Kinn. «Ach, fast hätte ich es vergessen. Die Stewardess in der El-Al-Maschine zeigte mir ein Merkblatt, auf dem stand, daß man nur fünftausend Dollar einführen darf, gleich in welcher Währung, und ich habe elftausend mitgebracht.»

«Und der Sheriff hat das gesehen?» fragte de Gier.

«Ja.»

«Das geht in Ordnung», sagte de Gier. «Hairy Harry ist für das County zuständig, Bundesangelegenheiten interessieren ihn nicht.»

«Es wäre ein weiterer Grund, sich an uns zu vergreifen.»

De Gier war derselben Meinung.

Grijpstra rieb noch immer sein Kinn. «Sie verlangen, daß ich morgen mit dem Bus wieder abreise.» Er kam noch einmal auf den Vorfall in der Bucht zurück.

«Du hast schon recht», sagte de Gier. «Ich hätte mich mehr zurückhalten sollen. Vielleicht auch nicht so viel Geld ausgeben. Expolizisten sollten nicht so viel Wind machen. Und da gibt es noch Lorraine.»

«Lorraine gibt es nicht mehr», sagte Grijpstra. «Weiß Ishmael von deinem kleinen Problem?»

Wohl nicht, meinte de Gier. «Dazu ist es noch zu früh, Lorraine war nicht sehr gesellig, es wird eine Weile dauern, bis jemand sie vermißt. Willst du den Tatort in Augenschein nehmen?»

Grijpstra, eingewickelt in ein Badetuch, auf dem Kopf einen Strohhut von de Gier, schlurfte in Pantoffeln seinem Gastgeber hinterher. Es waren die Pantoffeln, die Nellie noch rasch in die Reisetasche gesteckt hatte. «Das ist der Felsen, Henk.»

De Gier war Lorraine, Grijpstra war de Gier. Grijpstra kam schwankend aus der Tür der Pagode. De Gier stand, einen Fuß auf der obersten Treppenstufe des Pfads zwischen Pagode und Anlegebrücke; den anderen Fuß hatte er auf den Felsen neben dem Pfad gesetzt. De Gier wollte Grijpstra umarmen. Grijpstra stieß de Gier zurück. De Gier fiel hintenüber. De Gier, der Judoka, hatte den schwarzen Gürtel. Es passierte ihm nichts.

«Dann ist Lorraine also selber schuld?» fragte Grijpstra. Er kniete sich neben die Stelle, wo Lorraine, angeblich nach einem Stoß, gefallen war, und wo sie dann, angeblich, getreten worden war.

Er fand einen Blutfleck, eben noch wahrnehmbar. Ein kleiner Fleck getrocknetes Blut, ein anderes, tieferes Rot auf dem natürlichen Rosa des Granits.

Es hatte nicht geregnet seit Lorraines Sturz, sagte de Gier.

Grijpstra lehnte am Geländer. «Und jetzt zeig mir, was du getan hast, nachdem Lorraine plötzlich von der Bildfläche verschwunden war.»

De Gier stand auf der Terrasse. «Ich war hier.» Er zeigte auf die oberste Treppenstufe. «Lorraine stand dort. Ich weiß noch, wie ich sie geschubst habe. Dann war sie verschwunden. Einen Schrei habe ich nicht gehört, vielleicht ein Stöhnen. Ich erinnere mich an irgendwelche Laute, aber damals glaubte ich, sie würde etwas sagen, während sie die Treppe hinunterging.»

«Das ist nicht viel Blut», sagte Grijpstra und zeigte auf den Granit unterhalb der Treppenstufe. «Vielleicht, daß ihre Kleidung das meiste aufgesogen hat.» Er hustete. «Eine Unterleibsblutung, hab ich recht?» Er schüttelte den Kopf.

In de Giers Gesicht zuckte es.

«Der unwiderstehliche Herzensbrecher in voller Fahrt.» Grijpstra wandte den Blick nicht von dem Blutfleck auf dem Granit ab.

«Bad George behauptet, sie hätte eine Fehlgeburt gehabt», sagte de Gier. «Ich habe den Embryo nie zu Gesicht bekommen.» De Gier setzte sich auf die Stufen und raufte sich den Schnurrbart, daß es weh tun mußte. Seine Stimme klang etwas schrill. «Ich habe aber auch nicht verlangt, daß er mir einen Beweis lieferte. Wollte es nicht wissen. Das muß im Boot passiert sein, sie müssen ihn über Bord geworfen haben, nicht?»

«Und könnte das Baby von dir sein?»

«Ich habe Kondome benutzt.»

«Keine Ausnahmen?»

«Doch», sagte de Gier.

«Du bist seit vier Monaten hier», sagte Grijpstra. «Und bist gleich zur Sache gekommen? Wann hast du Lorraine kennengelernt?»

«Am ersten Tag», sagte de Gier. «Das war die Antwort auf beide Fragen.»

Grijpstra schüttelte den Kopf. «Und Lorraine, um die Vierzig, wurde geradewegs schwanger? Hat sie es dir gesagt? War ihre Periode ausgeblieben?»

«Unregelmäßig», sagte de Gier, «ihre Periode war schon längere Zeit unregelmäßig, schon bevor wir uns kennenlernten.»

«Und es sind Flash und Bad George, deine Erpresser, die behaupten, daß die Person schwanger war.»

«Lorraine», sagte de Gier.

«Person.» Grijpstra erhob sich mühsam von seinem Liegestuhl und setzte sich neben de Gier auf die Stufe. «Darum bin ich doch hier. Weil ich nicht persönlich betroffen bin. Du bist nichts weiter als mein Auftraggeber. Die Erpresser haben also die Tote zurückgebracht.» Wieder stand er auf. «Wollen mal sehen, wie sie das gemacht haben.»

De Gier war Bad George, der den steilen Pfad vom Anlegeplatz heraufstieg, Lorraines Körper auf seinen Armen, scheinbar keine schwere Last.

«Hmm», sagte Grijpstra, «wohl keine schwere Frau, denke ich.»

«Schlank», sagte de Gier, «gute Figur. Das Gesicht etwas zerkniffen, mit Kummerfalten. Hatte eine schlechte Ehe hinter sich, Scheidung. Sie lebte einige Zeit bei ihren Eltern in einer Wohnwagensiedlung in Arizona. Den Eltern gehört Bar Island da drüben; sie haben es gekauft, als sie jung waren, um ihr Geld anzulegen. Dachten, es wäre eines Tages etwas wert, das war ein Irrtum.»

«Wovon lebte Lorraine?»

«Sie war Biologin. Hatte einen Forschungsauftrag, Feldstudien über die Vögel hier. Sollte später in New York einen Lehrauftrag kriegen. Bar Island ist ein Schutzgebiet für Seeschwalben, doch werden es jedes Jahr weniger. Sie sollte herausfinden, warum.»

«Und warum?»

«Möwen», sagte de Gier. «Sie sind größer als die Seeschwalben und rauben die Eier oder die Jungen. Lorraine hat eine Menge statistisches Material. Sie weiß, wo die Möwen brüten, und hatte vorgeschlagen, daß sie und Aki Möweneier beiseite schaffen.»

«Aki ist auch Biologin?»

«Sie hat kein abgeschlossenes Studium wie Lorraine.»

«Schutzgebiet», sagte Grijpstra. «Und Lorraine suchte Schutz, um zu sich selbst zu finden.» Er sah zu der Insel im Osten hinüber. «Klingt nicht, als ob sie von hier wäre?»

«New York. Hier war die Familie den Sommer über, sie bauten sich ein schönes Blockhaus, lebten in der Wildnis. Die Eltern woll-

74

ten es winterfest machen und für immer hierbleiben, aber die Mutter bekam ein Lungenemphysem, und in so einem Fall ist Arizona besser geeignet.»

«Raucherin?»

«Sagte Lorraine. Nimmt abwechselnd einen Zug aus der Zigarette und aus der Sauerstofflasche. Trägt sie immer bei sich. Ein Krüppel.»

Grijpstra hustete.

«Was macht deine Lunge?» fragte de Gier.

«Der Arzt sagt, ich hätte gerade noch rechtzeitig aufgehört», sagte Grijpstra. «Dann ist diese Lorraine tatsächlich ein unverbildetes Naturgeschöpf?»

«Aber ja.» De Gier ruderte mit den Armen. «Fährt Kajak. Ißt nur das Gesündeste. Sprüht vor Energie. Die Seeschwalben wurden ihr zu langweilig, also fing sie noch eine Arbeit über Seetaucher an. Zusammen mit Aki war sie fast jeden Morgen unterwegs. Seetaucher lieben die Morgendämmerung.»

«Also Vögel?»

«Vögel, Wasservögel, ziemlich groß», sagte de Gier, «sie würden dir gefallen. Schwarzweiß gemustert, sehr ästhetisch, mit durchdringenden roten Augen. Eine gefährdete Art, aber in den Buchten und an den Seen von Maine sehr zahlreich. Geben ganz unglaubliche Töne von sich, wie übergeschnappte Opernsänger, die aber das Singen nicht verlernt haben.»

«Sänger oder Sängerinnen?»

«Sängerinnen.»

«Dein persönlicher Hintergrund und deine typischen Verhaltensweisen sind mir vertraut», sagte Grijpstra. «Du zeigst, daß du nicht abgeneigt bist, aber du bist nicht der aktiv Verführende. Lorraine machte den ersten Schritt. Du hast ihr gesagt, in Ordnung, aber bitte nichts Ernstes. Die Menschheit sei eine Katastrophe, du wolltest nicht zu ihrer Vermehrung beitragen. Du hältst nichts vom Homo sapiens, aber da du ja selbst einer bist, verhältst du dich auch so, solange es nicht lästig wird. Du glaubst auch nicht an menschliche Beziehungen, aber eine kurze Affäre findest du mitunter ganz anregend. Wenn jemand unter diesen Umständen interessiert sein sollte... Und so weiter. Stimmt's?»

«Ja.»

«Mußt du wirklich diese schuldbewußte Miene aufsetzen?»

«Lorraine ist ein netter Kerl», sagte de Gier.

«Du glaubst nicht, daß sie tot ist?»

De Gier stand auf und ging einige Stufen treppabwärts. Dann kehrte er wieder um. «Sicher ist sie tot. Ich habe ihre Leiche gesehen.»

«Nun», sagte Grijpstra, «ich versuche nur herauszufinden, ob du nicht ganz bei Verstand warst und in diesem Zustand Lorraine getötet hast. Aber sag mal, das alles hier –» Grijpstra zeigte auf die Pagode, die Seehundsköpfe, die in kurzen Abständen aus dem Wasser auftauchten, auf die kiefernbewachsenen Felsen, auf de Gier selbst, – «ist doch nur eine Fortsetzung dessen, was du in Neuguinea versucht hast?»

De Gier nickte. «Was sonst? Der Schamane hat mich an Jeremy erinnert.»

«Schamane», sagte Grijpstra, «Zauberer, Hexenmeister. Hat der Medizinmann dir geraten, du solltest Nächte durchwachen und dabei Drogen nehmen?»

«Er selber tat das», sagte de Gier. «Es gab eine Insel, wohin er sich zurückzog. Er sagte, er würde es mit Musik versuchen, mit Tanzen und Singen, seine Lieblingsdrogen einnehmen, Tieren nachspüren, den Vögeln, Muscheln und Treibholz sammeln und daraus Figuren zusammensetzen.»

«Genau», sagte Grijpstra, «und deine Lieblingsdrogen sind Bourbon und Marihuana, die man hier leicht bekommt. Und eine Insel ist das hier auch, deine Lieblingsmusik ist Miles Davis' Funk-Jazz, außerdem hast du deine Minitrompete dabei, und überall in deiner Pagode sieht man deine Kompositionen aus Steinen und Muscheln. Dann hast du versucht, Meister Petz von Angesicht zu Angesicht zu sehen, und das Singen besorgen die Taucher.»

«Man kann es nicht so ganz Singen nennen», sagte de Gier.

«Der Schrei des Seetauchers ist etwas Einzigartiges», sagte Grijpstra, «das man mit allen anderen Zutaten zusammenmixen kann, um eines schönen Tages jenen Punkt zu erreichen...»

«Vielleicht war Alkohol keine so gute Idee», sagte de Gier. «Die Schamanen in Neuguinea machen sich nichts daraus, aber da meine bisherigen Erfahrungen mit Alkohol eher positiv waren, wollte ich es einmal versuchen...»

Grijpstra verwandelte sich wieder in den Polizisten, doch versuchte er, nicht zu grob zu sein. «Nachdem Lorraine gestürzt war, bist du da zu ihr hingegangen und hast sie getreten?»

«Das behauptet Fartworth.»

«Aber er war doch nicht dabei.»

«Er und Bad George haben sie sterben sehen, auf der *Kathy III.*»

«Und haben sie sagen hören, daß du sie getreten hättest? Wieder und wieder, immer in den Bauch, daß sie das Baby verlor?»

«Ja, aber mit weniger Worten.»

Grijpstra nickte, als ob die ganze Geschichte nur allzuleicht zu durchschauen wäre. «Du glaubst, du hättest sie getreten? Weil sie dein Experiment gestört hat, das lange geplant war – zuerst in Neuguinea, am anderen Ende der Welt, und jetzt hier, was für dich wieder ein Ende der Welt ist, nämlich eine nur schwer erreichbare Dimension? Und daß dich deshalb die Wut gepackt hat? Auf die Bourgeoisie, die dich an deinen Höhenflügen hindert? Weil du die Bourgeoisie in dir selbst erst einmal loswerden mußt?»

De Gier quetschte sich mit beiden Händen das Gesicht zu einer Grimasse. Die Grimasse starrte Grijpstra an. «Na?» fragte Grijpstra.

«Seelenklempner», sagte de Gier, «du kannst mich mal, Seelenklempner.»

8

Später am Nachmittag tauchte Ishmael auf, nachdem er sein Dingi mit kurzen, hektischen Ruderschlägen dazu gebracht hatte, gegen die Strömung anzugehen. Kein Problem, sagte er. Dem Feind keinen Zentimeter nachgeben. Freiheit oder Tod. Kauft amerikanische Waren, runter mit dem Defizit! Mit dieser Einstellung schafft man es nicht immer, aber für die einfacheren Fälle genügt es mitunter. Er setzte sich vor de Giers CB-Funkgerät im Wohnzimmer der Pagode. «Hier spricht Ishmael, Sheriff, hören Sie mich? *Over.*»

Die Antwort kam völlig klar. «Deputy Billy. Was kann ich für dich tun?»

«Nur eine Frage», sagte Ishmael, «du weißt, daß ich mich mit dem Gesetz ein wenig auskenne, aber natürlich nur ein wenig.»

«Ein klein wenig kennst du dich aus mit dem Gesetz», bestätigte Billy.

Ishmael, der den Knopf am Mikrofon losgelassen hatte, sah Grijpstra an. «Es gibt da ein Buch, *Wie lasse ich mich scheiden ohne Anwalt – Ausgabe für Maine*, aber das ist nicht leicht zu lesen. *Ich* habe es gelesen, deshalb kann ich den Leuten manchmal aushelfen.»

«Ishmael?» fragte es aus dem Funkgerät.

Ishmael schaltete das Mikrofon wieder ein. «Ich sprach gerade mit Krip hier über die Verfassung, Billy Boy. Vielleicht sollten wir aus dem offenen Kanal gehen, es könnte etwas dauern. Ruf mich doch über Kanal achtzig?»

Ishmael drehte an der Skala des Radios und drückte wieder den Mikrofonknopf.

«Billy Boy?»

«Hier.»

«Sag mir, Deputy: Wenn die Leute eine Beschwerde über euresgleichen haben, wohin wenden sie sich dann? An die Staatspolizei? Den Generalstaatsanwalt in Augusta? Ich bin da nicht ganz auf der Höhe der Zeit.»

«Du hast eine Beschwerde über uns?»

«Im Namen eines ehrenwerten und über gute Beziehungen verfügenden Touristen aus einem befreundeten Land, wo die Leute kaum weniger weiß und protestantisch sind als hier», sagte Ishmael. «Erinnerst du dich an Kripstra?»

«Sekunde», sagte Billy Boy, «bleib dran.»

Hairy Harrys laute Stimme, die teils durch einen aufgeweichten Zigarrenstummel, teils aus dem verbleibenden Mundschlitz drang, ließ Grijpstra zusammenzucken. «Hier ist der Sheriff. Was für eine Beschwerde, Ishy?»

«Unterlassene Hilfeleistung», sagte Ishmael. «So sagt man doch?» Ishmael ließ den Knopf los und lächelte Grijpstra zu.

«Hört sich gut an, Ishy. Und hast du auch ein einschlägiges Beispiel?»

«Es ist wie mit diesem Fall im letzten Winter, Harry. Das vergewaltigte Collegegirl, das am Straßenrand liegenblieb, im knöcheltiefen Schnee, bei Frost von mehr als zehn Grad. Und dieses Ehepaar aus Portland kam vorbei mit seinem Mietwagen, und sie haben nicht angehalten, und das Mädchen erfror. Erinnerst du dich, daß du die

Leute wegen unterlassener Hilfeleistung angezeigt hast? Erinnerst du dich an den Prozeß?»

«Inzwischen haben wir Sommer», sagte der Sheriff.

«Jupp.» Ishmael zwinkerte Grijpstra zu. «Sommer, genau, Harry. Aber trotzdem kann einem kalt werden, besonders auf dem Wasser. Und wir hatten ganz schönen Wind, besonders weiter draußen, und wir hatten Ebbe, und die legte los, als wäre man auf der Bostoner Stadtautobahn. Und da war noch unser netter und etwas verwirrter Tourist, der nach Squid Island wollte, aber auf dem besten Weg nach Nirgendwo war. Und da wart ihr, du und Billy Boy – unsere besten Männer – in Ausübung eures Dienstes, wozu auch der Dienst am und der Schutz des Bürgers gehören, noch dazu in einem Polizeiboot, das genau für diesen Zweck gedacht und ausgerüstet ist.» Ishmael machte eine Pause. «Und *was* geschah?»

«Wie geht's dem guten Kripstra?» fragte der Sheriff.

«Ist ziemlich mitgenommen, Harry.»

«Zeugen?» fragte der Sheriff.

«Vergiß nicht, Sheriff, daß du nach der Landung zu *Beth's Restaurant* gegangen bist. Und du hast zu Beth selbst gesagt – und auch zu Aki –, daß Kripstra keine Hilfe wünsche. Sie haben dir nicht geglaubt, genausowenig wie jeder andere denkbare Zeuge vor jedem anderen denkbaren Gericht dir geglaubt hätte. Also, wie soll es jetzt weitergehen? Aki im Zeugenstand? Ihre Aussage unter Eid, daß sie die *Kathy III* angefunkt hat, damit sie besagten Touristen rettet? Flash und Bad George, die beiden Seebären, wie sie beschreiben, in welcher Verfassung sich unser Mann befand? Und zu guter Letzt noch den Staatsanwalt, wie er das Opfer selbst befragt – einen früheren Gesetzeshüter, ein qualifizierter und verläßlicher Kriminalbeamter aus dem besseren Teil Europas?»

Ishmael starrte auf das Funkgerät.

«Hairy Harry? *Over?*»

«Ja, Ishmael», sagte der Sheriff leise.

«Also, an wen wenden wir uns? An den Staatsanwalt? Kannst du mir die Nummer geben, die ich anrufen soll, Hairy Harry?»

«Das wird nicht nötig sein», sagte der Sheriff. «Sag Kripstra, daß es uns leid tut. Sag ihm, daß er morgen nicht zu kommen braucht. Er ist unser Gast. Mach ihm klar, daß ihm nichts geschehen wird – nichts, von dem Billy und ich nicht wollen, daß es verwirrten Touristen zustößt. Das wär's dann für heute.»

«Gut», sagte de Gier, als Ishmael das Mikrofon aus der Hand legte.

«Danke», sagte Grijpstra.

Ishmael ruderte zurück nach The Point, und Grijpstra fuhr mit ihm. Der vom Tao geleitete Wall-Street-Banker hatte keine Gelegenheit mehr gehabt, ein Telefonkabel von Squid Island zum Festland legen zu lassen, und Grijpstra war eingefallen, daß er etwas versprochen hatte.

9

«Bist du soweit?» fragte Katrien, den Finger an der Taste des Tonbandgeräts, das Nellie einige Minuten zuvor gebracht hatte.

Der Commissaris, im seidenen Morgenmantel und den Duft seines exquisiten After-shaves verströmend, saß in seinem Arbeitszimmer. Eine große Karte der nördlichen Küstenregion von Maine, die man mit Reißzwecken auf eine Unterlage geheftet hatte, lag auf seinem Schreibtisch. Seine rechte Hand mit dem frischgespitzten Bleistift lauerte über der ersten, schon aufgeschlagenen Seite eines neuen Notizbuchs.

«Ich hab mir das Band angehört», sagte Katrien. «Nellie hat es mir vorgespielt. Sie hat alle die Fragen gestellt, die du ihr aufgetragen hast. Glaubst du nicht, daß Grijpstra verärgert sein wird, wenn er von diesem Spielchen erfährt?»

«Nein», sagte der Commissaris. «Zuerst dachte ich, es mit Fragen in der Art von Nellie zu versuchen, aber das wäre schwierig. Ich mußte es mit meinen eigenen versuchen. Er ist darauf eingegangen, also stört es ihn nicht.»

Katrien drückte auf die Taste.

«Nellie?» hörte man Grijpstra.

«Oh, Henkieluvvie, wie freu ich mich, daß du anrufst. Geht's dir gut?»

«Prima, Kleines, prima.»

«Bist du schon bei de Gier?»

«Ja.»

«Vermißt du mich?»

Katrien stoppte das Band. «Sie mußte das einfach fragen.»

«Das ist sehr gut», sagte der Commissaris und winkte ab, als könnte er die Unterbrechung verscheuchen wie eine lästige Stechmücke, «wirklich sehr gut, Liebes.»

Katrien drückte wieder die Taste. «Und wie geht es Rinus?» fragte Nellie.

«Nicht so gut.»

«Ist er übergeschnappt?»

«Im Moment nicht.»

«Glaubst du, daß er übergeschnappt *war*?»

«Er steckt mitten in so einer Papua-mit-dem-Knochen-in-der-Nase-Geschichte», sagte Grijpstra, «aber der Medizinmann, der es ihm beigebracht hat, dieser Schamane, von dem er immer redet, der weiß vermutlich, was er tut, wenn er alleine auf seiner Insel sitzt. Aber de Gier ist noch im Stadium des Einführungsseminars draußen im Busch...»

«...unter dem Banyanbaum?» fragte Nellie. «So hieß es doch immer in Rinus' Briefen aus Neuguinea. Klingt das nicht romantisch? Ich habe einen Banyanbaum im Zoo gesehen, im Treibhaus, wirklich schön, mit all diesen Luftwurzeln...»

«...dort benutzt man sie als ganz gewöhnliche Weihnachtsbäume...»

«...aber Weihnachtsbäume sind voller Magie, Henkieluvvie...»

«Hör zu», sagte Grijpstra, «das hier ist ein Münztelefon, du mußt zurückrufen, schreib auf: 001 207...»

Vom Band kamen einige Klickgeräusche, dann ging es weiter.

«Henkieluvvie? Wird das nicht wahnsinnig teuer? Wirst du es de Gier bezahlen lassen?»

«Mach dir keine Sorgen um das Geld.»

«Mach ich mir aber. Henkieluvvie?»

«Ja?»

«*War* de Gier verrückt?»

«Vielleicht war er es, als er diese Person verletzt hat, das hält auch er für möglich.»

«Erinnert er sich, daß er die arme Lorraine getreten hat?»

Katrien schaltete aus. «Ist Nellie nicht sehr geschickt?»

Der Commissaris winkte ungeduldig ab. «Ich möchte endlich zur Leiche kommen.»

«Henkieluvvie? Ist de Gier sicher, daß er Lorraines Leiche gesehen hat?»

«Ja», sagte Grijpstra. «Jeder hier hat so seine speziellen Vorfahren, und die von Lorraine stammen aus Schweden. Und sie hat dieses blonde, fast weiße Haar. Engelshaar.»

«Du magst das, Henk? Ich könnte meine Haare noch etwas stärker bleichen.»

«Nein, Nellie, bitte nicht. Und sie hat diese Füße.»

«Schwedische Füße?»

«Besondere Füße. Sehr schmal.»

«Der Jury gefielen meine Füße. Aber mein Busen...»

«Ein gewöhnlicher Busen», sagte Grijpstra. «Aber den Busen sah man nicht. Bad George trug den Körper in eine Decke eingerollt, eine blutgetränkte Decke.»

«Bist du sicher, daß es Blut war?» fragte Nellie.

«Könnte Wasser gewesen sein», sagte Grijpstra. «Es war dunkel, de Gier war nicht recht bei Sinnen. Sie sagten ihm, es wäre Blut, und er flippte aus wie gewöhnlich. Unser Superdetektiv von der Mordkommission. Pffff! Himmel!» Grijpstra grunzte böse. «Wir haben also diese Sorte Haare aus einem Ende der Decke heraushängen, und diese Sorte bloßer Füße aus dem anderen. Und der Körper dazwischen war tot.»

«War de Gier nicht zu betrunken, um sicher zu sein?»

«Nein», sagte Grijpstra. «Ich bin fest überzeugt, daß der engelshaarige, schmalfüßige Körper tot war. Auch de Gier besteht darauf. Vergiß nicht, daß er im Laufe der Zeit Hunderte von Leichen gesehen hat. Tote haben etwas an sich, sie sind nur noch Objekte, Überbleibsel, Abfall. De Gier mag völlig daneben gewesen sein, aber wenn jemand tot ist, das weiß er.»

Katrien schaltete aus. «Das ist übel, Jan.»

«Ich will das noch einmal hören», sagte der Commissaris. Aufmerksam lauschte er, als Katrien, über das Gerät gebeugt, die Stelle noch einmal ablaufen ließ.

«Noch einmal, Jan?» fragte Katrien.

«Nein, laß es weiterlaufen, Liebes.»

«Was wirst du nun machen, Henkieluvvie?» fragte Nellie.

«Die Leiche ausfindig machen», sagte Grijpstra. «Flash und Bad George versuchen eine kleine Erpressung. Rinus hat hier mit Geld nur so um sich geworfen, deshalb halten sie ihn für einen reichen Mann. Sie haben ihm auch eine ordentliche Rechnung dafür präsentiert, daß sie mich gerettet haben. Sie brachten sie heute früh, legten sie auf die Schwelle dieser Pagode. Du müßtest dieses Haus einmal sehen, Nellie. Reiche Amerikaner...»

«Dich gerettet? Wovor?» fragte Nellie mit schrill gewordener Stimme.

«Ach, ich bin nach Squid Island rausgerudert, aber von der falschen Stelle, und da war ein hübscher Wind. Deshalb haben Sie nach mir gesucht, ihr Hund hat mich entdeckt, nettes Kerlchen, Nellie. Wir sollten uns auch einen Hund anschaffen.»

«Junge Hunde pinkeln in die Wohnung und zerreißen die Teppiche», sagte Nellie. «Wieso glaubst du, daß es die Leiche noch gibt? Haben sie sie nicht verbrannt oder über Bord geworfen?»

«Erpresser vernichten nicht ihre Beweisstücke.»

«Und wenn du die tote Lorraine gefunden hast», sagte Nellie, «was wirst du dann machen?»

«Ich weiß es nicht, Nellie.»

«Wir können nicht einem Mörder helfen, sich aus der Affäre zu ziehen.»

«Etwas anderes», sagte Grijpstra, «es gibt hier einen schwungvollen Drogenhandel. Import und eigener Anbau.»

«Nicht deine Sache, hm?»

«Sache des Sheriffs», sagte Grijpstra.

«Sollte man meinen», sagte Nellie.

«Ist nicht ganz das, was ich gemeint habe... oh, übrigens, Nellie: Wenn du den Commissaris siehst, dann sag ihm, daß dieser Einsiedler Jeremy, den er und de Gier kennengelernt haben, alt und krank sich in sein Ruderboot gesetzt hat und davongerudert ist, ins Nirgendwo. Aber er hat einen Jünger hier... einen Mann namens Ishmael...»

«Ich mag keine Einsiedler, Henk. Einsiedler haben nichts zu verlieren.»

«Ishmael scheint sehr hilfsbereit zu sein. Und da ist noch dieses Mädchen, das im Restaurant arbeitet, eine Bekannte von Rinus. Sie wird mich nach Boston fahren, damit ich Geld wechseln kann. Sie ist aus Hawaii und möchte sich in Boston eine Ausstellung alter Malerei ansehen...»

«Henk!»

«Ich selber kann doch nicht fahren», sagte Grijpstra, «ich werde dabei schläfrig, das weißt du doch. Wir nehmen de Giers Mietwagen, ein schnuckeliges Ding. Akis Auto ist eine Rostschüssel, aus den Türen läuft das Regenwasser.»

«Wie alt ist diese Aki, Henk?»

«So dreißig-noch-was.»

«Nein! Und aus Hawaii! Die wackeln immerzu mit den Hüften und sind ganz und gar unmoralisch. Erinnerst du dich an diesen Film? Wie sie sich über die Seeleute hermachten? Wie sie sie zum Bleiben verführten und der arme Kapitän sich allein auf den Heimweg machen mußte?»

«Aki ist lesbisch, Nellie, sie lebt mit Beth zusammen. Das ist die Besitzerin des Restaurants hier. Es ist schon in Ordnung, Nellie.»

Katrien schaltete aus. «Von da an haben sie nur noch gestritten. Arme Nellie. Sie ist völlig aus dem Häuschen wegen dieser Hawaiischönheit, Jan.» Sie streichelte seine Glatze, ein wenig bemüht. «Wirklich schade, daß du nicht selber geflogen bist.»

10

De Gier hatte sich etwas später auf den Weg zur Küste gemacht, in seinem eigenen Dingi, einer handgearbeiteten Nußschale aus dünnen Zedernholzplanken, die hoch auf dem Wasser lag. So traf er Beth und Aki zusammen mit Ishmael und Grijpstra im Restaurant, wo die Fahrt nach Boston arrangiert wurde. Er bot seinen Wagen an. Der Mietwagen, ein schimmerndes, neues viertüriges «Ford-Produkt», wie Beth und Aki sagten, gefiel Grijpstra über die Maßen gut! Grijpstra dachte an die Zeit der deutschen Besatzung, als es keine Autos auf den Straßen gab außer den Vehikeln der Wehrmacht. Er erinnerte sich auch an die ersten amerikanischen Autos, die nach der Befreiung auftauchten: große, glänzende Straßenkreuzer, die auf Hollands verlassenen Fernstraßen vorbeisurrten – überlegene Technik eines viel höher entwickelten Planeten, freundlich gesinnte Roboter, die einen Grad von Luxus und Schönheit symbolisierten, der weit über die Vorstellungskraft eines Kindes ging.

«*Wow!*» sagte Grijpstra, als er de Giers Auto zum erstenmal sah, «tolle Kiste.»

«Ganz zu Ihrer Verfügung», sagte de Gier.

«Ihr müßt ja jede Menge Geld haben», sagte Aki, als sie dann über die Bundesautobahn 95 fuhren, den Tempomat auf die vorgeschriebenen fünfundsechzig Meilen eingestellt. Grijpstra kam es vor, als würden sie einen endlosen Park durchqueren. «Rinus hat den Wagen gemietet, hat ihn immer in The Point bereitstehen? Für wieviel? Vierzig Dollar am *Tag?*»

«Er hat eine Erbschaft gemacht», sagte Grijpstra, der sich gemütlich zurückgelehnt hatte, die Hände über dem Bauch gefaltet, und die Bäume an sich vorbeiziehen ließ, millionenfache Wiederholung ein und desselben Themas, doch immer nur ähnlich und keineswegs identisch. Auf den Hängen beiderseits der vielspurigen Autobahn lagen verstreute Felsblöcke. Er erinnerte sich an einen Brief von de Gier, der ihm von diesen Felsen an der Autobahn 95 berichtet hatte. De Gier hatte sein Interesse an Gartenarchitektur mit seinem Hang zum Surrealismus verbunden und geäußert, daß es sich doch sehr wohl um einen Steingarten handeln könnte, arrangiert von chinesischen Mönchen. Grijpstra versuchte sich das vorzustellen: tausend Mönche auf Strohsandalen, die Kutten am Gürtel gerafft, die sich eine an keinem Nutzen orientierte Aufgabe gestellt hatten – tonnenschwere Felsblöcke an einem fremdländischen Straßenrand hin und her zu rücken, an einem Straßenrand von tausend Meilen, weil sie hofften, so der verborgenen Gottheit zu dienen. Aber hier war Amerika, die Gottheit, der man hier diente, hatte ein anderes Gesicht, und deshalb gab es Maschinen neben der Autobahn, mechanische Dinosaurier mit langen Hälsen, die mit spielerischen Bewegungen die Steine aufnahmen und beiseite schafften.

«Haben Sie gesehen?» fragte Aki. «Die Maschine eben? Made in *Japan?*»

«Der Regen», sagte Aki etwas später. Sehr appetitlich sah sie aus in dem kurzen Lederrock und dem bedruckten T-Shirt, das barbusige Hawaiimädchen beim Tanz unter Palmen zeigte. «Das Wasser muß die Granitfelsen unterspült haben, an dieser Straße wird immer gearbeitet. Rinus hat das Geld geerbt? Das darf doch nicht wahr sein, so viel Glück! Und deshalb kann er so einfach durch die Welt vagabundieren?»

«Ja», sagte Grijpstra.

«Und von seinem Dingi aus die Natur beobachten», sagte Aki. «Wissen Sie, was er für das Boot bezahlt hat? Über zweitausend, und dabei war es gebraucht. Zwei Mann brauchten einen Monat, um es zu bauen.» Sie schüttelte den Kopf. «Er sagt, ich könnte es haben, wenn er geht.»

«Hat auch Glück mit seinen Geldanlagen gehabt», sagte Grijpstra. «Unser Rinus verdient jeden Tag dazu. Ein goldenes Händchen.»

«Ist doch nicht möglich!»

Ist auch gar nicht möglich, dachte Grijpstra.

Meile um Meile ging es weiter. Grijpstra mochte diesen ruhig und gesittet dahinfließenden Verkehr, überwacht von einem hier und da eingestreuten, blitzblanken Polizeiauto. Das wäre genau das Richtige, sagte er zu Aki, eine Handvoll Menschen auf eine Million Quadratkilometer mit einigen wenigen Vorschriften und Gesetzen, einem Minimum an Gesetzeshütern in gepflegten Wagen, Raststätten mit gutem Essen und noch ein paar Kreaturen der Wildnis dazu. Er zeigte auf die langschwänzigen Elstern, die zwischen den Weymouthkiefern herumflatterten, und auf etwas Großes, Dunkles, das ohne Hast über eine Lichtung galoppierte. «Was zum Teufel war das?»

«Ein Elch», sagte Aki. «Elche sind größer als Kamele, wußten Sie das? Man kann jetzt eine Abschußlizenz bekommen. Eine der Attraktionen dieses Bundesstaats, fünfhundert Dollar für einen Elch. Sie sind so leicht zu erlegen, sie laufen nicht weg. Man geht zu ihnen hin, sagt ‹hallo› und verpaßt ihnen eins genau zwischen die Augen.»

«Werden sie's überleben?»

«Wahrscheinlich nicht», sagte Aki. «Hairy Harry und Billy Boy werden sich das letzte Exemplar ausstopfen lassen, um daran ihre Schießübungen zu machen.» Sie legte ihre Hand auf Grijpstras Knie. «Oder es wird ein Tierfilm daraus.» Sie senkte die Stimme. *«Sehen Sie diese Elche? Achten Sie auf das Geweih mit den breiten Schaufeln. Nordamerikas größtes Rotwild. Dies ist ein seltenes Do-*

kument, liebe Leute, eine Aufnahme der letzten vor zehn Jahren noch bekannten Herde.» Aki knurrte verächtlich. «Und dann hört man Schüsse und sieht, wie der letzte Elch fällt, mit den Beinen zappelt, und das Blut ihm aus der Schnauze läuft.»

«Nein», sagte Grijpstra. Er hob abwehrend die Hände. «Bitte, Aki.»

«Tut mir leid.» Die Hand auf seinem Knie wanderte wieder zum Lenkrad. «Es muß an meinem Namen liegen, daß ich einen Hang zum Makabren habe. Sie kennen meinen vollen Namen?»

Grijpstra schloß die Augen und runzelte die Stirn, während er nachdachte. «Akiapola'au?»

Sie lachte. «Das ist ja irre, Krip. Nicht einmal Hawaiianer können ihn behalten. Sie wissen, was es bedeutet?»

«Fleischfressender Fink?»

«Wer hat Ihnen das gesagt?» Sie schüttelte ungläubig den Kopf. «Sie müssen sich ja wirklich für mich interessieren.»

«*Sie* haben es gesagt», sagte Grijpstra. «Das erste Mal, als wir uns gesehen haben. Ich bin Detektiv. Ich bin geübt darin, mir Informationen ins Gedächtnis zurückzurufen.»

«Ich bin nur eine Art Information für Sie?»

Grijpstra zuckte die Achseln. «Eine Gewohnheit. Aber erzählen Sie mir von dem fleischfressenden Vogel auf Hawaii.»

«Es ist eine Lüge», sagte Aki, «ich erzähle es, um mich interessant zu machen. Hier weiß keiner etwas über die Vögel von Hawaii, aber so etwas Ähnliches wie einen fleischfressenden Vogel gibt es dort schon, nur heißt er nicht Akiapola'au. Das sind Aaskrähen. Meine Eltern haben mich geliebt, sie hätten mir nie den Namen eines so gräßlichen Tiers gegeben.»

«Es gibt keine Geier auf Hawaii?»

«Überhaupt keine großen Landvögel», sagte Aki. «Hawaii ist abgelegen. Für große Vögel ist es zu weit, dahin zu fliegen, aber die kleinen werden manchmal von einem Hurrikan auf die Inseln geweht. Und es gibt einen kleinen, putzigen Vogel, den man unweigerlich für einen Finken halten muß, der sich an Aas zu schaffen macht. Auf diese Weise habe ich herausgefunden, daß die Natur anders ist als in den Walt-Disney-Filmen. Als Kind habe ich beim Spielen draußen auf den Feldern einmal einen Toten gefunden; ein Betrunkener, der sich bei einer Schlägerei verletzt und dort hingeschleppt hatte. Und auf seinem Körper wimmelte es von diesen munteren kleinen Vögeln.»

«Und das waren keine Akiapola'aus?»

Aki lachte. «Nein, meine Namensvettern bevorzugen Insektenlarven. *Hemignathus munroi*, ein Kleidervogel, kein Fink. Es gibt sie heute nur noch auf der Hauptinsel und oberhalb zwölfhundert Meter. Man erkennt sie leicht an ihrem langen, gebogenen Oberschnabel, der doppelt so lang ist wie der untere Teil. Sie sind hoch spezialisiert, sie picken eine ganz bestimmte Sorte Larven aus einer ganz bestimmten Sorte Rinde.»

«Sie kennen sich aus in Biologie?» fragte Grijpstra, während das Auto nun verlangsamte. Weiter vorn auf der Autobahn war irgend etwas los.

«Biologie war mein Hauptfach», sagte Aki, «an der Universität von Honolulu, genauer Ornithologie, und jetzt serviere ich den wilden Kerlen von Jameson, Maine, das Rührei. Das ist eine lange Geschichte, Krip.»

Sie standen im Stau. Voraus war ein Wagen von der Fahrbahn abgekommen, bei voller Geschwindigkeit, und hatte sich mehrmals überschlagen. Es mußte schon eine Weile her sein, denn der Krankenwagen fuhr gerade ans Wrack heran. Die Polizei dirigierte den Verkehr um die Unfallstelle herum, eben landete ein Hubschrauber.

Schließlich ging es weiter. «Das erinnert mich an Beths Vater», sagte Aki. «Letzten Winter war das. Er war am Grab von Beths Schwester gewesen, achtzig Jahre war der Mann und fast blind, aber alle paar Tage kam er mit frischen Blumen zum Friedhof. Auf einmal war er verschwunden, niemand konnte sich denken, wohin. Er hatte in Garys Treibhaus hinter der Hauptstraße Blumen gekauft, Gary sah ihn losfahren in Richtung Friedhof, das geht immer geradeaus und durch den Wald westlich der Stadt. Die Blumen lagen auf dem Grab, aber er kam nie wieder zurück.»

«Vielleicht keine schlechte Art zu gehen», sagte Grijpstra.

«Sie haben es schon herausgefunden?» fragte Aki.

Grijpstra saß schweigend da, während das Ford-Produkt über die Autobahn sauste.

«Haben Sie Hunger, Krip?»

Er hatte, aber er mochte nicht in einem dieser Fast-Food-Läden essen, die alle paar Kilometer am Straßenrand auftauchten: Betonwürfel hinter Reklametafeln aus Plastik. Beth wußte von einem Feinschmeckerrestaurant, und Grijpstra hatte die Karte vor sich, auf der sie mit Pfeilen den Weg markiert hatte, den sie nehmen mußten.

«Passen wir nicht wunderbar zusammen?» sagte Aki, als sie auf der Terrasse des Restaurants saßen und über einen Teich mit einer bunt zusammengewürfelten Gesellschaft exotischer Enten und Gänse blickten. «Wie diese Vögel, Krip?»

Grijpstra kannte die Namen der Vögel.

«Sie haben auch Biologie studiert, Krip?»

Er erzählte ihr, daß er Vögel malte – im Stil der alten holländischen Maler aus dem Goldenen Zeitalter – und daß die reichen Kaufleute jener Zeit auf ihren Landgütern sich exotische Wasservögel hielten und die Tiere malen ließen, um ihr Prestige zu mehren.

«Noch ein paar Miesmuscheln nach Brüsseler Art? Noch etwas von dem französischen Weißbrot? Das ist Amerika, Krip, hier wird jeder Wunsch erfüllt, Sie brauchen nicht den ganzen Weg bis Antwerpen zu gehen. Haben Sie inzwischen das Rätsel gelöst, Krip?»

Grijpstra glaubte es zumindest. Beths Vater war achtzig Jahre alt und fast blind, also würde er auf unbekannten Straßen gar nicht fahren können. Er mußte sich vom Friedhof aus auf den Heimweg gemacht haben, auch wenn er dort nicht ankam. Entweder war ihm schlecht geworden, oder er war eingeschlafen, wie der Fahrer bei jenem Unfall, den sie gesehen hatten. Vielleicht ein Schlaganfall, eine Herzattacke, so daß er am Lenkrad zusammensackte, während gleichzeitig der Fuß das Gaspedal gedrückt hielt. Ein alter Mann fuhr auch ein altes Auto, eines aus der Zeit, als man sie noch stabil wie einen Panzer gebaut hatte. Das Auto kam von der Straße ab und krachte in den Wald, der wie überall im nördlichen Maine zu beiden Seiten der Straße wuchs. Das Auto hatte junge Bäumchen und Gebüsch einfach umgebogen, bis ein Baumstamm es schließlich stoppte. Dann lag das Wrack im Wald, während das elastische junge Holz hinter ihm sich wieder aufrichtete.

«Und die Spuren?» fragte Aki.

«War es im Winter?»

«Ja.»

«Dann hat es wohl geschneit. Der Schnee deckte die Spuren zu, nachdem das Auto in den Wald gefahren war.»

«Sie sind Klasse», sagte Aki.

Grijpstra hörte das gern. «Dann war es so?»

«Haargenau.»

«Der Sheriff hat Leute zum Suchen ausgeschickt?» fragte Grijpstra.

«Er sah Raben, die kreisten, am nächsten Morgen», sagte Aki, «und einen Adler. Auch Adler fressen Aas. Und die großen Möwen. Sie haben wirklich grausame Augen. Und als erstes stürzen sie sich auch auf die Augen, sie warten nicht, bis das Opfer tot ist.»

«War Beths Vater schon tot, als die Vögel ihn fanden?» fragte Grijpstra.

«O ja», sagte Aki, «man hat eine Autopsie gemacht. Der Herzanfall muß auf der Stelle tödlich gewesen sein.»

Grijpstra ließ sich den Kuchen schmecken, den Aki bestellt hatte, einen Limonenkuchen nach einem Rezept aus Florida, etwas Besonderes in Maine. Er döste im Auto vor sich hin, bis, kurz vor Boston, der Verkehr zu laut wurde.

«Ein Motel am Stadtrand?» fragte Aki. «Oder ein Hotel in der Stadt? Wird aber teuer sein. Was ist Ihnen lieber, Krip?»

Er winkte mit seiner Kreditkarte. «Nur das Beste.»

Aki hatte gehört, daß das *Porterhouse* nicht übel wäre. «Aber *sehr* teuer. Stört Sie das wirklich nicht?»

Das tat es nicht. Ihm gefielen die Wolkenkratzer, die einen Park säumten, und die Art, wie Aki Auto fuhr. Ganz dicht fuhr sie an die Taxis heran, um die Fahrer nach dem Weg zu fragen. «Festhalten, Krip.» Der Wagen schoß über den Bürgersteig und hinunter in eine Garageneinfahrt. «Da wären wir. Alles aussteigen.» Hotelpagen machten sich an die Arbeit, parkten den Wagen, trugen das Gepäck, fuhren sie im Lift nach oben, komplimentierten sie durch die Halle.

Grijpstra bestellte zwei Suiten. Aki machte es rückgängig. «Eine Suite für beide genügt.» Er protestierte. «Ich werde mich einsam fühlen, Krip. So eine große Stadt weckt Erinnerungen.»

Ihm war nicht wohl in seiner Haut. Da war Nellie, da war die Seuche, aber es gab auch Safer-Sex, aber auch das wollte er nicht. Außerdem, was sprach gegen getrennte Zimmer? Was konnte eine dreißigjährige, ungewöhnlich attraktive lesbische Polynesierin von einem sechzigjährigen, ziemlich untersetzten, weißen, heterosexuellen Mann wollen? Informationen? Worüber denn?

Er vermißte de Gier. Jenen de Gier, der mit ihm durch die Gassen von Alt-Amsterdam gezogen war. Sicher wäre ihm in dieser Situation das passende schlaue Wort eingefallen. Aber nun war de Gier, dieser aus eigenem Verschulden schizophrene und in der vierten Dimension lebende Eigenbrötler, selbst der Verdächtige.

Aki und Grijpstra unterhielten sich angeregt beim Abendessen in einem uralten Fischrestaurant im Bostoner Hafenviertel; gefüllte Venusmuscheln hatten sie bestellt, die in ihren Schalen serviert wurden, und Rootbeer für Grijpstra, Limonensaft mit Tonic für Akiapola'au. Die Kellnerinnen waren alt, häßlich und grob, aber nicht lieblos.

«Kein Alkohol, Krip?»

«Ich darf nicht mehr rauchen», sagte Grijpstra und klopfte sich gegen die Brust.

«Sie müssen zum Trinken auch rauchen?»

«Richtig», sagte Grijpstra. «Und Sie?»

«Ich bin Alkoholikerin.»

Er ließ es dabei bewenden und besah sich erst einmal die Bostoner Frauen. Er kam zu dem Schluß, daß Bostoner Frauen den Frauen von Den Haag nicht unähnlich waren, unauffällige Frauen, deren Kleidungsstil jede Festlegung auf einen bestimmten Geschmack vorsichtig vermied.

«Sie wollen nicht wissen, wann ich aufgehört habe?» fragte Aki.

«Alkoholikerin zu sein?»

Sie lachte. «*Das* werde ich immer sein. Ich meine, wann ich mit dem Trinken aufgehört habe.»

«Sagen Sie's.»

«Als ich nach Maine kam, vor zwei Jahren», sagte Aki. «Und wollen Sie wissen, warum?»

«Ja.»

«Sind Sie sicher?»

Grijpstra war sicher.

«Weil ich in der Toilette einer Army-Kaserne halb ausgezogen auf ein Urinal zu hüpfen versuchte, als wäre es eine Kloschüssel, während eine Schar Soldaten um mich herumstand und mich anstarrte.»

«Ich verstehe.»

«Wirklich?» Sie lachte. «Natürlich, der Detektiv. Ich mußte so nötig pinkeln.» Sie lachte wieder. «Das ist jene Art von Geschichten, die man auf den Versammlungen der Anonymen Alkoholiker hört. Sie werden immer wieder erzählt, weil die Leute hoffen, daß sie sie loswerden, wenn sie darüber reden. Aber das funktioniert nicht, und man möchte am liebsten wieder trinken.»

«Oder auch nicht», sagte Grijpstra. «Sie wollen nie wieder halbnackt in ein Kasernenurinal pinkeln, während eine Horde Soldaten zusieht.»

«Nie wieder», sagte Aki, «nie und nimmer, Krip.» Sie griff nach seiner Hand und tätschelte sie. «Sie sind ein lieber Mensch. Was für ein wundervoller Abend! Wir beide hier zusammen, weit weg von allen Problemen? Werden Sie mich nachher noch ausführen?»

«Musik?» fragte Grijpstra.

«In Boston kann man gute Musik hören, Krip.»

«Dann ist es abgemacht», sagte Grijpstra. «Und jetzt erzählen Sie mir von dem Urinal.»

«Ganz von Anfang an? Und Ihr Versprechen gilt, auch wenn Sie die Geschichte deprimiert?»

«Ich werde Sie trotzdem ausführen.»

Es begann mit einer Kaffeeplantage auf der Hauptinsel Hawaii, einem noch immer idyllischen Plätzchen an der Kona-Küste: barfüßige braune Kinder, die in der Brandung spielten und sangen – «Ich'treffe noch die höchsten Töne, Krip» –, der Vulkan, der in der Nacht den Strand erhellte, liebevolle Eltern, gute Noten in der Schule. Es gab eine Katze namens Poopy, den Hund Snoopy, den Garten, in dem Papayas und Advocados wuchsen, das Tanzen in der Einkaufsstraße, während Tante Emma auf Kürbissen den Rhythmus schlug und auf ihren großen, fleischigen Füßen sich hin und her schob. Alle Kinder aus der Nachbarschaft beaufsichtigte sie, alle Kleinen, gleich welcher Herkunft: einige so hellhäutig, daß sie im Licht kaum zu sehen waren, andere schwarz wie die Mitternacht, dazu die einheimischen mit ihrer goldenen Haut.

Grijpstra lachte.

«Es gefällt Ihnen, Krip?» Sie seufzte. Sie wollte ihm nicht erzählen, wie es danach weitergegangen war, dann tat sie es doch. Ihr Vater fing ein Verhältnis an mit einer älteren, dazu häßlichen Frau. Niemand wußte, warum, er selbst wußte es nicht. Er verlor seine Stellung. Sie lebten in einem Wohnwagen, der ausgebrannt war, mit den Flammenspuren an den Außenwänden. Der Vater trank,

prügelte sich mit den Leuten, fuhr sein Auto kaputt. Er war nicht
einmal stolz darauf, daß seine Tochter ein Stipendium an der Universität Honolulu bekam. Da fing auch sie zu trinken an. Drogen
kamen hinzu, alles, was es gab. Honolulu ist so gut wie Fernost,
Marihuana wird auf Hawaii im großen Stil angebaut.

«Heroin?»

Ein wenig, sie mochte die Nadel nicht, aber die Nadel mochte sie.
So war es auch bei ihrem Freund, dem Mann mit den vielen Gesichtern. Er brachte sie aufs Festland, sie sollte ihm dabei helfen, einen
Lebensstil aufrechtzuerhalten, an den er nicht einmal gewöhnt war.
Dazu mußte sie mit irgendwelchen verrückten Kerlen aufs Zimmer
gehen, einige Jahre lang, in denen sie sich quer über den Kontinent
arbeiteten, bis nach Maine schließlich. Dort zeigte der Freund (immer wieder wollte sie sich von ihm trennen, immer wieder kam er
zurück in einer neuen Gestalt) ein neues Gesicht, er spielte einen
Soldaten. Und sie war in jener Kaserne und versuchte, halb nackt
diese Porzellanschüssel zu erreichen, die außer Reichweite an die
Wand montiert war, während die Kerle zuschauten. Sie lachten
nicht einmal, so verlegen waren sie.

«Alkohol?»

«Was sonst?» fragte Aki. «Ich wurde verhaftet, aber so kam ich
davon los. Die Polizei hätte mich zu meiner Familie zurückge-
schickt, aber die gab es nicht mehr. Also landete ich bei irgendwelchen Nonnen.»

«Und dort wurdest du zur Lesbierin?»

«Ich habe immer das eigene Geschlecht vorgezogen. Auf Hawaii
haben die Homosexuellen ihren festen Platz.» Wieder berührte sie
seine Hand. «Stört Sie das?»

Grijpstra sagte, daß er aus Amsterdam wäre, da wäre es wie in...

«Key West?»

Er wußte nicht, wo das war.

«Provincetown?»

Nie gehört von Provincetown.

«San Francisco?»

Grijpstra erinnerte sich an Fernsehbilder von Schwulen und Lesben, die mit ihren Spruchbändern über steile Straßen zogen. Damals hatte er gedacht, daß die sogenannte Neue Welt doch hinter
der Zeit zurück war. In Amsterdam war es fast schon umgekehrt,

hier mußte die heterosexuelle Mehrheit sich endlich ermannen, aus dem Schatten verachtungswürdiger Normalität herauszutreten.

«Ja», sagte er freudig, «San Francisco.»

Sie lächelten beide, es war ein schöner Abend. «Akiapola'au», sagte Grijpstra, «habt ihr beide, du und Beth, etwa ein Auge auf den Drogenhandel an der Küste?»

«Onkelchen», sagte sie, «sei nicht immer so verdammt clever.» Sie beugte sich herüber und drückte ihm einen raschen Kuß auf die Wange. «Ich hätte dir sowieso alles darüber erzählt.»

11

«Und was soll daran neu sein?» sagte de Gier, der auf der anderen Seite des Tisches in *Beth's Restaurant* saß und damit beschäftigt war, den Honigbären aus Plastik im Kreis der Saucenfläschchen zu arrangieren. «Das hätte ich dir auch sagen können, so läuft das hierzulande, wenn man in die Mühlen des Gesetzes gerät. Nachdem Aki im Hospital zur Unbefleckten Empfängnis in Holy-Ghost-City ihre Entziehungskur absolviert hatte, haben sich die Bullen auf sie gestürzt. Haben einen ganzen Misthaufen an Beschuldigungen über sie ausgekippt, um völlig sicherzugehen. Sie hatte doch eine Tour quer durchs ganze Land hinter sich, und überall hatte das schlimme Mädchen seine Spuren hinterlassen...»

«Hat das schlimme Mädchen dir gesagt, *wie* schlimm sie war?»

De Gier machte eine unbestimmte Geste. «Ungedeckte Schecks, Unterschlagen von Mietwagen, Diebstahl an Freiern, Drogendelikte, außerdem –» nachdenklich senkte er die Augenlider – «ich glaube, sie nannte es... *Postbetrug*? Egal, sie hatten sie in der Hand. Sie mußte ihr Spitzel werden. Jetzt arbeitet sie für die DEA. Sie soll die Küste im Auge behalten.»

«Was ist das, *Postbetrug*?»

«Hab ich vergessen zu fragen», sagte de Gier. «Ich denke, die Post hier hat ihre eigene Ermittlungsbehörde.» Er winkte ab. «Manchmal ganz schön verzwickt, dieses Land der unbegrenzten Möglichkeiten.»

«Tolle Straßen jedenfalls», sagte Grijpstra, «diese Autobahn hat es mir angetan. Ich sag dir, sollte ich es eines Tages zu Hause nicht mehr aushalten, dann steige ich wieder in diese El-Al-Maschine, miete mir auch so ein Ford-Produkt wie du und fahre einfach drauflos.»

«Du wirst dabei einschlafen.»

«Ich werde eine schöne Lesbierin zum Fahren engagieren.»

«Aki gibt es nicht zweimal.» De Gier lächelte. «Dann haben wir also gute Arbeit geleistet.» Das Lächeln verschwand. «Du und ich, zwei erfahrene Ermittler, haben sich die Person vorgenommen. Sie redet, verschweigt nichts, auch nicht, wie und mit welchem Auftrag sie nach Jameson / Maine gekommen ist und für wen sie arbeitet. Sie braucht einen Job, zur Tarnung, und da ist Beth, die eine Kellnerin sucht, eine, die auch sonst zu ihr paßt und bei ihr wohnt.» De Gier versuchte es mit einer neuen Formation seiner Truppen: ein Turm aus Worcestershire- und Meerrettichsaucenfläschchen baute sich drohend vor dem Honigbären auf. «Die Prinzessin und ihr Prinzeßchen kaufen sich einen CD-Spieler und hören sich Jazztrompeten an, danach.»

Sie studierten die Speisekarte.

Grijpstra sah ihn über den Rand seiner Speisekarte an. «Und was weiter?»

«Wir sollten das mal spielen!» De Gier nickte voller Eifer. «Ich hab's aufgeschrieben, das ganze Stück. Gar nicht so einfach, Miles umzuschreiben, er hört sich bei halber Geschwindigkeit ziemlich merkwürdig an, ist dir das schon mal aufgefallen? Der Mann hat einfach zu viel Finesse, bei halber Geschwindigkeit wird es doppelt kompliziert. Wenn man Clifford Brown mit halbem Tempo spielt, passiert gar nichts. Aber Mr. Davis...»

«Ja... ja.»

«Hörst du überhaupt zu?»

«Sicher», sagte Grijpstra. «Aber ich habe Aki gemeint: Was weiter? Was, wenn sie sagt, daß sie auch uns nachspionieren müßte, daß sie uns aber mag und deshalb den Mund halten wird – und was, wenn wir sie ins Vertrauen ziehen und sie uns dann trotzdem verpfeift? Diese Ausländer, die ihr doch völlig gleichgültig sein können? Die sich so schlau vorkommen und am Ende die Dummen sind?»

De Gier lachte.

Grijpstra schüttelte langsam und nachdrücklich den Kopf. «Ist überhaupt nicht komisch, Rinus.»

«Aber wir haben ihr doch nicht gesagt... Nein!» De Gier hielt sich erschrocken den Mund zu. «Hast *du* es ihr gesagt? Die Sache mit Lorraine? Das hast du nicht.»

Grijpstra grinste. «Ganz schön erschrocken, was?»

«Du hast ihr also nichts davon erzählt», sagte de Gier. «Also, dann hör zu. Aki und Lorraine waren befreundet. Zwei Biologinnen. Manchmal fuhren sie zusammen im Kajak aufs Meer, um im Morgengrauen die Seetaucher singen zu hören. Hat Aki Lorraine etwa schon vermißt?»

«Davon hat sie nichts gesagt.»

«Dann glaubt sie vielleicht noch immer, daß wir wegen der Drogen hier sind.» De Gier schob die Fläschchen hin und her. «Ich hab an dem Abend, als das mit Lorraine passierte, Gras geraucht. Ich hab auch von ihr welches bekommen, sie hatte es von Jeremys Insel, dort gibt es jede Menge davon, meistens wächst es versteckt unter Bäumen. Die Fischer bauen es an.»

«Mit dem Segen des Sheriffs?»

«Natürlich», sagte de Gier. «Bedeutet eine Menge Arbeit, das Zeug hier anzubauen; es ist auch nicht mit dem zu vergleichen, was Hairy Harry importiert.»

«Oder nicht importiert.»

«Wie?»

Aki kam, um ihre Bestellung aufzunehmen. De Gier bestellte Pfannkuchen mit Krabbenfüllung für sie beide. «Du hast's gut!» sagte Aki zu Grijpstra. «Du kriegst was zu essen, und ich muß mich wieder in die Arbeit stürzen. Ziemlicher Trubel heute, nicht?» Immer mehr Fischer strömten ins Lokal, sie durfte sich nicht lange aufhalten.

«Hat Aki dir nichts von der Polizeiaktion bei The Point erzählt?» fragte Grijpstra.

«Ich hab davon gehört», sagte de Gier. «Du meinst die Geschichte mit der DEA und dem Lastwagen, der diese Schiffsladung Marihuana aus dem Versteck holen sollte, Spitzenqualität aus Jamaika oder Guatemala oder sonstwoher. Und was ist passiert?»

«Aki hat es dir nicht gesagt?» Grijpstra war überrascht. «Ich denke, sie sagt dir alles?»

«Nicht alles», de Gier gab sich bescheiden, «ich bin nicht der väterliche Typ.»

«Ich kenne nicht alle Einzelheiten», sagte Grijpstra. «Sie sagte, jemand hätte die Lieferung aus der Luft entdeckt, also war das möglicherweise Ishmael. Ihr Kontaktmann hatte von einem ganzen Stapel Zeug gesprochen, die Ballen säuberlich in Tarnplanen von der Army eingewickelt, nicht weit von hier am Strand. Also informiert Aki klammheimlich ihren Auftraggeber, die DEA informiert Hairy Harry, weil er hier zuständig ist. Hairy Harry und Billy Boy verstecken sich im Wald und warten, daß jemand kommt, um das Zeug abzuholen. Auch die DEA ist da, eine ganze Schar dieser eben flügge gewordenen Pickelgesichter – sagt Aki –, voller Eifer, die Hand an der Kanone, aber der Boss hier ist Hairy Harry, und er hat das Kommando.»

«Großer Gott», sagte de Gier.

«Genau. Ein Lindwurm von Sattelschlepper schiebt sich rückwärts in die Lichtung, der Fahrer und seine Helfer springen aus der Kabine...»

»...und bevor sie das Zeug überhaupt anrühren können, ist Hairy Harry da und läßt die Handschellen zuschnappen.»

«Genau.»

«Also erzählen die Typen aus dem Lastwagen dem Richter, daß sie eben die Kiste geparkt hatten, um ihre Lunchpause zu machen, und als sie gerade die Hamburger auspacken wollten, da fällt so ein glatzköpfiger Neandertaler über sie her. Sie wissen überhaupt nicht mehr, wo ihnen der Kopf steht, wie konnten sie wissen, daß im Wald ein Berg von Marihuana versteckt ist. ‹Himmel, Euer Ehren, was für ein verdammter Staat ist dieses Maine?›»

«Und der Richter sagt, daß er die Unannehmlichkeiten bedaure, die man so netten Truckern aus irgendeinem Nachbarstaat bereitet hätte, die nur ein kleines Picknick halten wollten.»

«Aber Hairy Harry war die Lieferung los, die er eigenhändig an Land gebracht hatte, mit dem Polizeiboot, auf wer weiß wie vielen Fahrten zwischen Schiff und Strand», sagte de Gier. «Das hat ihm sicher ganz und gar nicht gefallen.»

Aki brachte die Krabbenomeletts, riesig und mit reichlich Füllung.

Grijpstra aß. «Hast du überhaupt eine Ahnung, wie groß heutzutage die größte Krabbenrolle in Holland ist?» Er spreizte Daumen und Zeigefinger. «Und das kostet dann einen Tageslohn.» Er beugte sich über den Tisch. «Was anderes. *Lerne deinen Feind kennen.* Du erinnerst dich an die alte Regel? Sagen wir, ich habe das auf Aki angewandt. Sagen wir mal, das ließe sich auch auf die anderen anwenden. Aki hat mir erzählt, daß Flash und Bad George nicht unmusikalisch sind; Flash hat Tuba gelernt, Bad George Geige. Haben in der Schulband gespielt. Wenn wir uns alle mal zusammensetzen, um Musik zu machen?»

De Gier fand den Witz gut. Aber er konnte nicht so recht lachen, weil er sich an seiner Krabbenrolle verschluckte.

Grijpstra wartete. «Okay? Aki sagte, daß Ishmael Klavier spielt.»

«Ein Klapperkasten von Klavier», sagte de Gier, der trotz seiner Schmerzen noch immer grinste. «Wir haben den St.-Louis-Blues zusammen versucht. Ich habe geschluchzt, er hat draufgehauen. Und Flash Fartworth auf der Tuba?» De Gier verschluckte sich noch einmal. Grijpstra saß mit geschlossenen Augen da, kaute lächelnd, und ignorierte das Getöse.

«Es geht wieder», sagte de Gier.

Grijpstra schluckte. «Ich sage dir, was wir tun. Du wirst Flash und Bad George sagen, daß du diesen Erpressungsquatsch nicht mitmachst... damit muß Schluß sein... Ich mag diese Clowns, diesen albernen Hund... aber ich möchte keinesfalls, daß sie glauben, sie hätten uns in der Hand.»

De Gier nickte. «Prima.»

«Dann werden wir erst einmal so etwas wie eine Party veranstalten.»

«Freundschaft schließen.»

«Die Sache etwas beschleunigen», sagte Grijpstra. «Die Zeit läuft uns davon. Aki war einige Male drüben bei Lorraine?»

«Ja.» De Gier nickte. «Aber sie war nicht zu Hause...»

«Und sie kann es jederzeit wieder versuchen», sagte Grijpstra. «Und dann wird sie Alarm schlagen.» Betrübt musterte er seinen leeren Teller.

«Hör mal», sagte de Gier und rutschte unruhig auf seinem Stuhl hin und her. «Mir ist es schon recht, außerdem hast du das Sagen. Aber was meinst du, was diese Clowns, Flash und Bad George, tun werden, wenn ich sage, daß ich nicht zahle?»

«Laß uns mal überlegen», sagte Grijpstra. «Sie könnten die Leiche wieder ausgraben und sie herumzeigen.»

«Dann sind sie Mitwisser», sagte de Gier. «Wie immer sie es anstellen werden – ob sie sagen, Lorraine selbst begraben zu haben, oder mich angeblich dabei beobachteten: Warum haben sie mich nicht angezeigt? Weil sie vorhatten, mich auszunehmen? Das ist ein weiteres Vergehen.»

«Sie werden es also nicht tun», sagte Grijpstra. «Sie werden eher dem Sheriff einen diskreten Tip geben. Und hat er erst einmal die Leiche, auf wen richten sich dann alle Blicke? Auf dich natürlich.»

«Wegen der Autopsie», sagte de Gier. «Der Gerichtsmediziner stellt fest, daß die Tote mißhandelt worden war, was zum Abort führte...»

«Damit hat Hairy Harry noch nichts gegen dich in der Hand», sagte Grijpstra. «Das wissen auch Flash und Bad George. Nichts als vage Vermutungen... nebulöses Zeug.» Er schob seinen Stuhl zurück. Er legte den Kopf auf die Seite, dann sagte er leise: «Aber Zwerge, die klappern, weisen auch den Weg zu Schneewittchen.»

«Und so hättest du es gerne?»

«Nichts dergleichen», sagte Grijpstra, «aber niemand hat gesehen, wie du Lorraine getreten hast. Aber vielleicht ist das gar nicht der Punkt; ich möchte nicht, daß du irgendwelchen Strolchen Geld gibst.»

De Gier lächelte. «Strolche... Flash und Bad George? Ich hab nichts dagegen, ihnen Geld zu geben, damit sie ihr Boot reparieren können.»

«Werden sie nicht auf den Geschmack kommen und dich nie mehr in Ruhe lassen?»

«Ja.» De Gier nickte. «Das ist gut möglich.»

«Gar keine Frage», sagte Grijpstra. «Aber vielleicht ist das noch immer nicht der Punkt. Du willst wissen, ob du wirklich getan hast, was du dem Anschein nach getan hast. Du kannst dich mit der Tat nicht abfinden. Und du kannst nicht glauben, daß du es getan hast. Ohne die Leiche wirst du es nie wissen.»

«Ich kann damit nicht *leben*», sagte de Gier, «und du weißt das, nicht?»

«Und wenn du damit leben *mußt*?»

De Gier schüttelte den Kopf. «Kann sein, daß ich es akzeptieren könnte, wenn *du* so etwas getan hättest. Man muß die Menschen nehmen wie sie sind.» Er kniff die Wangen ein, hob die Oberlippe und sprach mit der etwas schrillen Stimme des Commissaris. «Meine Herren, vergessen Sie das nicht: Sie müssen die Leute nehmen, wie sie sind, nicht, wie sie sie gerne hätten.»

Grijpstra lachte, wurde aber rasch wieder ernst. «Du würdest dich also damit abfinden, wenn ich Nellie die schöne neue Eichentreppe herunterstoßen würde.»

«Es würde dir doch leid tun, oder?» sagte de Gier.

«Tut es *dir* leid?»

«Ja», sagte de Gier, «ich werde nie wieder trinken oder sonst ein Zeug nehmen.»

«Willst du's nicht erst mal mit einem Jahr versuchen?»

«Für immer», sagte de Gier. «Es sind die falschen Geister, die man damit ruft.»

«Vielleicht mußt du dich damit abfinden, daß sie ein Teil von dir sind.»

«Und wenn sie wieder in ihren Käfig müssen, brauche ich nur dich um Hilfe zu bitten?»

«Tu, was du nicht lassen kannst», sagte Grijpstra. «Mal sehen, was ich dann machen werde. Ich trinke auch nicht. Dann wollen wir uns mal gemeinsam langweilen.»

«Da hast du's wieder, ein weiteres Beispiel für die Fragwürdigkeit menschlicher Existenz, von tragischer Wucht», sagte de Gier. «Ein Problem, das du erst bemerkst, wenn es zu spät ist. Vielleicht bin ich so programmiert, daß ich keinen Alkohol vertrage, genetisch bedingt, eine chronische, unheilbare Krankheit...»

«Wir wollen uns zuerst mal die Symptome vornehmen», sagte Grijpstra. «Wir haben noch nicht einmal herausgefunden, ob du die vermißte Person gestoßen oder getreten hast. Wir haben überhaupt nichts herausgefunden. Du bist auch keine Hilfe. Du hast mir nicht einmal gesagt, was du über Akis Verbindung zur DEA wußtest...» Er winkte ab. «Ich weiß, ich weiß, das würde zu Hairy Harry führen, und du behauptest ja, daß der Sheriff damit nichts zu tun hat; alles, was ich zu tun habe, ist, die Leiche zu finden. Dabei hat dieser Sheriff versucht, mich umzubringen, kaum daß ich hier angekommen war.»

Inzwischen hatten sie *Beth's Restaurant* verlassen. De Gier öffnete Grijpstra die Autotür und schob ihn sachte auf den Sitz.

Grijpstra saß da und sah die Bäume vorbeihuschen. «Dieses Arschloch von Sheriff läßt sich nicht aus meinen Ermittlungen heraushalten. Es gibt hier noch mehr als dein persönliches Problem. Es ist wie alles andere, was ich mir zu tun vornehme. Wenn ich Nellies Wasserhahn reparieren will, dann muß ich den ganzen Schuppen aufräumen, um erst einmal die Rohrzange zu finden.»

De Gier parkte das Auto, öffnete Grijpstras Tür, zog ihn heraus, nahm ihn bei den Schultern und drehte ihn herum, bis seine Nasenspitze in Richtung des Kais von The Point zeigte.

«Sheriff Hairy Harry macht mir das Leben schwer», sagte Grijpstra.

De Gier brachte ihn vorsichtig in Gang.

Grijpstra ging langsam über den Weg zwischen Wacholderbüschen und einem Zaun, der von blühenden Ranken überwachsen war.

«Nichts hat sich verändert», sagte Grijpstra. «Du bist immer noch derselbe Spinner. Als Klient unausstehlich. Eigentlich solltest du eine Hilfe sein, dabei bist du nur ein weiterer Stolperstein auf meinem Weg.»

«Ich?» fragte de Gier. «Wieso? Ich bin der Verlierer hier. Mich hat man breitgetreten. Wie soll ich dir da im Weg sein!»

«Schön.» Grijpstra nickte energisch. «Ich werde schon über dich hinwegsteigen. Genau wie über den Sheriff. Hairy Harrys böse Hand lastet auf allen diesen Inseln. Mit euch Mistkerlen werde ich schon fertig werden.»

De Gier ruderte. Grijpstra saß auf der Bank im Heck des Dingis. Wind gab es keinen, langsam schob sich das kleine Boot vorwärts, getrieben von de Giers langen Ruderschlägen. Ein Seetaucher trieb vorbei, er gluckste vor sich hin wie im Traum, den schmalen Kopf hatte er nach unten gerichtet. Das letzte Sonnenlicht ließ die weißen Punkte auf seinen Schwingen aufleuchten. Einmal hob er die Flügel; die Brust, die nun zu sehen war, war von einem erstaunlichen Weiß.

«Aki nennt sie die Zaubervögel von Maine», sagte Grijpstra.

De Gier ließ für einen Augenblick die Riemen ruhen. «Du mußt dich mit Aki sehr gut verstanden haben, wenn du so viel von ihr...»

Grijpstra nickte. «Wenn das Schicksal fremde Menschen zusammenführt, für einen kurzen Augenblick...»

De Gier grunzte zustimmend.

Grijpstra breitete begeistert die Arme aus. «Weißt du, das habe ich mir schon oft gesagt: Das muß der Himmel sein – kurze Begegnungen zwischen Fremden, die gleich fühlen und denken. Kein Streit, kein Sex. Wer braucht denn schon Sex? Ich bin zu alt dafür», er klopfte auf seinen Bauch, «wer will schon sein Gegenüber mit so viel Häßlichkeit behelligen. Nein... Lieber die Autobahn rauf- und runterfahren und Muscheln essen, oder was immer das war in dem Bostoner Fischrestaurant. Venusmuscheln? Gefüllt mit...»

«Nicht schlecht...»

«...und willst du wissen, was wir hinterher gemacht haben? In unserer Suite im *Porterhouse*? Aki saß in ihrem Riesenbett, ich saß in meinem Riesenbett, und die Kellner rollten ihre Wägelchen ins Zimmer und tanzten vor uns herum, nette Kerle, und hoben riesige Silberhauben von riesigen Silberplatten...»

«Und das war alles? Venusmuscheln und sonst nichts?» fragte de Gier. «Was soll das? Die Henkersmahlzeit? Oder essen anstatt?»

«...nein, nein, das war schon in Ordnung... wir waren davor noch in einem anderen Hotel, mit Bar und einer Drehplattform mit einer Band. Ein großer Schwarzer am Klavier, die gleichen Haare wie dein Freund Flash, aber besser gefönt. Sie spielten dieses Stück von Don Cherry, das du so magst, ein Thema von Thelonious mit Schlagzeugbegleitung, ohne Trompete, dafür ein Cello, als Solo- und als Rhythmusinstrument. Wie heißt es nur?» Grijpstra klopfte sich mit den Fingerknöcheln gegen die Kniescheibe. «*Bemsha-Swing!*»

«...und das Cello quietschte nicht...?»

«...getrennte Betten und doch zusammen schlafen. Das ist die wahre Intimität.» Grijpstra hob den Zeigefinger. «Manche Leute meinen, man müßte immer aufs Ganze gehen... nein, das Cello war in Ordnung...»

«Warum hast du in diesem Hotel eine Suite gemietet?» fragte de Gier. «War sonst nichts frei?»

«Warum kaufst *du* ein Zweitausend-Dollar-Dingi?» fragte Grijpstra. «Aki und ich, wir sind an einem Jachthafen vorbeigekommen. Gebrauchte Boote, jede Menge, für dreihundert Dollar und darunter.»

«Ein handgearbeitetes Dingi, das nicht einmal sechzig Pfund wiegt, macht einfach Spaß.»

«Du hättest die *Macho Bandido* haben können», sagte Grijpstra. «Aber das ist dir zuviel Arbeit. Ich weiß nicht mehr, wofür ich mein Geld ausgeben soll. Nellie hat nicht einmal mehr eine Hypothek. Das Haus ist inzwischen perfekt, nachdem ich noch eine Wand herausgebrochen habe, um den neuen Fernseher zu installieren. Nellie geht nicht viel aus.»

«Auf Reisen kann man das Geld am einfachsten ausgeben», sagte de Gier, «aber es könnte sein, daß diese Zeiten für mich vorbei sind. Wenn du diese Sache aufklären kannst, gehe ich vielleicht zurück nach Holland.»

«Und wirst in meinem Büro mitarbeiten?»

«Vielleicht.»

«Und was, wenn wir die Sache nicht ins reine bringen können?»

De Gier ruderte weiter. «Dann muß ich Eremit werden.»

12

Grijpstras Nickerchen dauerte bis zum frühen Abend. Danach machte er einen Spaziergang über die wenigen Streifen flachen Strands auf der Insel und löste dabei Bärenalarm aus. Kaum hatte er die Nylonschnur berührt, die zwischen einigen Felsblöcken aufgespannt war, schon war de Gier zur Stelle.

«Schön hier», sagte de Gier und steckte die Kamera wieder weg. Da hat er recht, dachte Grijpstra. Das Meer lag unbewegt im Mondlicht vor ihnen, am Himmel glänzten unvorstellbare Myriaden von Sternen, auf den während der Ebbe aus dem Wasser aufgetauchten Felsen lagen Seehunde, gekrümmt wie Bananen. Das leichte Kräuseln weiter draußen rührte von der Rückenflosse eines anderen Tiers, ein neugieriger Delphin, behauptete de Gier.

«Sehr schön hier», bestätigte Grijpstra.

«Aber es gibt nicht nur dieses Hier. Das eine oder andere Hier ist einfach miserabel.»

«Miserabel genug, um für immer davonzurudern?»

«Aber wenn ich *nicht* hier bin», sagte de Gier, «dann ist hier nicht mehr hier.»

«Richtig.»

«Das ist noch nicht alles», sagte de Gier.

«Wenn du nicht mehr da bist, dann gibt es überhaupt kein Hier mehr?» sagte Grijpstra. «Du weißt, daß das Blödsinn ist? *Ich* werde noch immer dasein. Werde in Amsterdam Krabbenrollen für hundert Dollar essen und im Fernsehen zusehen, wie die Leute verhungern, an allen Ecken und Enden dieser Welt, die alle *da* sind, und wo die Kamerateams gerade nach sterbenden Babies suchen.»

«Du brauchst doch nur auf den Knopf zu drücken – aus», sagte de Gier. «Du steckst deine Diners-Club-Karte mit ihren unerschöpflichen Geldreserven ein, und schon kannst du die Nacht mit Aki verbringen und den Gleichklang verwandter Seelen genießen.»

«Eine einzige Nacht», sagte Grijpstra. «Für eine einzige Nacht auszubrechen heißt nicht, dem menschlichen Dilemma ausweichen zu können. Sei nicht so ein Klugscheißer, Rinus.»

«Da wir schon beim Thema sind», de Gier hob eine Augenbraue, «du und Aki, habt ihr vielleicht, äh...»

«Nein», sagte Grijpstra.

«Hör zu», sagte de Gier, «wir sind doch noch immer Freunde. Sag es mir. Ich habe diesen gewissen Ruf, was Frauen angeht, dabei habe ich im Umgang mit ihnen große Schwierigkeiten. Es ist so schrecklich kompliziert. Es gibt diese Theorie, daß Homosexualität nichts weiter als ein infantiles Relikt ist, und du, du hast doch ganz sicher wieder deine väterliche Tour versucht, nicht? Bist du *sicher*, daß nichts passiert ist?»

Da waren sie längst wieder in der Pagode angekommen und tranken oben auf der Galerie das Gebräu aus Louisiana-Kaffee und Zichorie. «Der Kaffee ist stark», sagte Grijpstra. «Meistens kriegt man hier nur eine dünne Brühe.»

«Damit man ihn von morgens bis abends trinken kann», sagte de Gier. «Hierzulande geht doch alles automatisch. Die Leute haben nichts zu tun. Dreißig Tassen Kaffee am Tag zu trinken ist immerhin eine Beschäftigung.»

Grijpstra starrte ihn an.

«Entschuldige», sagte de Gier. «Ich dachte, ich sollte dir Amerika erklären.»

«Pah», machte Grijpstra.

«Dabei weißt du schon alles», sagte de Gier. «Etwa, daß Hairy

Harry hier die Versorgung mit Rauschgift organisiert. Hat Aki es dir im Bett verraten?»

Grijpstra lächelte. «In deinem Ford-Produkt, auf der Rückfahrt von Boston. Sie war ganz aus dem Häuschen wegen dieser Ausstellung alter hawaiischer Kunst, die sie sich angeschaut hat, während ich auf der Bank meine Gulden in Dollars umgetauscht habe. Es war überhaupt keine hawaiische Kunst, sondern eine Dokumentation über das Leben in Polynesien aus der Zeit vor MacDonald's und Coca-Cola.»

«Historische Hinterhöfe von der Staffelei eines Hinterhofmalers?»

«Weißt du, daß ich mich immer mehr über dich wundere?» sagte Grijpstra. «*Du* bist der Verdächtige. Und du stehst da und machst alberne Witze.»

«Manchmal vergesse ich es eben», sagte de Gier. «Warum mußt du mich daran erinnern! Also, wir reden von Norman Rockwells Hawaii.»

«Norman Rockwell ist kein Hinterhofmaler!»

«Entschuldige.»

«Okay...» Grijpstra beschrieb mit schwungvollen Gesten das alte Hawaii. «...Szenen wie auf Ansichtskarten... paradiesische Landschaften... Strände ohne Ölschlick... Obstbäume, die niemand mit Gift besprüht hat... strohgedeckte Hütten ohne kaputtes Spielzeug im Hof... Auslegerboote ohne stinkende Abgase... die Menschen alle schön und jung... das Klima...»

«Das Klima gibt es sicher noch.»

«Smog in Honolulu, so sieht es heute aus», sagte Grijpstra.

De Gier zeigte hinaus aufs Meer, wo nicht ein Hauch von Dunst den Blick bis zum Horizont behinderte. «Hier nicht.»

Man hörte das Dröhnen von Außenbordmotoren, zwei Außenbordmotoren auf einem Boot, und kleine Wellen, Ausläufer eines Kielwassers, huschten über die Wasserfläche. Das Boot, bei dem sich die Wellen trafen, war unbeleuchtet. «Vermutlich Hairy Harry», sagte de Gier, «man hört ihn oft hier. Er muß letzte Woche eine neue Lieferung an Land gebracht haben, er ist wie ein Verrückter hin und her gefahren, immer wieder. Muß ein südamerikanisches Schiff gewesen sein, das draußen ankerte.»

«Und hat er dich gesehen?»

«Man winkt sich zu.»

«Nichtwissen erzeugt Furcht», sagte Grijpstra. «Es gibt keinen triftigen Grund, warum du hier bist. Er wird sich Gedanken machen.»

«Wenn ich Hairy Harry wäre», sagte de Gier, «dann würde ich zu dem Schluß kommen, daß wir von der Konkurrenz sind. Große Dealer, die ihm sein Geschäft streitig machen wollen, aus Surinam oder einer der anderen ehemals holländischen Kolonien. St. Martin vielleicht, oder St. Eustatius, Curaçao, Aruba. Wir sind hier, um die Lage zu peilen.»

«Und wir sind keine Schwarzen und keine Latinos», sagte Grijpstra, «wir sind Leute seines Schlages. Weiß, protestantisch. Das muß ihm mächtig auf den Geist gehen.»

«Dann hat Nellie dich bekehrt?» fragte de Gier.

«Hairy Harry weiß es nicht besser.» Grijpstra blickte von der Galerie der Pagode auf die unendliche Wasserfläche, über die sich lange Wellenfronten schoben, die weiß im Mondlicht glitzerten. «Das letzte Stückchen Küste des großen Amerika, das kaum bewacht wird?»

«Es gibt die Küstenwache», sagte de Gier. «Sie haben Hubschrauber, riesige Maschinen. Ich hab einen auf Jeremys Insel landen sehen, dort, schau, bei den Weymouthkiefern auf der Westseite. Dort gibt es ein Fleckchen ebenen Boden zum Landen. Die Piloten lieben diese Gegend. Dieser große Brummer senkt sich auf die Insel, eine Luke geht auf, und heraus purzeln fünf fette Babies in orangefarbenen Overalls. Den großen Korb trägt der kleinste von ihnen, und er ist gefüllt mit Hamburgern und Pommes frites und Chips und Käsecrackern und Pfannkuchen und Frikadellen und jeder Sorte prickelnder Limonade, die bis heute erfunden wurde. Die Overalls lagern sich um den Korb und grapschen und wühlen und schmatzen und schlürfen, bis alles verputzt ist, dann verschwinden sie wieder in der Luke. Und weg sind sie. Wenn sie ein paar Meter weit zwischen die Bäume gegangen wären, hätten sie gesehen, daß die Insel eine einzige Marihuana-Plantage ist.»

«Und sie hinterlassen einen Schweinestall, diese Schlürfer-Schmatzer-Wühler-Grapscher?»

«Diesen Overalls fällt das Bücken schwer», sagte de Gier. «Undenkbar, daß sie wieder einsammeln, was ihnen runterfällt. Das hat immer Lorraine besorgt.» De Gier sagte das mit schuldbewußter Miene. «Sie konnte es nicht ausstehen, wenn Müll herumlag. Sie machte mit dem Kajak einen Umweg von mehreren Kilometern, um eine Blechdose aufzusammeln, die sie am Strand glitzern sah. Oder ein Stück Silberpapier. Auch alles andere hat sie eingesammelt. Sie hatte immer Mülltüten dabei.»

«Gut so», sagte Grijpstra.

Sie saßen und schwiegen. Fledermäuse quiekten. Grillen sangen im Chor, ein silberhelles Zirpen, das langsam wieder verebbte. Eine Wildente quakte.

«Dann laß uns sehen, ob ich alles mitbekommen habe», sagte Grijpstra. «Die Fischer pflanzen Marihuana auf den Inseln, der Sheriff duldet es, solange niemand den Mund aufmacht über das, was er tonnenweise an Land schafft. Bildah Fartworth baut Häuser, die er sich mit schwarzem Geld bezahlen läßt. Aki spioniert widerwillig für die Pickelgesichter von der DEA, aber da sie dafür gesorgt hat, daß eine Wagenladung Gras konfisziert wurde, hat sie für eine Weile Ruhe. Hairy Harry macht unbeirrt weiter.»

«Hairy Harry ist fein raus», sagte de Gier.

«Bis auf das übliche Geldproblem», sagte Grijpstra. «Er konnte vierhunderttausend Dollar waschen, indem er das Haus kaufte, aber der Geldstrom hört nicht auf. Jedesmal, wenn er einen Sattelschlepper vollgeladen hat, hat er... wieviel?... verdient?»

«Fünfzigtausend?»

«Hunderttausend?» fragte Grijpstra. «Sicher ist auch etwas Kokain dabei.»

«Das summiert sich», sagte de Gier. «Dealer, die richtig im Geschäft sind, ersticken irgendwann an ihrem Geld.» Er tätschelte Grijpstra die Hand. «Ein altbekanntes Problem.»

«Ein Jammer», sagte Grijpstra.

«Ich habe noch ein anderes Beispiel», sagte de Gier. «Hast du diese Jacht im Hafen von Jameson gesehen? Die *Macho Bandido*? Ein mutmaßlicher Kokaindealer, ein Südamerikaner, hat sie auf der Bootsausstellung in Portland gekauft. Bezahlte bar, mehr als eine Million. Eineinhalb Millionen, um genau zu sein. die Jacht ist computergesteuert, wie es in der Kabine aussieht, kannst du dir gar nicht vorstellen. Sie wurde hier in der Gegend gebaut, du findest an der Küste von Neuengland mit die besten Bootsbauer der Welt. Vielleicht vierzig Mann haben an der Jacht gearbeitet, jeder ein Fachmann, und dieser Kerl knallt seinen Sack voll schmuddeliger Scheine auf den Tisch und segelt mit seinen bekifften Freunden davon, *muy macho*, ‹um sich mal die Küste von Maine anzusehen›. Kaum zu glauben, daß sie es bis hierher geschafft haben. Ein tückisches Seegebiet, weißt du.» Er zeigte mit der Hand über das Meer. «Sieht herrlich aus, was? Ruhige See, malerische Inseln, aber man muß auf der Hut sein. Die Leute übersehen das leicht.»

«Mein guter Junge», sagte Grijpstra «Strömungen, der Tidenhub, Sandbänke, hohe Wellen, das verdammte Tierleben, wo man hintritt...»

«Ach ja», sagte de Gier. «Tut mir leid, Henk... Also, der Dealer und seine Freunde kommen in den Hafen hier geschaukelt... drei Kerle und ein Mädchen. Sie bleiben eine Weile, kommen nicht mal auf die Idee, nach einem Anlegeplatz zu fragen. Lassen einfach den Anker runter, obwohl das Tau zu kurz ist, so daß bei Flut die Nase des Boots nach unten gezogen wird. Haben ein bißchen gefeiert auf der Jacht, gingen dann an Land mit ihrem nagelneuen Schlauchboot und haben sich mit dem tragbaren Telefon beim Autoverleih einen Cadillac bestellt. Mit Chauffeur natürlich, und schon waren sie weg, sie ließen das Schlauchboot zurück, die Jacht – vielleicht waren sie froh, sie los zu sein, sie müssen einige aufregende Momente auf dem Atlantik erlebt haben. Vor einer Woche war das, daß sie verschwunden sind... auf Nimmerwiedersehen.»

«Die *Macho Bandido* habe ich doch heute gesehen», sagte Grijpstra, «vom Restaurant aus. Sie *lag* an einem Anlegeplatz, und Little Max schrubbte das Deck. Der Klüver war an der Leine vom Bug zur Mastspitze säuberlich aufgerollt. Sieht wirklich gut aus jetzt.»

De Gier lachte. «Natürlich, die neuen Besitzer kümmern sich um das Boot. Die Fischer wollten das Ankertau verlängern, aber Hairy Harry ließ sie nicht. Gestern nacht ist das Tau irgendwie gerissen, und irgendwie ist die Jacht aus dem Hafen hinaus aufs Meer getrieben, wo zufällig Hairy Harry war. Er war nicht im Dienst, und er war auf Bildah Fartworths Rennboot, und zufällig war auch Bildah Fartworth an Bord und zusammen bargen sie das herrenlose Schiff.»

«Und dürfen eine Jacht im Wert von einer Million Dollar behalten?»

«Jawohl», sagte de Gier, «so steht es im Gesetzbuch. Außerdem gibt es noch ungeschriebene Gesetze: Wenn du reich bist, kriegst du auch noch den Rest. Wenn du arm bist, verlierst du auch das Dach über dem Kopf. Wenn du irgendwo in der Mitte bist, wirst du dich nicht lange halten können.»

«Vier Leute waren auf der *Macho Bandido?*»

«Ich habe nie einen davon gesehen», sagte de Gier. «Das Auto hat sie in der Nacht abgeholt, Beth hat es wegfahren sehen. Aki ist ihnen einige Male begegnet, beim Einkaufen, sie waren auch essen im Restaurant. Aki sagte, die Männer wären geschniegelte Latino-Typen gewesen, und das Mädchen, eine Weiße, hätte ausgesehen wie ein Model aus *Vogue.*»

Grijpstras Blick war leer.

«Alles in Ordnung?» fragte de Gier.

«Eine Menge, was hier so läuft», sagte Grijpstra. Er sah auf seine Uhr. «Leihst du mir dein Dingi und das Ford-Produkt?»

«Nicht viel los in Jameson um Mitternacht», sagte de Gier.

«Und einige Vierteldollars.»

«Nellie wird schlafen.»

«Nein», sagte Grijpstra. «Es ist sechs Uhr früh in Amsterdam. Ich habe versprochen, daß ich am frühen Morgen anrufe.»

13

«Daß du nicht müde wirst, dieses Band abzuhören», sagte Katrien mit dem Finger auf der Taste des Geräts. «Das muß jetzt das vierte Mal sein. Wird es nicht allmählich langweilig?»

Der Commissaris saß in der Badewanne und schlug spielerisch mit den flachen Händen aufs Wasser. *Pitsch, patsch.*

«Doch so machen es die Detektive», sagte Katrien, «nicht wahr? Die Fakten durchgehen, immer und immer wieder?»

«Nur die Beschränkten unter ihnen», sagte der Commissaris, «ich bin eben nicht vor Ort, ich kann keine Fragen stellen.» Er lachte. «Aber Grijpstra beantwortet sie trotzdem.» Er sah auf. «Meinst du nicht auch?»

«Immerzu Spielchen spielen», sagte Katrien. «Wer ist hier denn beschränkt, Jan? Merkst du nicht, daß Grijpstra mit *dir* redet? Er würde Nellie doch nicht immer den ganzen Fall unterbreiten, das sagt sie selber. Wenn er über seine Arbeit redet, dann über abgeschlossene Fälle, nicht über das, was er gerade tut.» Sie beugte sich vor und kniff die Hand ihres Mannes. «Nicht so wie du.»

«Dann weiß er, daß ich mithöre?»

«Natürlich.»

«Aber er erwartet keine Ratschläge?»

«Natürlich wartet er darauf, Jan.»

«Nee», sagte der Commissaris. Er reckte die Hand und drückte eine imaginäre Taste in der Luft. «Darf ich bitten?»

Das Tonband spielte weiter. «Henkieluvvie», sagte Nellie, «hör mal, es ist wahr, ich habe nichts dagegen. Aber wir wollen doch offen zueinander sein, erzähl mir doch von diesem Hula-Hoop-Mädchen, Akipappapalo oder so? Sag mir, was ihr an diesem Abend in Boston gemacht habt!»

«Nellie, bitte», sagte Grijpstra, «ich brauchte Informationen. Dieses Mädchen ist lesbisch, ich bin ein alter Fettsack, was soll da schon passiert sein?»

«Ihr hattet getrennte Zimmer?»

Der Commissaris ließ einen Finger kreisen. Katrien drückte auf ‹Vorlauf›. «Vögel», sagte Grijpstra, «Raben, es gibt noch Raben hier, und Adler von zwei Meter Spannweite. Sicher haben sie Beths Vater aus seinem Packard gezerrt...»

Der Commissaris winkte gebieterisch ab. Mit einem Klicken stoppte das Tonband. «Das ist es», sagte der Commissaris, «darum muß Grijpstra sich kümmern. Du verstehst, was ich meine? Wenn ich es ihm nur sagen könnte, es ist doch so einfach, er hat doch diesen Piloten, diesen Ishmael mit seinem Flugzeug.» Er begann wieder mit den Händen aufs Wasser zu schlagen. *Pitsch, patsch.*

«Hör auf damit», sagte Katrien, «du kannst einem schrecklich auf die Nerven gehen. Gerade habe ich den Boden aufgewischt.»

Pitsch, patsch.

«Ich dreh das kalte Wasser auf!»

«De Gier würde darauf kommen», sagte der Commissaris, «aber er ist wieder auf diesem philosophischen Trip. Da ist er wie zugenagelt. Und Grijpstra ist langsam, einfach *langsam.*»

«Glaubst du, daß de Gier sich umbringen könnte, wenn es sich bestätigt, daß er diese schwangere Frau zu Tode getreten hat?» fragte Katrien, als sie dem Commissaris aus der Wanne half.

Der Commissaris schüttelte den Kopf, es schien kein Ende nehmen zu wollen.

«Jan! Du hast Arthritis, nicht die Parkinsonsche Krankheit.»

«Hmmm?»

«Ob de Gier sich umbringen könnte?»

«Wenn die Leute immer davon reden, dann tun sie es am Ende auch», sagte der Commissaris, «darüber gibt es Statistiken, die mir glaubhaft erscheinen.»

«O Gott...» Sie ließ das Handtuch sinken.

«Wie Jeremy», sagte der Commissaris. «Das gefällt mir. Wenn die Lage aussichtslos ist, wenn *ich* denke, daß die Lage aussichtslos ist, nicht irgendein verfluchter Arzt, na?» Er kuschelte sich in das Handtuch, das sie wieder ausgebreitet hatte. «Und dann dieser geheimnisvolle Küstenstreifen, wo es so vieles noch gibt, das letzte saubere Wasser auf dem Planeten, Seetaucher, die das Boot begleiten, ein Adler über mir, Katrien... man rudert ins Nichts hinaus, ein ruhiges Plätzchen zwischen einigen Sandbänken, hinter einer hügeligen Insel mit abgestorbenen Bäumen, in deren Ästen Kormorane sitzen, die Flügel zum Trocknen ausgebreitet...»

«...und dann kommt der Engel und trägt dich auf seinen Flügeln ins Paradies...» fuhr Katrien fort, während sie ihn trockenrieb. «Du müßtest schon eine Pistole nehmen, du kannst dich nicht einfach in Luft auflösen. Eine Pistole, das ist eine ziemliche Schweinerei.»

«Ich kann dort eine Pistole kaufen», sagte der Commissaris, «in der High Street, Perkins' Sportgeschäft. In Amerika dürfen Männer eine Waffe tragen.»

«Ich sprach von de Gier», sagte Katrien.

Er gab ihr einen Kuß. «Ich rede immer von mir, Schatz.»

14

Es waren Raben am Himmel, nicht weit von dem Doppeldecker kreisten sie und segelten, ruhig und majestätisch, und machten keine Anstalten, tiefer zu gehen und nach Aas zu suchen.

«Die Möwen?» fragte Grijpstra. Gehorsam betätigte Ishmael Steuerknüppel und Pedale, damit das Maschinchen zwei schwarzflügeligen Möwen folgte, aber auch sie waren keinem Aas auf der Spur, sie holten sich Miesmuscheln vom Strand, die sie fallen ließen, damit die Schale zerbrach und sie an das saftige Fleisch gelangten.

Es wurde wieder spannend, als Ishmael einen Adler ausmachte und es auch schaffte, eine Weile neben ihm herzufliegen. Würdevoll hob und senkte der Riesenvogel seine Flügel, damit sie die langen weißen Handschwingen an den Enden sehen konnten. Er kam zu einer Bucht, wo ein Fischadler jagte; er setzte dem kleineren Vogel so lange zu, bis er den eben gefangenen Fisch losließ. Geschickt fing der Adler die silberglänzende Beute auf.

«Nichts Totes hier», sagte Ishmael. «Sagten Sie nicht, daß wir dieses tote Ding ziemlich nah bei Squid Island finden müßten? Soll ich wieder ein Stückchen zurückfliegen?»

Unten sah Grijpstra jetzt Squid Island, dann kam Bar Island, dann Jeremys Insel mit den Überresten eines Blockhauses und anderen Relikten, die an Sonnenkollektoren auf Pfosten erinnerten. Ishmael kreiste langsam. «Jeremy hatte seine eigene Stromversorgung. Hat sich einen Computer samt Drucker angeschafft.»

«Er hat etwas geschrieben?» fragte Grijpstra.

«Ich habe einen Titel gefunden und einige unvollständige Notizen.»

«Wie hieß der Titel?»

«*Jenseits von Zen*», sagte Ishmael. «Jeremy war früher Buddhist, aber später sagte er: ‹Man trägt das Boot nicht mit sich herum, wenn es einen erst ans andere Ufer gebracht hat.›»

«Gar nicht dumm, dieser Einsiedler», sagte Grijpstra. «Aber einmal angenommen, die Leute hier wollten eine Leiche begraben, haben aber nicht viel Zeit – glauben sie, daß sie ein ordentliches Grab schaufeln würden?»

Ishmael dachte, schon. Ein flaches Grab wäre zwar ein Hindernis für die Vögel, aber nicht für andere Tiere. Waschbären graben gern. «Wenn ich vor dem Problem stände, ich würde zwei Meter tief graben und obendrauf noch ein paar ordentliche Felsbrocken wälzen.»

«Aber dauert das nicht viel zu lange?»

«Vielleicht nicht. Die meisten hier buddeln auch am Strand nach Venusmuscheln, jedermann hat die nötige Ausrüstung an Bord.»

Das Flugzeug kreiste über Bar Island.

«Was suchen wir denn überhaupt?» fragte Ishmael. «Was Totes, sagen Sie? Eine Leiche vielleicht?»

Grijpstra murmelte etwas.

«Jemand, den ich kenne?»

Grijpstra blickte auf Bar Island hinunter.

«Es wär mir nicht entgangen», sagte Ishmael. «Ich bin oft genug hier oben. Wenn es Aas gibt, dann sieht man auch die Vögel. Man findet tote Seehunde auf den Klippen, oder Delphine, Pilotwale. Oder im Wald einen Hirsch, einen Elch. Ich geh immer tief runter, um nachzusehen. Man kann ja nie wissen. Ich habe Rucksackwanderer gefunden, denen das Mückenspray ausgegangen war, und entlaufene Sträflinge, die dringend etwas zu essen brauchten, auch halbverrückte Veteranen, denen noch keiner gesagt hatte, daß der Krieg aus ist.»

«Sie haben sich um sie gekümmert?» fragte Grijpstra.

«Sicher.»

«Seines Bruders Hüter.»

«Ich habe meinen eigenen Bruder nie gemocht», sagte Ishmael. «Der übliche Frust im trauten Heim, denke ich. Man neigt wohl dazu, die ungeliebten Lieben durch absolut Fremde zu ersetzen.»

Dort unten schien es nichts Ungewöhnliches zu geben, außer de Gier vielleicht, der mit seiner heißgeliebten Nikon am Strand von Squid Island herumspazierte.

«Wieder auf der Suche nach Petz», sagte Ishmael. Er hatte den Bären gesehen, ein großer, schwarzbrauner Bursche, wie er bei Tagesanbruch bei The Point an Land geklettert war. Auch Hairy Harry und Billy Boy hielten nach ihm Ausschau. Der Bär und Hairy Harry waren etwa gleich groß, nur daß der Bär überall Haare hatte. So etwas wie die Nemesis für Hairy Harry. Das war schon ein Ding. Und darum haßte Hairy Harry diesen Bären ganz besonders, weil er ihm in Größe und Figur so ähnlich war, bis auf die Haare... Ishmael dachte, daß der Bär vielleicht auf Jeremys Insel wohnte. Jeremy hatte ihm erzählt, daß er schlaftrunkene Bären getroffen hatte, die an untypisch warmen Wintertagen herumtrotteten, wenn sie aus dem Winterschlaf erwacht waren und frische Luft schnupperten, bevor sie sich wieder verkrochen. Im Sommer traf man sie seltener, ihr Revier war einfach zu groß.

«Was gibt es hier sonst noch?» fragte Grijpstra. «Wölfe?»

«Nein», sagte Ishmael, «nur Kojoten. Man hört sie heulen, bei Vollmond oder wenn das Feuerwehrauto in Jameson seine Sirene ausprobiert.»

Grijpstra starrte hinunter auf Bar Island. Er zeigte mit der Hand. «Da ist was.»

Ishmael sagte, daß Kojoten ein bißchen größer seien und auch braun. «Das ist Kathy II auf ihrem Landspaziergang, da kann der alte Rostkahn nicht weit sein.» Ishmael entdeckte die *Kathy III* in einer Bucht auf der The Point zugewandten Seite. «Der Hund besteht darauf, hier abgesetzt zu werden.» Ishmael kicherte. «Er möchte zu Lorraine.»

Er zeigte hinunter auf den Kabinenkreuzer. «Ein paar Handgriffe, um das Blatt noch zu wenden. Ein bißchen Fischen fürs Abendessen.»

Flash und Bad George saßen auf ihren Klappstühlen, die Beine auf der Reling, und hoben träge die Angelruten, um das Flugzeug zu begrüßen.

Grijpstra meinte, daß es doch hochinteressant sei, daß ein Mensch glaubte, ein kleiner schwarzer Hund könnte seine Mutter sein. Ishmael fand es komisch, doch hatte er Kathy I gekannt, und derselbe durch nichts zu versöhnende Widerwille gegen alles und jedes, der diese Frau ausgezeichnet hatte, war auch dem Hund nicht fremd. Dieselbe trotzige Ablehnung eines Universums, das zu dem einzigen Zweck geschaffen war, einem auf die Nerven zu gehen.

«Und noch was», sagte Ishmael, «wenn man Kathy II abends vorn im Bug sitzen sieht, wenn sie sich vor dem Schlafengehen den Tag noch einmal durch den Kopf gehen läßt... ihre ganze Art, die langen pelzigen Ohren aufgerichtet, daß man an die Zöpfe einer Passamaquoddy-Squaw denken muß (Flashs Mutter hatte indianisches Blut in ihren Adern, müssen Sie wissen), den Hals etwas vorgereckt – dann sieht man Kathy I vor sich, keine Frage.»

«Eine Frau, die als Hund zurückkehrt», sagte Grijpstra.

«So etwas gibt's doch nicht», stimmte ihm Ishmael zu.

Der Doppeldecker schwankte wieder aufs Meer hinaus, nachdem sie sich mit einigem Winken von dem alten Kahn verabschiedet hatten.

«Der alte Pott ist kurz vorm Sinken. Würde über Nacht vollaufen, wenn sie nicht zwei Bilgepumpen laufen ließen, die den ganzen Batteriestrom verbrauchen. Dabei können sie sich kaum den Sprit leisten, um sie wieder aufzuladen.»

«Und wenn das Schiff sinkt?» fragte Grijpstra.

«Sie sind nicht die Typen, die von Almosen leben können», sagte Ishmael.

«Und was dann?»

«Sie nehmen sie, was sonst?» sagte Ishmael. «Verkaufen die Lebensmittelgutscheine, um Hundefutter zu kaufen. Den Schnaps bezahlen sie mit dem Wohlfahrtsscheck. Für Unterkunft sorgt das Wohnungsamt.»

«Und was weiter?»

«Verlust des Selbstwertgefühls in der Obdachlosenunterkunft. Betrunken mit gestohlenen Autos herumfahren. Vor dem Fernseher im Gefängnis die täglichen schlechten Neuigkeiten anschauen.»

«Kann man das Boot reparieren?»

«Nein», sagte Ishmael, «aber mit ein paar Dollar könnten sie sich etwas Besseres kaufen.»

«Geld gibt es hier jede Menge», sagte Grijpstra.

«Das einzige, was sie tun müssen, ist, es zu finden», sagte Ishmael.

Da sich die Suche nach Vögeln, die sich um eine Leiche rauften, als vergeblich erwiesen hatte, flog Ishmael etwas weiter hinaus. Einige Meilen vor der Küste segelte die *Macho Bandido*, hart am Wind, sauber getrimmt und getakelt. Das galt auch für den Skipper, ein gepflegtes Männchen mit blauem Blazer und weißer Hose und einer Mütze mit goldener Borte über dem Schirm.

«Bildah Fartworth», sagte Ishmael und ließ die Maschine mit den Flügeln wackeln. Bildah winkte. Ein riesiger rosa Fleischkloß quoll aus der Kabine, Hairy Harry. Der Fleischkloß glänzte. Obszön, dachte Grijpstra. «Hat sich mit Sonnenöl eingerieben», sagte Ishmael. «Soviel kahle Haut verbrennt man sich leicht bei solchem Wetter.» Der Sheriff, der die Bemerkung am Himmel gelesen haben mußte, drohte mit einer öligen Faust. Das Maschinchen machte erschrocken kehrt und nahm Kurs auf die Küste.

«Übel», sagte Grijpstra, der sich nach dem weißen, aus der Entfernung so zierlich wirkenden Segelboot umgedreht hatte.

«Böse aber glücklich», sagte Ishmael.

Grijpstra meinte, daß das ein Widerspruch in sich wäre. Das Ver-

brechen verstößt gegen ein Gesetz des menschlichen Zusammen-
lebens, es schadet der Allgemeinheit. Der Böse, der der Gemein-
schaft, der er angehört, schadet, fühlt sich schuldig. Schuld und Glück
sind gegensätzliche, einander ausschließende Gefühle. So etwa erklärte er es Ishmael.

Ishmael hatte auch eine Erklärung. Das Glück der Bösen käme
dadurch zustande, daß man sich dem Druck der Gesellschaft trick-
reich entziehe. «Bildah Fartworth und Hairy Harry sind darin ziemlich gut.»

Grijpstra brummte ärgerlich.

«Polizisten sind engstirnig», sagte Ishmael.

«Es gibt das Gute», sagte Grijpstra, «und es gibt das Böse.»

«Und es gibt das, was Spaß macht», sagte Ishmael. «Hören Sie. Es
gibt einen See hier, etwas weiter im Landesinnern. Kaum jemand
kennt ihn, aber aus der Luft ist er leicht zu entdecken. Ein schöner
See.» Es hatte ganz in der Nähe eine große Marihuana-Plantage
gegeben, sie gehörte Leuten von außerhalb, die Harry ausgehoben
hatte. Eines seiner Beutestücke dabei war ein Boot älterer Bauart,
aber doch ein richtiges Rennboot mit Hochleistungsmaschine.

«Ich werd's Ihnen zeigen», sagte Ishmael.

Der Doppeldecker hatte den Binnensee erreicht. Das Rennboot gab
es noch immer, ein Wrack, das kieloben und stark beschädigt auf den
Klippen lag. «Das war Billy Boy, der Trottel», sagte Ishmael. «Billy
Boy versteht nichts von Booten. Billy Boy hat auch kein Glück. Dafür
aber Hairy Harry, und ein Boot steuern kann er auch. An jenem Tag,
als ich hier vorbeikam, sauste Hairy Harry mit voller Geschwindigkeit über den See, ein riesiger, grinsender, schwimmender Fleisch-
pudding, und hinter ihm, auf Wasserskiern, sauste...»

Ishmael drehte sich zu Grijpstra um. «Können Sie mich hören?»

«Ja.»

«Trotz des Motors?»

«Ja.»

«... eine Göttin, eine nackte Göttin. Auch die Göttin schien glücklich zu sein.»

«Schön», sagte Grijpstra.

«Kripstra, wollen Sie wissen, wer diese langbeinige Göttin mit den
wippenden Brüsten war? Mit dem rabenschwarzen Haar und der
honigfarbenen Haut?»

«Keinesfalls Aki», sagte Grijpstra.

Sie flogen heimwärts. Grijpstra achtete darauf, ob sich auf der Windschutzscheibe Benzinspritzer zeigten, aber die Benzinpumpe schien diesmal keine Probleme zu haben. Beim Anflug auf das kleine Flugfeld von Jameson konnte man Ishmaels Zuhause sehen, die vierstöckige, stillgelegte Konservenfabrik nicht weit von The Point am Ende der Halbinsel. Man konnte auch Kathy II sehen, die schnüffelnd um ein kleines verwittertes Blockhaus auf Bar Island strich.

«Sie sucht wieder Lorraine», sagte Ishmael. Die Hündin hatte sich aufgerichtet, die Vorderpfoten gegen die Tür der Hütte.

«Wissen Sie, was ‹trudeln› ist?» fragte Ishmael. Er führte es vor, indem er die Maschine erst Höhe gewinnen ließ, dann den Motor abstellte und mit abwärts geneigter Flugzeugnase eine enge Kreisbahn einschlug. «So, wie das Herbstlaub vom Baum fällt», sagte Ishmael. «Gefällt Ihnen das?»

Grijpstras Augen waren geschlossen, aber er hörte, daß Kathy II wütend bellte.

«Sieht aus, als wäre Lorraine noch am Leben», sagte Ishmael. «Sieht aus, als wäre Kathy II enttäuscht, daß ihre Freundin nicht zu Hause ist.»

Grijpstra stöhnte, seine bodenlose Furcht schien an Bodenlosigkeit ständig zuzunehmen.

«Wenn Lorraine», Ishmaels Stimme kam von sehr weit her, «nicht mehr am Leben wäre, wie Sie zu vermuten scheinen... nach wem sonst haben wir denn den ganzen Morgen gesucht, Mr. Spürnase?... dann würde Mrs. Fartworth nicht bellen, nein, der Hund würde heulen...»

Grijpstra heulte auf. Der Doppeldecker war dicht über dem Wasser, als Ishmael den Motor wieder startete. Das Maschinchen stabilisierte sich problemlos und flitzte nun dicht über den Wellen dahin. «Das ist ganz harmlos, solange es Wellen gibt», sagte Ishmael. «Durch die Wellen weiß man, wo die Oberfläche ist. Ich habe einmal eine Maschine verloren, als die Wasserfläche völlig glatt war. Man muß sich dann mit dem Propeller herantasten, aber das wußte ich damals noch nicht. Das Flugzeug ging zu Bruch, als es eintauchte und sich überschlug.»

«Und Sie?»

«Ich habe mir den Hals gebrochen», sagte Ishmael, «aber das kann man heutzutage reparieren. Nur das Flugzeug, das war hin.»

15

«Nein», sagte Nellie noch halb im Schlaf. «Hast du seine Nummer? Soll ich sie dir geben? Oder sind deine Münzen wieder alle? Soll ich ihn bitten, daß *er* dich anruft? Ich mache das nicht mehr mit, ich vergesse immer wieder die Fragen. Alles in Ordnung mit dir, Henkieluvvie? Komm bald zurück, geh dieser Frau aus dem Weg!»

Grijpstra, der neben dem Münztelefon an der Wand von *Beth's Restaurant* lehnte, sah auf den Hafen von Jameson hinaus. Die Fischerboote waren ausgelaufen. Die immer noch untadelige *Macho Bandido* lag, die Segel säuberlich aufgerollt und mit Planen abgedeckt, an ihrem Platz und ruckte ein wenig am Haltetau. Bildah Fartworth war an Bord, in seiner Hand sah man ein Schnapsgläschen. Er kippte es, leckte sich die Lippen, schluckte, schüttelte sich und lächelte dann. Auch Hairy Harry war an Bord, nackt bis hinunter zum Bauchnabel; eben öffnete er die nächste Bierdose, frisch aus dem Kühlschrank, hob sie, um die Rinnsale kondensierten Wassers an den Seiten herablaufen zu sehen, kippte die Dose, goß das schäumende, eisige... Was?... ja... Grijpstra erkannte ein einheimisches Produkt, dies mußte ein Werbespot aus der Welt glücklicher Heineken-Trinker sein, Menschen, die es geschafft hatten, die alles hatten und es sich auch zu erhalten wußten.

Das Münztelefon klingelte. Grijpstra nahm den Hörer. «Jawohl», sagte Grijpstra, «tut mir leid, daß wir Sie geweckt haben, Mijnheer.»

«Adjudant», sagte der Commissaris verschlafen, «oh, Verzeihung, Henk, ich meine, äh...»

«Schon in Ordnung, Mijnheer», sagte Grijpstra. «Sie haben den Fall verfolgt, das weiß ich. Was machen Ihre Beine? Ich wollte Nellie sagen, daß sie Sie später anruft, aber da hatte sie schon aufgelegt. Ist es schlimm mit Ihren Beinen, Mijnheer?»

«Nein», sagte der Commissaris, «tatsächlich habe ich schon überlegt, ob ich nicht selber nach Maine kommen soll, aber... nein, bitte, Katrien – geh wieder ins Bett... Entschuldigung, Adjudant...»

«Jawohl, irgendwelche Fragen, Mijnheer?»

«Nun, ich bin sicher, daß du deine Arbeit gut machst, ich wünschte, ich könnte... nein, bitte, Katrien, niemand wird irgendwo hinfahren... ach du meine Güte... was hab ich nur gesagt... Fragen, Adjudant?»

«Jawohl, Fragen. Gibt es etwas, worum ich mich unbedingt noch kümmern muß?»

«Du hast nach dem Grab gesucht?»

«Vielleicht gibt es kein Grab», sagte Grijpstra. «Flash und Bad George sehen mir nicht übermäßig tüchtig aus.»

«Sie haben dir immerhin das Leben gerettet.»

«Das war der Hund.»

«Der berühmte Hund.» Der Commissaris kicherte. «Ja, davon habe ich gehört.»

«Sie haben alles auf Tonband aufnehmen lassen, hab ich recht, Mijnheer?»

«Äh... ja... Katrien hat das Gerät gekauft, man kann es ans Telefon anschließen. Sehr gute Tonqualität, Ad... Henk, erstaunlich, was diese Maschinen heute leisten. Dann glaubst du also, daß diese Zwerge Lorraines Leiche über Bord geworfen haben?»

«Wenn es Lorraines Leiche war, Mijnheer.»

«Gut», sagte der Commissaris, «das ist gut. Du hast festgestellt, daß noch eine andere Frau vermißt wird?»

«Ja.»

«Wer?»

«Eine Sechzehnjährige aus Jameson, Mijnheer, die vermutlich von zu Hause weggelaufen ist, weil ihre Eltern sie geschlagen haben. Aber sie war ziemlich dick und hatte plumpe Füße, Mijnheer.»

«Und die Leiche, die de Gier gesehen hat, hatte keine plumpen Füße?»

«Schmale Füße, Mijnheer.»

«Aber de Gier war doch zu dem Zeitpunkt nicht zurechnungsfähig.»

«Ich denke, daß er das mit den Füßen schon mitbekommen hat.»

«Dann bist du also überzeugt, daß er die Leiche einer Weißen mit zierlichen Füßen gesehen hat?»

«Jawohl, Mijnheer.»

«Nun gut», sagte der Commissaris gut gelaunt. «De Gier mißhandelt doch keine schwangeren Frauen. Trinkt er noch?»

«Keinen Tropfen mehr, sagt er.»

«Leiste ihm Gesellschaft», sagte der Commissaris. Dann wird er es vielleicht nicht einmal vermissen. Ich versuche auch, ein wenig kürzerzutreten. Ein Tropfen Brandy in den Kaffee. Dann ist de Gier im Augenblick nicht gewalttätig, oder?»

«Nein, Mijnheer.»

«Und war er gewalttätig, bevor das mit dieser Frau passierte?»

«Ja», sagte Grijpstra.

Es gab eine Pause.

«Mijnheer?»

«*Was?* Bist du sicher, Adju... Henk? Du willst mir allen Ernstes sagen, daß de Gier unter dem Einfluß von Alkohol und/oder Drogen seine Freundin regelmäßig mißhandelt hat?»

«Das Brennholz, Mijnheer. Es gibt einen großen offenen Kamin in der Pagode. Als de Gier hier ankam, waren die Nächte noch kalt. April, Mijnheer. Frühling wird es hier erst im Juni. Das Brennholz wurde auf die Insel geliefert, ordentlich zerkleinert. Gutes Hartholz. Das gehört zu den Arbeiten, die Flash und Bad George erledigen. Haushaltsangelegenheiten. Das Holz war säuberlich aufgestapelt, nach Größe und Farbe sortiert, ein wahres Kunstwerk. Diese Heinzelmännchen müssen stundenweise bezahlt worden sein...»

«Sag bloß, de Gier hat dieses Wunder von Holzstapel kaputtgehauen!»

«Leider ja, Mijnheer. Hat ihn auseinandergekickt, daß die Scheite über die Klippen flogen. Er sei frustriert gewesen, sagt er, und da kam der Holzstapel gerade recht.»

«Hat der Verdächtige dir das aus freien Stücken gesagt?»

«Nein, Mijnheer. Ich habe die Holzscheite überall am Strand verstreut liegen sehen, als ich über die Insel spazierte. Ich habe rekonstruiert, was vorgefallen sein mußte.»

«Hat der Verdächtige gelogen? Hat er behauptet, der Wind hätte das Holz heruntergeweht?»

«Nein, Mijnheer.»

«Weshalb war de Gier frustriert?»

«Nun...»

«Du weißt es?»

«Ja», sagte Grijpstra. «Es ist die alte Geschichte, so war er schon immer. Möchte wissen, worauf es im Leben ankommt, er glaubte, daß diese Reise nach Neuguinea ihn weiterbringen würde. Erleuchtung unter dem Banyanbaum, Mijnheer.»

«Wo der Schamane hofhielt? Und hat man ihn nicht initiiert?»

«Behauptet, er hätte fliegen können, nachdem er von irgendeiner Zauberpflanze gegessen hatte», sagte Grijpstra, «Halluzinationen. Allein hier auf der Insel zu hausen sollte dann der nächste Schritt sein, aber nichts passierte. Außer einigen gelungenen Trips mit Hilfe von Gras und Musik vom Plattenspieler.»

«Miles Davis?»

«Und Kentucky-Bourbon, Mijnheer. Aber das war schon alles.»

«Der klassische Miles Davis oder dieser Funk-Jazz mit der Elektronik?»

«Dazwischen, Mijnheer. Das neue Quartett mit Wayne Shorter.»

«Ach ja», sagte der Commissaris. «Katrien hat diese Platten, manchmal spielt sie mir was davon vor. Sie ist inzwischen eine Expertin. Ihr seien die Ohren aufgegangen, sagt sie. Sie hat sich jahrelang in Jazz vertieft, als wäre es eine Religion.»

«Entwicklungen brauchen ihre Zeit, Mijnheer.»

«Dir gefällt dieses funkige Zeug, Henk? Dieses verrückte Schlagzeug und die Gitarren und Synthesizer, die niemals eine Pause machen? Du bist doch selbst ein Schlagzeuger, mit Gefühl sogar.»

«Man kommt auf den Geschmack», sagte Grijpstra.

«Du auch?»

«*Foley* und *Irving III* sind überwältigend gut, denke ich. Und wie ich schon sagte, Mijnheer – de Gier wollte diese Höhepunkte kombinieren, um endlich einmal selbst den Gipfelpunkt zu erreichen, superhigh zu werden...»

«Und nichts passierte? Und er mußte das Holz durch die Gegend kicken? Das ist schade... ja... – Bist du noch da, Henk?»

«Jawohl.»

«Du mußt das Grab finden.»

«Wenn ich nur wüßte wie, Mijnheer.»

«Dann finde Lorraine.»

«...»

«Bist du noch da, Henk?»

«Ja», sagte Grijpstra, «jawohl, ich habe eine Idee. Es ist sogar ganz einfach, ich brauche nichts weiter als ein paar leere Blechdosen...»

«Nun sag schon.»

Grijpstra sagte dem Commissaris, was er vorhatte.

«Das ist dir eben eingefallen? Wie kamst du darauf?»

«Hairy Harry, Mijnheer. Ich sah ihn eben seine Bierdose über Bord werfen, von der *Macho Bandido*. Ein schrecklicher Kerl, Mijnheer. Ishmael hat es mir gestern erzählt, als wir hier kreuz und quer durch die Gegend flogen, um nachzusehen, ob sich irgendwo Vögel an Aas zu schaffen machen. Hairy Harry und sein Deputy Billy Boy – ich nenne ihn ‹Wieselgesicht› – sind oft draußen, um ‹Schädlinge› zu schießen. So nennen sie alles, was kreucht und fleucht. Sie sind erstklassig ausgerüstet, Büchsen mit Infrarotzielfernrohr, und sie schießen auch die herrlichen Vögel hier.»

«Großer Gott», sagte der Commissaris.

«Ich hab ein paar Zeichnungen gemacht, Mijnheer. Diese goldenen Augen, Gänsesäger heißen sie – haben sie die hier gesehen, die mit den rostbraunen Hauben? Und diese kleinen Dinger mit der hochtoupierten Frisur, die Büffelkopfenten? Und die Seetaucher?»

«Als ich drüben war, war es Winter, Henk. Ich habe einige Enten gesehen, aber nur von weitem. Von den Seetauchern habe ich schon gehört, ihr Schrei ist so eine Art Lachen, ziemlich unheimlich. Willst du etwa behaupten, der Sheriff und sein Deputy machen Jagd auf vom Aussterben bedrohte Tiere?»

«Auf alles, was fliegt», sagte Grijpstra. «Ishmael sagte, daß man sogar einen Adler vermisse. Er hat nach ihm gesucht, gefunden hat er zwei Seetaucher und zweiundfünfzig Enten der verschiedensten Arten, säuberlich auf den Klippen aufgereiht. Und das mitten in der Brutzeit.»

«Aah...» sagte der Commissaris.

«Mijnheer?»

«Den Jäger zum Gejagten machen», sagte der Commissaris, «das ist das, was ich gern tun würde, wenn ich noch einmal zu leben hätte. Der Räuber des Räubers sein. Das wäre doch ein Lebensinhalt, Grijpstra. Damit könnte man zufrieden sein: Eine bedrohte

Art vor der bedrohenden zu schützen? Stell dir vor, du kommst nach Hause zu Nellie, und sie sagt: ‹Wie viele?› Und du antwortest: ‹Hab drei von den Kerlen erwischt, Nellie.› Wär sie nicht stolz auf dich?»

«Das ist nicht Ihr Ernst, Mijnheer?»

«Wie soll ich das wissen. Du gibst mir Bescheid, was aus deinen Blechdosen und so geworden ist?... Auf Jeremys Insel willst du es probieren, sagtest du?... Laß einige fromme Gedanken in meinem Namen auf der Insel zurück, Henk... Einiges von Jeremys Geist wird noch immer an diesem gesegneten Ort herumschwirren.»

16

Grijpstra fand das Grab und die Leiche. Er fand auch Lorraine. Er fand Grab, Leiche und Lorraine nicht zur gleichen Zeit.

Das Glück haben nur die auf ihrer Seite, die niemals aufgeben. Immer wieder hatte Grijpstra das vom Commissaris während seiner langen Dienstzeit bei der Mordkommission der Amsterdamer Polizei zu hören bekommen. Der Commissaris sagte noch mehr. «Das zu tun, was du jetzt tust, Adjudant, gibt dir ein gewisses Recht, auf der Welt herumzuspazieren.» Grijpstra hatte damals nicht ganz verstanden, wie das gemeint war, aber er brauchte nicht erst motiviert zu werden, er tat, was getan werden mußte. Er wurde nicht müde bei der endlosen Suche nach dem entscheidenden Detail, das einen Mordfall weiterbringen konnte – oder überhaupt jedes menschliche Unterfangen –, ganz gleich, wie mühselig und hoffnungslos es schien. Immer obenauf. «Schön, dich wieder in Aktion zu sehen, Adjudant», pflegte der Commissaris zu sagen, wenn er Grijpstra, der eine Akte oder ein Beweisstück in der Hand trug, in den Korridoren des Polizeipräsidiums begegnete. Einmal hatte es zwei Beweisstücke gegeben: zwei Maschinenpistolen, wie sie britische Kommandotrupps benutzten. Als man die Waffen fand, mußte man sie mumifizierten Händen in einem Amsterdamer Keller entwinden. Man vermutete, daß die Mumien in Uniform Soldaten der Alliierten waren, die sich angesichts eines Schatzes gegenseitig umgebracht hatten. Zeugen waren nicht aufzufinden. Der ungefähre Zeitpunkt des Vorfalls mochte das Frühjahr 1945 sein. Zwanzig Jahre später wurden die Leichen von Maurern entdeckt, die im Nachbarkeller auf einen zugemauerten Durchgang gestoßen waren. Grijpstras Vermutung war, daß britische Soldaten in einem Haus einquartiert waren, das zuvor die deutschen Besatzer in Beschlag genommen hatten. Eine SS-Einheit, genauer gesagt, die in der Stadt versteckte Juden aufspürte. Wo immer man Juden fand, fand man auch Wertsachen. Die SS-Leute versteckten ihre Beute in dem Keller. Sie ließen sie zurück, als sie fliehen mußten. Zwei Briten entdeckten den Schatz. Die Stapel ausländischer Banknoten sahen recht vielversprechend aus. Beide Soldaten hatten gleichzeitig den gleichen Gedanken, daß nämlich ein ganzer Schatz doppelt soviel ist wie ein halber. Beide trugen sie eine mörderische Waffe. Beide hatten sie einen nervösen Zeigefinger.

«Schön, dich wieder in Aktion zu sehen, Adjudant», hatte der Commissaris gesagt. Etwas später, in seinem Büro, hatte er Grijpstras Theorie zugestimmt. Die mumifizierten Leichen wurden der britischen Botschaft übergeben. Damit war der Fall erledigt. Aber natürlich gab es noch eine makabre Pointe: Der Berg von Geld, stellte sich heraus, war schon damals wertlos gewesen.

«Aber was», hatte der Commissaris damals gesagt, «wenn es anstelle wertloser Scheine aus der Notenpresse der Besatzer einige Millionen Dollar gewesen wären und wenn du und Brigadier de Gier diese Millionen gefunden hättet? Herrenloses Geld, die Eigentümer längst verstorben? Unrechtmäßig erworbenes Gut? Und was, wenn ihr damals Diener eines Staates gewesen wärt, in dem es drunter und drüber ging? Der ganze Staatsapparat ein Nest der Korruption? Wären diese Millionen nicht euer Ticket in die Freiheit gewesen?»

«Hätten wir aufeinander geschossen?» fragte Grijpstra.

Das Telefon des Commissaris hatte geklingelt. Er nahm den Hörer, verscheuchte seinen getreuen Mitarbeiter mit einem Wink. «Ja, Katrien, sicher werde ich zu Hause sein. Was gibt's zu essen?... Kohl? Kartoffelpüree?... keine Kroketten?»

Es war doch schön zu wissen, sagte dann Adjudant Grijpstra zu Brigadier de Gier, daß ein Mann in der Position des Commissaris Anteil nahm an solchen Dünnbrettbohrern wie ihnen. Und diese tollen Ideen, die er ihnen zum Fraß vorwarf! «Und was ist so Beson-

deres an der Position des Commissaris, Adjudant?» fragte dann der
Brigadier, und das machte Grijpstra ziemlich sprachlos, denn er
konnte nie so genau definieren, warum er seinen Chef bewunderte.
Ein vorurteilsloses Herangehen an die Dinge, war es das? Oder gab
es ein besseres Wort? Eine Neugier, die vor keinem Tabu halt-
machte?

Adjudant und Brigadier standen auf dem Parkplatz des Polizeipräsidiums. Der alte Parkwächter in der städtischen Uniform, der
kerzengerade auf seinem Hocker saß, genoß die warme Sonne.
«Ihm ist das völlig schnuppe», sagte er, während er mit einem Nik-
ken seines grauen Hauptes auf den Commissaris wies, der zu seinem
Auto hinkte, einem zerbeulten, zehn Jahre alten Citroën-Kombi,
der ihm selbst gehörte und sonst niemandem. «Könnte auf Staats-
kosten eine dicke Limousine haben, wie die anderen Wichtigtuer sie
fahren, aber ihm gefallen diese Autos alle nicht.» Der Parkwächter
war nur ein Wachtmeister, der wegen einer Verletzung aus dem
aktiven Dienst hatte ausscheiden müssen – Schußwunden in beiden
Oberschenkeln, die nicht heilen wollten. Ihm selbst war so manches
schnuppe, aber er war immer da, wenn es darum ging, die maximal
mögliche Anzahl Wagen auf der zu kleinen Parkfläche unterzubrin-
gen und dabei noch Platz für die Einsatzwagen freizuhalten. Mit
seinem schiefen Lächeln verabschiedete er sie, während er vor dem
Tor den Verkehr stoppte, wenn sie mit heulender Sirene davonsto-
ben. Er lachte und klatschte sich auf die Schenkel, wenn sie rampo-
niert zurückkehrten – vorausgesetzt, es war niemand verletzt worden. «Vielleicht ist es das», sagte Grijpstra und ließ dabei den
Wachtmeister nicht aus den Augen, der trotz seiner Behinderung
munter umherschwirrte, «sich wenig aus allem zu machen und
trotzdem alles zu geben, was man zu geben hat?»

De Gier lächelte bereitwillig. «Ah...»

«Nicht zufriedenstellend, Brigadier?»

«O doch», sagte de Gier, «aber sag mir, Adjudant: *Wer* oder *was*
ist es, dem wir das alles geben sollen?»

Am Abend ließ Grijpstra sich von de Gier zu Jeremys Insel hinüberrudern. Seine Einkaufstüte war gefüllt mit leeren Bierdosen, Folien-
papier von Schokoladeriegeln und anderem glänzenden Zeug aus

dem Müll, das er sich in Jameson besorgt hatte. Zusammen verteilten sie die Sachen am Strand, wo sie von Bar Island aus gesehen werden konnten.

«Sehr schön», sagte Grijpstra, als er das gemeinsame Werk begutachtete. «Die Sonne geht im Osten auf, Osten ist da drüben, die ersten Sonnenstrahlen werden unseren Köder hübsch aufblinken lassen. Die Person wird es nicht übersehen. Die Person wird sich schleunigst auf den Weg machen, um aufzuräumen. Wir schnappen uns die Person.»

«Das klingt zu einfach», sagte de Gier.

«Ich wußte es», sagte Grijpstra, «ich wußte, daß man die Vorgehensweise nicht mit dem Verdächtigen diskutieren soll...»

«Ein Irrer vielleicht...»

«...mit einem Verdächtigen, der möglicherweise ein Psychopath ist...»

Über de Giers Gesicht huschte ein warmes Lächeln. «...aber was bleibt uns anderes übrig?»

Grijpstra saß auf einem Felsbrocken, die Arme um die Knie gelegt. Hinter Squid Island schob sich die gewaltige, leuchtende Scheibe des Vollmonds in die Höhe und erfüllte den Himmel mit einem gespenstischen Licht, das die Tannen und Kiefern zu schwarzen Silhouetten wie auf dem Scherenschnitt einer Märchenszene machte. Der Gezeitenstrom war eben zur Ruhe gekommen, spielerisch umspülten die Wellen den Strand. Es war windstill, und jedes der Geräusche hinter ihnen, das feine Wispern und Rascheln, mußte von Tieren der Insel herrühren, die nicht weniger dem Zauber dieser Nacht verfallen waren. Vom Wasser her hörte man das Kichern eines Seetauchers, der sich von der Insel wegtreiben ließ. Das war der Einsatz für den Chor der Kojoten drüben an der Spitze der Halbinsel. Ein Sopran-Kojote kläffte einige Male, und mehrere Mezzosoprane stimmten zur Begleitung ein ansteigendes Geheul an. Die Mezzosoprane trällerten, der Sopran sang. Immer lauter wurde das Lied, dann stockte der Gesang und klang leise aus. Ein bißchen Tremolo-Gebell... ein lang ausgehaltener, melodischer Seufzer... das Kichern des Seetauchers.

Grijpstra applaudierte im Geiste.

«So nah hab ich sie noch nie gehört.» De Gier hatte auch einen rundgeschliffenen Stein gefunden, auf den er sich setzen konnte.

«Gewöhnlich trauen sie sich nicht. Der Sheriff und Billy Boy machen zu gerne Jagd auf sie.»

«Der Felle wegen?»

«Sie binden die Schwänze an ihre Autoantennen.»

«Infrarotzielfernrohre, Supergewehre. Sie haben die richtige Einstellung zum Sport.» Grijpstra knurrte. «Mir wäre es lieber, sie würden *uns* jagen.»

«Das letzte Stückchen Natur verteidigen», sagte de Gier, «das wäre auch was für mich. Den edlen Ritter spielen. Die Bösewichter ausschalten... – Henk?»

«Ja?»

«Wie kann Lorraine leere Bierdosen aufsammeln, wenn ich sie totgetreten habe?»

«Aber du glaubst doch nicht wirklich, daß du es getan hast», sagte Grijpstra, «und ich bin hier, um das Gegenteil zu beweisen. Darum hast du mich doch gerufen.»

«Nein...»

«Okay», sagte Grijpstra, «hier ist der andere Grund, warum du mich kommen ließest... Du bist nicht stark genug, seelisch meine ich, wie du weißt...»

«*Was* soll ich wissen?»

Grijpstra nickte. «Du bist eine sentimentale Kanaille. Angenommen, ich beweise, daß du Lorraine getötet hast. Schon bist du auf und davon mit dem Zweitausend-Dollar-Dingi, verschwindest am Horizont. Für immer. Und ich, dein Alter ego, stehe am Ufer und winke, weil du mich als Kulisse für deinen letzten Auftritt brauchst.»

«Ja, Seelenklempner.»

Grijpstra lächelte.

De Giers Gesicht war im Mondlicht von einem gespenstischen Weiß.

Grijpstra rutschte ein wenig auf seinem Stein hin und her. «Wir leben und sterben, um das Publikum zu beeindrucken. Aber du hast keinen Grund, es schon jetzt dem Einsiedler Jeremy nachzutun.»

«Beantworte doch meine Frage, Henk.»

«Okay», sagte Grijpstra. «Kathy II ist ein kluges Tier. Du erinnerst dich? Daß sie mir das Leben gerettet hat? Dann erklär mir das mal: Kathy II läuft noch immer zu Lorraines Blockhütte und bellt, damit sie herauskommt und mit ihr spielt.»

«Das sagtest du schon», sagte de Gier. «Wo steckt Lorraine also? Haben Flash und Bad George sie eingesperrt? Wer hat ihr die ganze Woche das Essen gebracht?»

«Schon mal an die Tunnels gedacht?» fragte Grijpstra.

«Tunnels», sagte de Gier, «faszinierend. Man gleitet doch in einen Tunnel, nachdem man einen Herzstillstand gehabt hat. Damit man zurückkommen und den Leuten erzählen kann, wie das Leben nach dem Tod ist. Und Lorraine wird nun aus ihrem Astraltunnel wieder herauskriechen?»

«Unterirdische Gänge», sagte Grijpstra. «Gegraben aus Habgier. Hast du nicht dieses Poster im Schaufenster von Perkins' Sportgeschäft gesehen? Diese altmodisch gekleideten Männer in ihren Westen, die sich an ihre Spaten lehnen, hinter ihnen ein großer Schuppen mit der Aufschrift ‹Silbermine› am Dach?»

«War das nicht wieder so ein Schwindel? Ein Gerücht, mit dem man die Grundstückspreise in die Höhe treiben wollte?»

«Die Männer in ihren Westen wußten das damals noch nicht. Sie haben eine Menge Stollen gegraben.» Grijpstra klopfte mit der flachen Hand seinen Stein. «Genau hier, auf diesen Inseln, Squid und Bar Island, Jeremys Insel, alle drei haben sie auf der Suche nach Silber durchtunnelt. Ich habe Beth gefragt. Sie hat mir ihr Familienalbum gezeigt. Auch ihre Onkel sind darauf hereingefallen; sie haben sich Geld geliehen, kauften Inseln, gingen bankrott, verloren Hab und Gut.»

«Flash und Bad George haben Lorraine auf Bar Island in einen Stollen gesperrt?»

«Warum unterstellen, daß man sie gezwungen hat?» fragte Grijpstra. «Muß sie unbedingt gegen ihren Willen dort sein?»

«Sie steckt mit ihnen unter einer Decke?» fragte de Gier. «Sie hat vor, mich hereinzulegen? Aber sie war doch meine Geliebte, Henk...»

«Hast du sie auf irgendeine Weise gekränkt?» fragte Grijpstra.

De Gier sprang auf. Er wurde laut. «Wir haben uns gut verstanden!»

«Aha», sagte Grijpstra, «ein bißchen zu heftig, diese Reaktion, nicht wahr?... Sag mir, ob du deine Freundin gedemütigt hast, auf irgendeine Weise, ja oder nein? Beantworten Sie die Frage, Angeklagter!»

Auch der einsame Kojote war lauter geworden, sein Heulen klang traurig.

«Lorraine ist Feministin», sagte de Gier, nachdem das Geheul verklungen war. «Es ist nicht einfach, mit jemandem zusammenzuleben, der ununterbrochen von den Frauen und Mutter Erde redet, als gäbe es uns arme Trottel überhaupt nicht.»

«Nein», sagte Grijpstra. «Ich habe das alles mit Nellie ausgefochten. Feminismus heißt, daß beide Geschlechter gleichwertig sind. Du spielst immer den männlichen Chauvinisten, nur zum Spaß, weil es heute aus der Mode gekommen ist. Das ist nicht mehr komisch. Es fordert die Gegenseite heraus. Die andere Hälfte der Menschheit, die barfuß und immerzu schwanger in der Küche vegetiert.»

«Das war nur zum Spaß», sagte de Gier. «Wenn ich eine Frau wäre, würde ich solche Mistkerle umbringen.»

«Du hast mit Lorraine nur zum Spaß gestritten?»

De Gier saß wieder auf seinem Stein.

«Tatsächlich?» fragte Grijpstra.

«Ja», antwortete de Gier. «Und dabei habe ich auch etwas von der Mitverantwortung der Frauen gesagt, die es ihren Unterdrückern zu leichtmachen.»

«Und das war nicht zum Spaß?»

«Es gehören immer zwei zum Tangotanzen», sagte de Gier.

«Um Gottes willen», sagte Grijpstra. «Und was ist mit meiner Nellie, he? Und ihrem Gerard, dem Zuhälter? Du glaubst, daß dieses Leben ihr gefallen hat? So dämlich bist du nicht.»

De Gier schwieg.

«Du erzählst Lorraine, daß sie nur darauf gewartet hätte, mißhandelt zu werden, und schmeißt sie die Klippe runter?»

De Gier hob die Hand. «Lorraine soll in ihrer Höhle herumtanzen und hämisch vor sich hinkichern? Frau legt Mann herein, um die Dinge zu ändern? Alles geplant? Aki steckt mit ihr unter einer Decke? Das soll der Grund sein, warum sie dich nach Boston gefahren hat – um herauszufinden, in welche Richtung dein Verdacht geht? Aki und Lorraine teilen sich das erpreßte Geld mit Flash und Bad George?»

Grijpstra betrachtete den Mond, der nun kleiner war, aber nicht weniger hell und beeindruckend.

«Du mußt dich irren», sagte de Gier. «Da ist immer noch die Leiche, die Flash und Bad George mir gezeigt haben, und ich erkenne eine Leiche, ganz gleich, wie benebelt ich bin. Aber wenn das Lorraines Rache sein soll, dann steckt Aki mit drin. Und Beth. Du darfst Beth nicht unterschätzen. Dieses Essen, das sie dir zu Ehren veranstaltet hat, nachdem du dich mit ihrem Schätzchen in Boston amüsiert hast...»

«Ich sehe da keine Absicht», sagte Grijpstra. «Ich mußte meine Gulden in Dollars umtauschen, und Aki wollte sowieso nach Boston, um diese Ausstellung anzusehen. Beth hatte zu viel zu tun, um mitzukommen. Du hast deinen Ford angeboten, und so ergab sich das.»

«Kein Plan?»

«Es fügte sich zu einem Plan», sagte Grijpstra, «im nachhinein, und Aki hatte nichts dagegen.»

«Um dich unter die Lupe zu nehmen?»

«Natürlich.» Grijpstra grinste. «Obwohl man Näheres über dich erfahren wollte, durch mich. Hätte ich mich ebenso wie du als Blödmann erwiesen...»

«Dann hättest du auf der Autobahn angehalten und Aki einen Abhang runtergeschubst...» De Gier beugte sich leicht in seine Richtung. «Bitte...»

Auch Grijpstra lehnte sich ein wenig hinüber. «Hast du es nicht bemerkt? Deine ganze Haltung Lorraine gegenüber war aggressiv, demütigend, arrogant. Aki und Beth unterstützen Lorraine. Die Absicht war, die Männer an sich zu bestrafen, aber du warst derjenige, den es getroffen hat. Aber kein Mensch wußte, wie man das anfangen sollte, es gab noch keinerlei Plan, und es wäre auch nichts passiert, wenn du nicht an jenem Abend so grob zu Lorraine gewesen wärst. Sie war überempfindlich... ihre Periode... Du hast sie gestoßen, sie fiel, sie blutete, und die beiden Zwerge haben sie gefunden...»

De Gier hob abwehrend die Hände.

«Die Wahrheit tut weh», sagte Grijpstra. «Ich halte dir nur die Kehrseite der Medaille vor Augen, die nicht weniger häßliche Kehrseite... Die Zwerge brauchen Geld für ein neues Boot, und da bist du, unermeßlich reich...»

«Flash war heute morgen da», sagte de Gier. «Er sagte etwas von offenen Rechnungen. Ich hab ihm gesagt, daß ich einen angemessenen Betrag für die Nutzung seines Boots und den Zeitaufwand zahlen würde, auch etwas für Bad George, sagen wir ein paar hundert Dollar. Er meinte, das wäre in Ordnung.»

«Keine Drohungen?» fragte Grijpstra.

«Nein.»

«Er wird nicht wütend?»

«Ich denke nicht. Er schien erleichtert zu sein.»

«Wo war Bad George?»

«Er blieb auf dem Boot.»

«Hast du Flash nach der Leiche gefragt?»

«Nein», sagte de Gier. «Aber es *gibt* eine Leiche, ich habe sie gesehen. Eine Leiche mit Haaren wie Lorraine.»

«Aber nicht mit ihren Füßen?»

«Mag sein.»

«Vielleicht gibt es kein Grab», sagte Grijpstra. «Aber Aki hat sicher damit zu tun, vielleicht auch Beth. Und Flash wird sich wohl kaum heraushalten. Die Leiche, die du gesehen hast, war nicht Lorraines Leiche.»

«Wie kannst du so sicher sein», sagte de Gier.

«Wir werden sicher sein», sagte Grijpstra, «wenn wir erst eine höchst lebendige Lorraine beim Aufsammeln der Bierdosen gesehen haben, genau hier.»

«Du glaubst, daß wir das erleben werden?»

«Ich wäre überhaupt nicht überrascht.»

«Dann gibt es also keine Leiche?» sagte de Gier. «Ich habe mir das nur eingebildet an jenem Abend? Die Zwerge haben mir eine Puppe gezeigt, eine Schaufensterpuppe vielleicht, irgend etwas, was sie zusammengebastelt haben?»

«Noch ist das eine Hypothese», sagte Grijpstra. «Du bist ein erfahrener Polizist bei der Mordkommission, du behauptest, eine Leiche gesehen zu haben, aber du warst ohne Zweifel nicht recht bei Verstand. Ich gehe nun davon aus, daß Lorraine lebt und es folglich keine Leiche gibt.»

«Wenn Lorraine lebt», sagte de Gier, «dann hält sie sich versteckt, und Aki versorgt sie mit Essen. Sie hat doch an dieser Arbeit über die Seetaucher geschrieben, das gibt sie nicht so leicht auf. Die beiden werden fast jeden Morgen rausfahren, um die Vögel zu beobachten.»

«Hättest du sie nicht sehen müssen?»

«Ich bin in letzter Zeit immer spät aufgestanden», sagte de Gier. «Das war ein Fehler. Die beste Zeit des Tages...»

«Alkohol, Gras, der CD-Spieler», sagte Grijpstra. «Du wirst auch nicht jünger. Der Mensch muß schlafen. Dann wissen sie also, daß du erst spät schlafen gehst?»

«Das läßt sich leicht feststellen», sagte de Gier, als er Grijpstra zurück nach Squid Island ruderte. «Wenn du recht hast, was keineswegs sicher ist, dann müßten Aki und Lorraine uns beobachten.»

«Hier? Aber Squid Island verdeckt doch die Sicht von Bar Island hier herüber. Sie können unmöglich gesehen haben, wie wir den Abfall ausgelegt haben.»

«Auf Squid Island können sie uns sehen», sagte de Gier.

Etwas später in jener Nacht drang laute Musik aus der Pagode, Jazzballaden vom Plattenspieler wurden übers Meer bis zur Nachbarinsel hinübergetragen. Durch die Fenster der hellerleuchteten Pagode sah man de Giers schmale Silhouette und auch die weniger schlanke Grijpstras. Die Silhouetten schienen Marihuana zu rauchen, und die Gesten ihrer Hände, die die Joints hielten, wirkten schon reichlich übertrieben.

«Ich kann das Fernglas spüren, das auf uns gerichtet ist», sagte Grijpstra.

De Gier fächelte dem auf einem Teller brennenden Häufchen Marihuana Luft zu. «Der Wind weht in ihre Richtung. Ich glaube, sie werden das Zeug riechen.»

«Du meinst, daß sie auf dem Wasser sind, mit ihren Kajaks?» fragte Grijpstra.

Das glaubte de Gier nicht. Lorraine sah nicht gut in der Dunkelheit. Grijpstra fand das interessant. «Nachtblind?»

«Ein wenig?»

«Auch Nellie sieht nachts nicht gut», sagte Grijpstra. «Vor allem mit dem räumlichen Sehen hapert es dann. An diesem Abend, als Lorraine kam, muß sie damit gerechnet haben, bei dir zu übernachten.»

«So?»

«Darum hat sie sich noch viel mehr aufgeregt, als du sie nicht hereinlassen wolltest, du Hornochse», sagte Grijpstra und hob anklagend den Zeigefinger. «Versuch dich zu erinnern: Wurde es schon dunkel, als es passierte?»

«Ja.»

«Nellie haßt es, wenn sie im Dunkeln Treppen steigen muß. Aha.» Der Zeigefinger bohrte sich in de Giers Bauch. «Also, als du sie gestoßen hast – glaubst du, daß sie den Stein, auf dem sie stand, vielleicht für die oberste Treppenstufe gehalten hat?»

«Mag sein.»

«Gut», sagte Grijpstra, «besser. Dann hast du sie vielleicht nur angefaßt, und weil sie wütend war, trat sie einen Schritt zurück, weil sie dachte, da wäre die Treppe. Aber das war sie nicht... Sie fiel, hat sich einige böse Schrammen geholt, sie blutete, rief um Hilfe, aber du hast deine Musik gehört, hast die Anlage tüchtig aufgedreht, hast nichts anderes gehört. Flash und Bad George tauchten auf, sie sagten dir, daß sich Lorraine verletzt hatte, nicht unerheblich, und du hast nicht einmal nach ihr gesehen, du warst auf deinem mit Musik untermalten Schamanentrip, du hast lediglich den Zwergen aufgetragen, sie nach Jameson zum Arzt zu bringen, und Lorraine war schlicht und einfach *stinksauer* auf dich.»

«Hat sie nicht ein wenig übertrieben?» sagte de Gier. «Ich meine, es war doch wirklich der unpassendste Augenblick, um hier übernachten zu wollen. Außerdem ist das meine Insel.»

Grijpstra lachte.

«Was ist daran komisch?»

«Daß du überlegst, ob sie das Recht hatte, sich aufzuregen.»

De Gier ging schlafen. Grijpstra stand auf dem Balkon und blickte über die Wasserfläche, die Squid Island von Jeremys Insel trennte. Um fünf würde die Sonne aufgehen, jetzt war es zwei Uhr. Sollte er den Wecker auf halb fünf stellen?

Viel zu wenig Schlaf.

Vielleicht würde er den Wecker überhören.

Wenn sein scheues Jagdwild schon beim ersten Licht des neuen Tages aufbrach, also um vier, die beste Zeit, um die großartigen und so seltenen Seetaucher zu beobachten... Nein, er mußte sogar noch früher raus, wenn er sich Kaffee kochen wollte.

Zwanzig Minuten später saß Grijpstra im Dingi und ruderte, wohlausgerüstet mit de Giers dunkelblauer Windjacke und einer schwarzen Wollmütze, die er im Haus gefunden hatte, hinüber zu Jeremys Insel. Zwischen die Füße geklemmt hielt er eine Thermosflasche. Die Riemen senkten sich in tintenschwarze, behäbige Wellen. Ein glattköpfiger Seehund, der zum Luftholen seine nächtliche Fischjagd unterbrach, fand sich viel näher an dem Boot, als ihm lieb war, und ließ sich erschrocken hintenüberfallen. Mit dem Schwanz wirbelte er eine kleine Fontäne auf und spritzte Grijpstras Ohr naß. «Pssst», zischte Grijpstra. Er versuchte auch die Raben zu beschwichtigen, die unruhig in den Baumkronen der Insel flatterten und ihre Warnungen vor dem Eindringling herauskrächzten. Ein anderer dunkler Kopf trieb vorbei, diesmal wuschelig. Ein wuscheliger Seehund? Es gab sicher verschiedene Arten von Robben hier, er erinnerte sich, daß de Gier von Kegelrobben gesprochen hatte, mit langen Köpfen, ähnlich wie Pferde. Diese Robbe hatte einen runden Kopf mit abstehenden, zotteligen Ohren. Die Gelassenheit des unbeirrt dahinschwimmenden Tiers beeindruckte Grijpstra. Am Tag davor, als er unterhalb der Pagode auf den Felsen hockte, war ein Kaninchen ganz ohne Angst an ihm vorbeigehoppelt. Es ging seinen Kaninchengeschäften nach und sagte nicht einmal guten Tag. Kaninchen, dachte sich Grijpstra, lebten in einer Welt für sich. Das galt wohl auch für zottelige Robben mit runden Ohren. Grijpstra legte sich in die Riemen und hatte das Tier bald hinter sich gelassen. Er erreichte den Strand von Jeremys Insel, kletterte aus dem Dingi, schob und trug es über den Strand und versteckte es hinter den moosbewachsenen Felsen. Er drehte sich um, als eben die zottelige, rundohrige Robbe aus dem Wasser stieg und sich in einen Bären verwandelte, ein großes, rötlichschwarzes Männchen, das sich nun krachend in die Büsche schlug und langsam in einem Loch in der Uferböschung verschwand. Eine Höhle? Von drinnen hörte man Grunzen und Seufzen, unterlegt mit Kaugeräuschen. Ein Knochen knackte.

Grijpstra zögerte. Vielleicht war es ein Hirsch, was der Bär da fraß. Hirsche konnten schwimmend auf die Inseln gelangen, dort sterben, und natürlich würde der Kadaver streunende Bären anziehen. Bären können Aas eine ganze Meile weit riechen. Jetzt bemerkte er den Geruch. Dieser Kadaver war schon unter der Erde gewesen, und der Bär hatte ihn ausgegraben.

«Meister Petz!»

Der kam aus der Höhle und richtete sich auf, zwei Meter hoch; er wollte wissen, was er für Grijpstra tun könne.

Grijpstra fand es sehr bedauerlich, aber er konnte Petz nicht Lorraine aufessen lassen, denn Lorraine war ein Beweisstück. Das Loch in der Böschung war ein Stollen, und in dem Stollen mußte ein Grab sein, das Flash und Bad George gegraben hatten.

«Meister Petz!» rief Grijpstra und hieb mit einem Zweig, den er aufgelesen hatte, auf die Büsche ein. Der Zweig zerbrach. Er nahm einen anderen. «Petz!»

Tiere, die sich unvermittelt einem Menschen gegenüber sehen, machen kehrt und laufen weg. Das gehört sich so. An erster Stelle kam doch der Herr und Schöpfer, dann kamen die etwas kleineren Herren der Schöpfung, denen man die Erde und alle ihre Geschöpfe übereignet hatte. Und darum war Meister Petz dazu da, den Menschen zu dienen. Aber Petz hatte lange nicht mehr in der Bibel gelesen, er wußte nichts von der ihm zugedachten Rolle. Dinge, die man früh gelernt hat (etwa in der Grundschule von Lutjebroek, Holland), vergißt man nicht so leicht. Grijpstra war über das Benehmen von Petz sehr enttäuscht. Grijpstra hatte auch schreckliche Angst. «Ganz zu Ihren Diensten, Meister Petz», sagte er und schwenkte die Friedenspalme in seiner Hand.

Petz wankte näher, sabbernd, knurrend, und hob die Pfoten mit den scharfen Klauen. Die lange Schnauze war weit geöffnet, er zeigte die großen Zähne, rollte die lange Zunge hin und her.

«Nun, nun...» bat Grijpstra, aber die Stimme versagte ihm. Er fühlte sich schrecklich müde. Es war wie bei jener Bootsfahrt im Sturm, als das ablaufende Wasser ihn hinaustrug, als er hilflos den Strömungen ausgeliefert war, die Leere vor Augen, die ihn zu verschlingen drohte. Grijpstra dachte an Ishmaels Traum im Wartesaal des Flughafens. Gegen die zweite Tür rechts hatte er nichts einzuwenden, aber zu gerne hätte er Sankt Peter sagen wollen, daß er seinen Job zu einem Ende gebracht hatte. Ob dem Wächter an der Himmelstür das tatsächlich gleichgültig war? Grijpstra dachte daran, das Zaubermantra zu singen, das de Gier erfunden hatte, damals in Amsterdam – ein Mittel gegen die Monotonie, wenn es einen weiteren Abend lang nichts als Regen vor den kleinen Fenstern des Volkswagens zu sehen gab. «Ich will es auf mich nehmen», sangen Adjudant und Brigadier im Polizeiauto feierlich wie ein

Mönchschor, «dieses Leben, möge es auch nichts weiter sein als eine unaufhörliche Folge der bedeutungslosesten Augenblicke.» Er bezweifelte jetzt, ob er überhaupt je eine unaufhörliche Folge von irgend etwas auf sich genommen hatte.

«Einverstanden, wenn ich dich aus dieser unaufhörlichen Folge streiche?» fragte Grijpstra Meister Petz.

Wie machte man ein brummendes Ungeheuer zum Teddybären? Grijpstra wedelte mit dem Zweig, mit diesem Zauberstab mußte er doch das Biest wieder in den drolligen Seehund verwandeln können. Der Bär schob sich auf lautlosen Riesensohlen immer näher. Er hatte dieselbe Färbung wie Kathy II: schwarzer Körper, Gesicht und Füße heller, die Pfoten beige – nur daß er viel, viel größer war. Verfilztes Fell bedeckte den Bauch, aus der Schnauze troff Speichel, die Pfoten hatte er schon gehoben, um sie auf Grijpstras Schultern niedersausen zu lassen.

Grijpstra sang mit lauter Baßstimme: «Ich neh-me, hahaha, die un-auf-hör-li-che, hahaha, Fol-ge...» Er sang noch immer, als der Bär ins Wasser getaucht und zu dem vertrauten Wuschelkopf mit den abstehenden Ohren geworden war.

Es wäre der richtige Moment gewesen, um sich lässig eine dicke, schwer duftende Zigarre anzuzünden, aber Grijpstra rauchte nicht mehr. Statt dessen wanderte er am Strand entlang, um Kraft zu sammeln. Er hatte noch einiges vor sich. Von der Leiche war sicher nicht viel übriggeblieben. Der Stollen, dessen Eingang er nun zwischen den Büschen sehen konnte, hatte dem Bär als Vorratskammer gedient, zu der er täglich gekommen war, um seinen gewohnten sommerlichen Speiseplan aus Beeren, Honig, frischer Rinde und Pilzen etwas aufzubessern. In dem Stollen würde er ein Grab finden, das vermutlich von Flash und Bad George säuberlich ausgehoben worden war, während Kathy II fröhlich um sie herumhüpfte. Ein dummes Tier, das fröhlich herumhüpfte, während seine Freundin Lorraine verscharrt wurde.

Sicher hatte man Steine und einige Felsbrocken auf das Grab gehäuft, die jetzt beiseite geschoben waren. Der Bär, ein kluges Tier, würde es nach jeder Mahlzeit nicht anders gemacht haben, um die Konkurrenten fernzuhalten: Waschbären, Füchse, die musikalischen Kojoten und all die anderen Tiere, die auf dem Poster «Tiere von Maine» in Perkins' Sportgeschäft abgebildet waren.

Mit Leichen kam Grijpstra schon zurecht, gut genug, um ihren Zustand und dessen vermeintliche Ursache flüchtig überprüfen zu können, bevor er das Feld dem Gerichtsmediziner und seinen Gehilfen überließ. Einer allzu eingehenden Beschäftigung mit den Toten ging er jedoch aus dem Weg. «Weiblich», flüsterte Grijpstra, während er den Fund im trüben Schein seiner Taschenlampe mit den fast leeren Batterien betrachtete. «Weiß, erwachsen, ziemlich jung. Blondes, sehr feines Haar.» Mit einem Zweig hob er einige Strähnen an. Hatte de Gier es nicht gesagt? Lorraine mit dem hellen skandinavischen Haar? Er besah sich die Überreste eines Fußes. Möglicherweise ein schlanker Fuß.

Dann war ja alles gut. Auftrag erledigt. Grijpstra erhob sich, verließ den Stollen und erbrach sich ins Meer. Er ging zurück zu seinem Felsen. Sicher war es nicht günstig, jetzt zurückzurudern. Am breiter gewordenen Strand glänzten Kiesel und Muscheln, das Meer hatte sich schon recht weit zurückgezogen, der Gezeitenstrom dürfte seine volle Stärke erreicht haben. Alle sechs Stunden wechselten Ebbe und Flut; bei Hochwasser, um Mitternacht, hatten sie die Bierdosen und das übrige Glitzerzeug hier ausgelegt, also würde er bis zum Morgen warten müssen, wenn er unbehelligt von der Strömung zurückrudern wollte.

Grijpstra saß mit dem Rücken gegen eine stattliche Kiefer gelehnt, schlug gelegentlich nach einer Stechmücke und dachte nach: Wie ging es weiter? Eine tote Lorraine, das würde de Gier noch umbringen. Auch Grijpstra mußte sein Gewissen zu Rate ziehen. Rinus de Gier war wirklich ein feiner Kerl – beherzt, verschroben, musikalisch, intelligent, voller Neugier, kreativ, aber auch launenhaft und unzuverlässig. Möglicherweise litt er an einer ernsthaften psychischen Störung. Ein gottverdammter Psychopath. Man sollte ihn nie wieder mit einer Frau allein lassen. Das war kaum der Partner, den man in einem Detektivbüro brauchen konnte. Sollte er doch davonrudern und am Horizont verschwinden.

Grijpstra, der sich noch immer recht schwach fühlte, döste vor sich hin, während Jeremys Insel im Morgengrauen allmählich wieder Konturen annahm.

Oben in einer Kiefer tobten Eichhörnchen herum.

Grijpstra streckte den Arm aus, um den Lärm abzustellen, aber es war nicht dieser japanische Spielzeugkram, den Nellie als Wecker benutzte. Und die automatische Kaffeemaschine hatte auch keinen Kaffee aufgebrüht. Man hörte auch nicht Nellie ins Bad gehen.

Grijpstra hörte Stimmen, die den Eichhörnchen einen guten Morgen wünschten. Er erkannte Akis singende, etwas rauhe Stimme und noch eine andere Frauenstimme, sanft und sehr angenehm. Er hörte auch ein dünnes Scheppern, das ihn an ein anderes dünnes Scheppern erinnerte, das von ihm und de Gier kam, als sie das Glitzerzeug am Strand verteilten.

Grijpstra sprang auf, rutschte auf einem nassen Stein aus, stieß sich die Zehen schmerzhaft an Baumwurzeln, schlug sich krachend durchs Gebüsch und kam schlitternd auf einem Uferstreifen zum Stehen, der durch einen dichten Saum junger Zedern vor neugierigen Blicken geschützt war. Zwei Kajaks aus Fiberglas lagen auf den Felsen.

Aki kriegte den Mund nicht mehr zu. Lorraine ließ die Tüte mit den Bierdosen fallen.

«Ha!» schrie Grijpstra zu der Frau im Jeansanzug hinüber, der Frau mit den kurzen blonden Haaren und den schlanken Füßen. «Ha!»

«Das ist Lorraine», sagte Aki. «Lorraine, das ist Krip.»

«Nett, Sie kennenzulernen», sagte Lorraine. «Sie sind also Rinus' Freund aus Amsterdam?»

«Ha!» rief Grijpstra und hüpfte auf einem Fuß – dem, der weniger schmerzte – weiter.

«Wie dumm von uns», sagte Aki. «Diese Bierdosen, so hübsch verteilt. Ich sagte mir schon, daß es ein bißchen wie beim Einsammeln der Eier ist, die der Osterhase versteckt hat. Bist du der Osterhase, Krip?»

Von Squid Island herüber hörte man eine dünne Stimme rufen; de Gier, ohne sein Dingi, rannte hin und her und winkte wie verrückt.

«Wirklich clever», sagte Lorraine, «und ich dachte, ihr hättet gestern abend tüchtig gefeiert und würdet erst einmal ausschlafen, damit ich diese Schweinerei wegräumen könnte.»

«Hab ich euch endlich!» rief Grijpstra. «Ha!»

Aki ruderte mit dem Dingi nach Squid Island hinüber, um de Gier zu holen.

«Also, was ist passiert?» fragte Grijpstra in der Zwischenzeit, während er Lorraine half, die restlichen Bierdosen und alles übrige einzusammeln. «Diese Blutflecke? Ich habe etwas Blut auf den Felsen gesehen.»

«Sicher», sagte Lorraine.

«Und es war kein Schweineblut oder so?»

«Nein», sagte Lorraine.

«Tut mir leid», sagte Grijpstra, «aber ich muß es wissen. Äh... Menstruationsblut? War es das?»

«Ist bei mir nicht sehr regelmäßig», sagte Lorraine. «Zumindest nicht in letzter Zeit. Eine Hormonstörung? Das Alter, wer weiß?»

«Verstehe», sagte Grijpstra, «ja, tut mir leid. Also... Sie hatten Ihre Tage?»

«Richtig», sagte Lorraine. «Und ich wollte nichts weiter als bei Rinus übernachten. Es fing an...»

«Äh... die Blutung...?»

«Ja, als ich nach Squid Island ruderte. Es war ziemlich schlimm. Ich... triefte geradezu...»

«Tut mir leid», sagte Grijpstra.

«Das Thema ist Ihnen unangenehm?» sagte Lorraine mit einer Stimme, die plötzlich gar nicht mehr schüchtern klang. «Was soll das? Haben die Frauen in Amsterdam keine Menstruation?»

Grijpstra gestand, daß er mit diesem Thema seine Schwierigkeiten hätte.

Lorraine lachte. «Ach richtig, de Gier hat es mir erzählt. Oder mit Sex. Dieser Fall mit dem Blasen, den ihr aufklären konntet? Während Sie von einer Ohnmacht in die andere fielen?»

Grijpstra wußte nicht, was sie mit ‹Blasen› meinte.

«Oraler Sex?» Lorraine zeigte auf ihren Mund, der trotz der frühen Stunde schon geschminkt war. «Sie wissen doch, der Penis da rein?»

Grijpstra stolperte und ließ die Bierdosen fallen, die er eben aufgehoben hatte.

«Das glaub ich einfach nicht», sagte Lorraine. «Es ist wie mit Beths Schwester. Die dachte, sie hätte diese Technik erfunden. Ist das nicht verrückt?»

Grijpstra blickte hinüber nach Squid Island. Gerade stieg de Gier in das Dingi, das an seinem Dock angelegt hatte.

«Sie wollten wissen, woher das Blut kommt?» fragte Lorraine.

«Hat Rinus Sie gestoßen?» fragte Grijpstra heiser.

«Nein», sagte Lorraine. «Nicht direkt. Sehen Sie, er war betrunken oder was weiß ich. Es war schrecklich. Er schwankte, und ich stand auf diesem blöden Stein...»

«Eine Treppenstufe», sagte Grijpstra.

«Was auch immer. Ich wollte ihn ja nur fragen, ob ich bei ihm übernachten könnte. Aber er sagte, ich solle gehen, immer wieder – Sie wissen doch, wie penetrant er sein kann, wenn er getrunken hat. Und ich, ich fühlte mich einfach entsetzlich...»

«Nachtblind», sagte Grijpstra.

«Ja, inzwischen war es Nacht geworden, wie sollte ich in der Dunkelheit zurückfahren. Ich fiel und verletzte mich, und dazu meine Periode, die viel zu früh kam, unzuverlässig, wie sie ist, und ich hatte keine Binde und nichts dabei...» Ihre Stimme wurde schrill, «...und er, er ging einfach zurück ins Haus und legte diese Platte auf.»

«Miles Davis.»

«Ja.»

«*Nefertiti.*»

«Ja.»

«Er hat sie nicht getreten», sagte Grijpstra.

«Nein.»

«Sie waren nicht schwanger?»

«Nein», sagte Lorraine, «dieser dämliche Flash. Bad George wußte, daß ich es nicht war, aber Flash hört nie zu – außer, wenn es sich für ihn auszahlt. Und es war eine Möglichkeit für ihn, zu dem nötigen Geld für das Boot zu kommen.»

«Die *Kathy III.*»

«Muß dringend repariert werden», sagte Lorraine. «Flash braucht Geld, das Boot braucht die Reparaturen. Die Blutung war noch stärker geworden, aber ich sagte ihnen, daß ich schon in Ordnung wäre, daß sie mich auf Bar Island absetzen könnten. Und de Gier wünschte ich die Pest an den Hals...»

«...ah...» sagte Grijpstra.

«...weil er so ein unglaublicher Egoist ist, ich werde immer so wütend, wenn ich meine Tage habe, nicht davor. Bei mir ist das anders.»

«...ah...» sagte Grijpstra.

«Werden Sie endlich erwachsen!» sagte Lorraine. «Okay? Ich hatte also eine Stinkwut auf diesen Kerl, und einige Zeit darauf kamen Flash und Bad George zurück, um mir die Haare abzuschneiden. Sie sagten, sie hätten da eine Puppe.»

«...Puppe...» sagte Grijpstra.

«Ich habe die Puppe nicht gesehen», sagte Lorraine. «Waren Sie schon mal in der Konservenfabrik, wo Ishmael wohnt? Ishmael ist Sammler. Er kauft auf Flohmärkten und so. Er hat vier Stockwerke voll von allem möglichen. Nennen Sie irgend etwas, er hat es. Auch Puppen, ich hab sie gesehen. Lebensgroß. Und wirklich alles, ja? Sie wollten also mein Haar in das der Puppe reinflechten, um Rinus einen Schreck einzujagen. Damit er ihnen Geld gab für das Boot.»

«...Puppe...» sagte Grijpstra.

«Es tut mir überhaupt nicht leid», sagte Lorraine. «Männer sind einfach gräßlich. Auch Ihr Rinus, aber der ist noch schlimmer.»

«...mein Rinus...» sagte Grijpstra.

«Sich so aufzuführen», sagte Lorraine. «Bei so einer kleinen Affäre. Ich hasse das.»

Grijpstra besah sich den blonden Kopf etwas genauer, als Lorraine sich bückte.

«Wie sind meine Haare?» fragte Lorraine. «Ich hätte Bad George mit seinem einen Auge und der Schere vom Schiff nicht ranlassen dürfen. Aki hat es ein bißchen zu glätten versucht. Sieht es sehr schlimm aus?»

«Nein», sagte Grijpstra, «ich finde es nett.»

«Ich habe mich versteckt», sagte Lorraine. «Ich hasse es, mit so kurzen Haaren herumzulaufen.»

De Gier stieg aus dem Dingi.

«Hi», sagte Lorraine.

«Es tut mir leid», sagte de Gier.

«Es tut ihm wirklich leid», sagte Aki. «Während der ganzen Fahrt hat er ununterbrochen gesagt, daß es ihm leid tue. Er wird es dir nicht leichtmachen, Lorraine. Er sagt, er hätte dir helfen müssen an jenem Abend.»

«Ich werde nie wieder trinken», sagte de Gier.

«Du bist kein Alkoholiker», sagte Lorraine. «Du bist einfach ein Arschloch.»

«Ihr solltet euch ein Küßchen geben und Frieden schließen», sagte Aki.

«Du glaubst, du hättest dich anders verhalten, wenn du nüchtern gewesen wärst?» fragte Lorraine de Gier.

«Ich wäre nicht so gleichgültig gewesen.»

«Du hättest mich nicht liegenlassen?»

«Ja», sagte de Gier, «ja, ich hätte mich um dich gekümmert. Deshalb werde ich auch nicht mehr trinken: Es macht mich unempfänglich...»

«...für die Nöte anderer Menschen?»

«Ja.»

Grijpstra holte seine Thermosflasche aus dem Dingi. Es gab nur einen Becher. Zuerst trank Aki, dann Lorraine, dann kam de Gier. Gemeinsam räumten sie den Strand auf.

«Frühstück bei Beth?» fragte Aki. Sie sah auf die Uhr. «So in eineinhalb Stunden?»

Aki und Lorraine paddelten mit ihren Kajaks nach The Point, wo Akis Auto stand. Grijpstra machte mit de Gier einen kleinen Spaziergang. Sie wanderten am Strand von Jeremys Insel entlang und setzten sich schließlich auf einen umgestürzten Baum. De Gier tastete nach seiner Hemdtasche.

«Du rauchst nicht mehr», sagte Grijpstra.

Sie beobachteten das Meer, das sich in der Morgenbrise leicht kräuselte.

«Und jetzt?»

«Jetzt sollten wir hier verschwinden.»

«Ich bestehe darauf, daß ich eine Leiche gesehen habe», sagte de Gier.

«Ich habe sie gefunden», sagte Grijpstra. «Genau wie der Bär. Den Bären habe ich auch gefunden.» Er berichtete, was passiert war.

«Wer ist es also?» fragte de Gier.

Lorraine in ihrem Kajak war noch in Sicht. Das kurze blonde Haar leuchtete im Sonnenlicht.

«Nicht Lorraine», sagte Grijpstra. «Und wenn es nicht Lorraine ist, wen kümmert es?» Er hob die Hände. «Eine unbekannte Tote, von der wir nicht das geringste wissen.»

«Wie kommt die Tote zu Lorraines Haaren?»

«Eingeflochten», sagte Grijpstra. «Irgend jemand wollte sich die

Mühe nicht nehmen lassen. Hat Lorraines Haare abgeschnitten und die Strähnen in das Haar der Toten eingeflochten.»

«Bei El Al müßte es heute nacht einen Flug von Boston geben», sagte de Gier. «Wir müssen sechs Stunden dazuaddieren. Wir könnten zum Abendessen bei Nellie sein.»

Grijpstra tastete nach der Seitentasche seiner Jacke.

«Du rauchst auch nicht mehr», sagte de Gier.

«Bist du jetzt glücklich?» fragte Grijpstra, als sie zum Dingi zurückgingen. De Gier sprang mit ausgestreckten Armen in die Luft, um zu zeigen, wie glücklich er war. Er beendete seine Demonstration sofort, als Grijpstra sagte, es wäre ihm doch sehr recht, wenn er sich einmal in der Speisekammer des Bären umschauen würde. Er zeigte ihm die Überreste der Toten im Stollen. «Kennst du sie?»

De Gier glaubte sie zu kennen, obwohl es nicht einfach ist, einen Körper wiederzuerkennen, an dem ein Bär einige Male genascht hat.

«Das Mädchen von der *Macho Bandido?*» fragte Grijpstra.

De Gier hielt es für möglich, durchaus. Aber wenn schon... Er hatte das Mädchen in Jameson gesehen, auf der Shore Street und in *Beth's Restaurant*, aber er hatte nie ein Wort mit ihr gesprochen.

De Gier wankte aus der Höhle. Grijpstra wies in Richtung Meer. De Gier übergab sich zwischen Felsbrocken, die mit Meeresalgen überwachsen waren.

«Ich denke, wir sollten zuerst diese Sache zu Ende bringen», sagte Grijpstra, der neben de Gier hockte, während der mit den Händen Wasser aus den anbrandenden Wellen schöpfte und sich das Gesicht wusch.

De Gier pflichtete ihm bei, unterbrochen von Husten und Würgen. Da waren noch ein paar Dinge zu klären.

«Ich glaube, du solltest Nellie anrufen», sagte de Gier, während er sein Taschentuch in einem Wasserloch anfeuchtete.

«Den Commissaris anrufen?»

«Wir nennen das ab sofort: ‹Nellie anrufen›», sagte de Gier und starrte Grijpstra aus blutunterlaufenen Augen an.

17

«Aber natürlich», sagte der Commissaris, «eine Party, das ist es, was wir brauchen. Mit Musik!... Viel Glück, Henk.» Er schaltete das schnurlose Telefon aus und gab es seiner Frau. Vorsichtig stieg er die rutschigen Stufen zum Garten hinunter.

Sie trug das Telefon zurück ins Haus und kam sofort wieder. Sie fand ihn nicht auf seinem Liegestuhl; er lehnte auf seinem Stock und sprach mit der Schildkröte, die ihn, halb verborgen in einem überwucherten Beet, aufmerksam betrachtete.

«Es wär mir lieber, du würdest dich hinlegen», sagte Katrien.

«Erstaunlich, findest du nicht auch?» fragte der Commissaris Schildkröte. «All dieses Rationalisieren? Du weißt, was Rationalisieren heißt?»

Schildkröte reckte ihren schuppigen Hals, sie war sich nicht sicher.

«Rationalisieren heißt, vernünftig klingende aber unwahre Ausflüchte für das, was man tut, zu finden», sagte der Commissaris. «Dieses Verhalten findet man ausschließlich bei Menschen. Schildkröten rationalisieren nie.»

«Schildkröten fressen lieber Salat», sagte Katrien.

Der Commisaris hatte einige Salatblätter in der Tasche seines Morgenmantels. Er zog eines hervor. Schildkröte fraß.

Der Commissaris wandte sich Katrien zu. «Grijpstra und de Gier tun, als wären sie ganz abgebrühte Kerle, die das alles nur zum Spaß tun. Dabei sind sie im Grunde Idealisten.»

«Wie schön für sie», sagte Katrien.

«Ich war auch immer ein Idealist.» Der Commissaris schlug sich anklagend gegen die Brust. «Das ist wirklich erstaunlich.»

Katrien führte ihren Mann zu einem Rohrstuhl neben dem Unkrautbeet. Sie stieß ihn leicht an, damit er sich endlich setzte. «Was ist so schlimm daran, ein Idealist zu sein?»

«Es ist dumm», sagte der Commissaris. «Da ist etwas Unschönes im Gange, das ausschließlich Dritte betrifft – na und? Meine lieben Jungs sind doch nur Gäste in diesem großen, schönen Land; de Gier hat sich ungewollt in Schwierigkeiten gebracht, und Grijpstra hat es geschafft, ihm aus der Patsche zu helfen. Das war's doch schon, oder, Katrien?» Der Commissaris nickte kurz, er schnippte mit

144

den Fingern. «*Home sweet home*, Katrien. Wir können zufrieden sein.»

«Aber wenn die Welt da drüben nicht in Ordnung ist, Jan?»

«Nun», sagte der Commissaris, «man könnte den Wohltäter spielen, natürlich. Wenn sie weiter nachforschen, dann erleichtern sie möglicherweise einigen Leuten das Leben. *Anderen* Leuten. Mitmenschen.» Er gab Schildkröte noch mehr von dem Salat. «Vielleicht könnte man Aki dadurch helfen oder Beth.»

«Du machst dir nichts aus Beth», sagte Katrien. «Sie ist nicht hübsch. Erinnerst du dich an das Essen, das sie Grijpstra zu Ehren gegeben hat? Grijpstra hat sie ein Hausmütterchen genannt. Du hast dir nie etwas aus Hausmütterchen gemacht.»

Der Commissaris sah Katrien an. «Ich mag Hausmütterchen.»

Sie zog einen anderen Rohrstuhl heran. «Bei mir ist das anders. Ich bin alt. Und du erinnerst dich daran, wie ich früher ausgesehen habe. Du hast eine Menge Fotoalben. Außerdem brauchst du mich jetzt.» Sie lächelte. «Vielleicht hast du recht. Vielleicht solltest du Henk und Rinus sagen, sie sollen sich aus der Sache heraushalten, bevor es zu spät ist.»

«Und nicht den Helden spielen?»

«Nein, Jan. Sie sind in Amerika. Man ist zu gewalttätig dort. Dieses arme Mädchen ist ermordet worden.»

«Kein natürlicher Tod», stimmte der Commissaris zu.

«Und vielleicht war es dieser gräßliche Sheriff, weil der die *Macho Bandido* haben wollte», meinte Katrien.

Der Commissaris gab der Schildkröte sein letztes Salatblatt. Mit der Spitze seines Stocks kratzte er das Tier leicht am Kopf. Er sah auf. «Es kommt, wie es kommen muß, Katrien. Man kann die Ereignisse nicht in die Richtung lenken, die man wünscht. Aber ist die Lage erst einmal günstig, dann sollte man sich das zunutze machen.»

«Die Lage soll günstig sein?» fragte Katrien. «Nachdem der Bär auf den Knochen des armen Mädchens herumgekaut hat?»

Der Commissaris starrte auf einen Haselnußstrauch. «Ja.» Er stützte sich auf seinen Stock. «Aber was heißt eigentlich ‹günstig›? Auch Hairy Harry hat sich die Lage zunutze gemacht. Ich muß immer lachen, wenn ich die Plädoyers der Staatsanwälte höre, die so tun, als würden die Übeltäter ihre Untaten Schritt für Schritt willentlich herbeiführen. So ist es nie. Niemals.»

145

«Dann hat Hairy Harry dieses arme Mädchen in der Kabine gefunden? Tot? Und kurz darauf gehört die millionenschwere Jacht ihm?» Katrien runzelte die Stirn. «Also wirklich, Jan – so etwas findest du gut? Die Umstände zum eigenen Vorteil zu arrangieren?»

«Ich weiß nicht, ob es richtig ist», sagte der Commissaris. «Aber über Moral wollen wir später reden. Zuerst müssen wir uns die Fakten ansehen.»

Katrien war die Sachlichkeit in Person. «Fang an.»

«Der Sheriff», sagte der Commissaris ebenso sachlich, «ging an Bord einer Luxusjacht, der *Macho Bandido*, die verlassen im Hafen von Jameson lag.» Der Commissaris hob einen Finger. «Punkt eins, so fängt es an. Und wie geht es weiter? Du bist Juristin, Katrien.»

Katriens Fuß berührte den Panzer der Schildkröte und rieb kräftig darüber. «Punkt zwei: Wir müssen annehmen, daß Hairy Harry eine Frau an Bord fand, diese Person, die Aki als ‹Fotomodell› bezeichnet hat. Sie ist tot. Mit ihr waren drei Männer auf der Jacht, Südamerikaner mit buschigen Schnurrbärten, goldenen Armbändern und Kettchen und maßgeschneiderten Segelklamotten. Man hat sie zusammen gesehen, sie haben auf der Jacht gefeiert. Das ging ein paar Tage so. Plötzlich war Schluß damit. Eines frühen Morgens kam eine dicke Limousine – Aki hat es gesehen –, ein Mietwagen wohl, und holte die Leute am Kai ab. Wir unterstellen, daß das Mädchen an Bord geblieben war. Unsere Zeugin, Aki, hat gesagt, daß es zu dunkel war, um Genaueres erkennen zu können. Das Auto kam, man stieg ein, das Auto verschwand. Auch Hairy Harry wußte es. Er oder sein Deputy...»

«Billy Boy», sagte der Commissaris.

«Ja, Billy Boy hat es gesehen.» Katriens Augen wurden ganz schmal. «Das sind alles Vermutungen.»

«Aber es paßt doch zusammen, oder?» fragte der Commissaris.

«Das Mädchen hat eine Überdosis genommen?»

«Kokain», sagte der Commissaris. «Wir hatten einmal so einen Fall an der Keizersgracht. Eine attraktive junge Frau in einem prächtigen Giebelhaus im besten Viertel der Stadt hatte sich zu Tode gekokst. Sie war in einigen Kneipen gewesen und hatte drei Studenten mit nach Hause genommen. Ich habe die drei selbst befragt. Sie sagten, daß die Frau unersättlich gewesen sei. Sie schnupfte, teilte von dem Zeug aus, sie wollte Sex, immerzu. Sie ließ die drei nicht aus ihren Klauen – das Kokain wirkte natürlich auch auf ihre Partner erregend. Im frühen Stadium der Sucht ist das so...»

«Ich dachte, daß die Süchtigen paranoid werden?»

«Später, Katrien, viel später erst. Man darf den Süchtigen dann nicht einmal mehr anfassen... Aber erst kommt das Stadium der sexuellen Anregung. Wie ich schon sagte, diese Frau ließ nicht locker, und die Studenten sträubten sich nicht. Schließlich wurde sie bewußtlos. Einer der drei rief den Arzt, der Arzt rief uns.»

«Du glaubst, daß die Studenten das nur ihr zuliebe taten?»

«Warum nicht?» fragte der Commissaris. «Vielleicht hatten wir auf der Jacht eine ganz ähnliche Situation. Erinnerst du dich an die Bootsausstellung, die wir in Neapel gesehen haben? Teure Boote, schöne Verkäuferinnen, Champagner, Lachs auf Toast? Du hast gesagt, daß einige der Käufer wohl große Dealer seien. Das ist in diesem Fall nicht anders. Südamerikaner kaufen sich eine nagelneue Luxusjacht, und die Verkäuferin, das ‹Model›, geht mit ihnen auf Jungfernfahrt.» Er sah Katrien an. «Kannst du es dir vorstellen? Die Cocktailparty an Bord? Die Kunden, die ihre Späßchen machen – klar würden sie kaufen, auf der Stelle und in bar, wenn sie als Dreingabe noch das Mädchen bekommen würden? Jeder hatte getrunken oder sonstwas genommen? Alle waren glücklich, alles schien so einfach. Der Mann von der Werft nimmt das Mädchen beiseite und bietet ihr eine hübsche Summe in bar, wenn sie auf den Spaß eingeht. Und die Vergnügungsfahrt wird zum Horrortrip durch das gefährliche Seegebiet vor Maine. Sie schaffen es trotzdem bis nach Jameson, wollen sich bei Kokain und Schnaps erholen, die Sache gerät außer Kontrolle. Keine böswillige Absicht, Katrien.»

«Natürlich haben die Südamerikaner keinen Arzt gerufen wie diese netten Studenten.»

«Jeder Fall ist anders», sagte der Commissaris. «In Amerika tobt der Krieg gegen die Drogen. Wir dürfen annehmen, dafür gibt es Hinweise, daß diese Männer große Dealer waren, die nicht wollten, daß Hairy Harry ihr Boot genauer unter die Lupe nahm. In dem Augenblick, als es ihrer schönen Lady ernstlich schlechtging, liefen sie davon, als ginge es um ihr Leben. Eine Jacht für eine Million Dollar aufzugeben bedeutet solchen Leuten nicht viel, außerdem war es eine Möglichkeit, den Sheriff aufzuhalten.»

«Sie versuchten nicht einmal, die Leiche zu verstecken?»

«Nein», sagte der Commissaris. «Das hätte bedeutet, den Hafen zu verlassen und sich noch einmal Sandbänken, Gezeiten, Strömungen und Winden auszusetzen. Ich wette, daß sie geschworen haben, nie wieder auch nur eine Seemeile mit diesem Boot zu segeln.»

«Also sorgt der Sheriff dafür, daß das Ankertau der *Macho Bandido* reißt, damit sie aufs Meer getrieben wird und er sie für sich beanspruchen kann. Aber das tote Mädchen ist ihm im Weg, er muß sich auf irgendeine Weise der Leiche entledigen.»

«Sie über Bord werfen», sagte der Commissaris.

«Oder auf Jeremys Insel verscharren», sagte Katrien. «Es könnte auf beide Arten funktioniert haben. Entweder haben die Zwerge, Flash und Bad George, gesehen, wie Hairy Harry etwas auf Jeremys Insel schaffte, oder sie haben die Leiche im Wasser treibend gefunden, vielleicht, als sie Lorraine nach Jameson brachten. Sie fischten sie aus dem Wasser und stellten fest, wie sehr das ‹Model› Lorraine ähnelte. Dann schnitten sie Lorraine die Haare ab und machten damit eine passende Frisur für die Leiche...»

«Lorraine hat die Leiche nie zu Gesicht bekommen», sagte der Commissaris.

«Zum Glück. Denn sonst hätte sie das Versteckspiel nicht mitgemacht. Apropos Versteck. Das kannte ja wohl nicht nur der Bär.»

«Können wir nicht davon ausgehen, daß der Sheriff und Billy Boy von dem Stollen auf Jeremys Insel wußten?» fragte der Commissaris. «Sie sind hier aufgewachsen. Kinder lieben Höhlen, nicht anders als Bären, die Winterschlaf halten. Sie hatten etwas, das sie verstecken mußten, da erinnerten sie sich an ihre Höhle. Auch Flash und Bad George kannten den Stollen, genau wie der Bär. Sie waren alle dort, sie alle haben das arme Mädchen begraben und wieder ausgegraben.»

Katrien schüttelte den Kopf. «Kinder. Und nun sind *unsere* Kinder dort. Sie spielen, und du bist nicht da, um auf sie aufzupassen. Sie haben nicht einmal ihre Pistolen dabei.»

«Ich glaube, daß de Gier uns nur zu gerne zeigen möchte, daß er seine Stiefel inzwischen selber schnüren kann», sagte der Commissaris. «Und für Grijpstra habe ich befürchtet, daß er hier versauert, so für sich allein. Es wird ihm Spaß machen, wieder mit seinem alten Kumpel zusammenzuarbeiten.»

Während Katrien zum Einkaufen ging, erklärte der Commissaris

Schildkröte, daß Grijpstra und de Gier, wenn sie erst bemerkten, daß sie Hilfe brauchten, klug genug wären, auch Hilfe zu finden. Wo? Da waren die schöne Aki, die stattliche Beth, Mutter Fartworth in ihrer Hundegestalt, der Tüftler und Sammler Ishmael, Schüler des Einsiedlers Jeremy, nicht zu vergessen die boshaften Zwerge... Zischend ließ der Commissaris seinen Stock durch die Luft sausen, daß die Stille im Garten jäh gestört wurde, um Hairy Harry niederzumähen. «Aber was überhaupt nichts nützen wird, Schildkröte, ist alles Geld der Welt.» Da er schon dabei war, mähte der Commissaris auch gleich Billy Boy zu Boden.

Beim Abendessen kamen sie wieder auf das Thema.

«Weißt du, wie ich es sehe?» sagte der Commissaris gutgelaunt. «Einiges formiert sich neu, die Fronten sind nicht mehr so starr, Helfer finden sich ein.»

«Zwei zurückgebliebene Kerle auf einem sinkenden Kahn?» fragte Katrien. «Ein Hund mit Zöpfen? Ein Verrückter in einem Papierdrachen mit Propeller und kaputten Benzinleitungen?»

«Man muß die Leute nehmen, wie sie sind», sagte der Commissaris, «nicht, wie man sie haben möchte.» Er schloß die Augen. «Anders geht es nicht, man muß sie es auf ihre Weise tun lassen.»

«Wir haben es mit dem Bösen zu tun, mit abstrusen Bösewichtern, Jan.»

«In amerikanischen Uniformen», sagte der Commissaris. «Faszinierend. Wie relativ doch alles ist, Katrien. Denk an die Befreiung, erinnere dich an diese Bilder von General Eisenhower bei Kriegsende, wie er durch ein Konzentrationslager ging? Haben wir damals nicht geglaubt, daß das Böse nun endgültig besiegt wäre? Und nun hat sich dieser Hairy Harry drohend vor uns aufgebaut und schwenkt das Sternenbanner.»

Später, im Bett, sagte Katrien, daß es einfach so kommen mußte. De Gier mit seinen zahllosen Affären, der sich nie festlegen wollte, der schließlich durch ein unverbildetes Naturkind und eine schöne Lesbierin zu Fall kam.

«Ich denke, du solltest die Jungs jetzt zurückrufen, Jan.»

Der Commissaris, der fast eingeschlafen war, schreckte auf. «Was?»

«Sie werden den kürzeren ziehen», sagte Katrien. «Ruf sie zurück. Du bist nicht bei ihnen, und Hairy Harry und Billy Boy haben diesen schrecklichen kleinen Mann, der für sie denkt, diesen Bildah...» Sie sah ihn an. «Ich denke mir, daß er aussieht wie du.»

«Wenn Bildah Fartworth aussieht wie ich, dann kann er nicht ganz so schlecht sein», sagte der Commissaris.

Sie lagen still, nur ihre Füße berührten sich, bis das Bein des Commissaris zuckte und er im Schlaf etwas murmelte.

«Jan! Ich kann nicht schlafen, wenn du vor dich hin murmelst.» Er stieß sie mit dem Fuß an. «Ich werde sie nicht zurückrufen.»

18

Die Party kam einige Tage später – die *Kathy III* war inzwischen gesunken – fast wie von selbst zustande. Flash Fartworth behauptete, daß Hairy Harry eine Bazooka der Nationalgarde benutzt hätte, während Bad George meinte, es wäre nichts weiter als ein Hammer gewesen.

Man saß in *Beth's Restaurant* und aß Hummer. Grijpstra hatte eingeladen, und es war ein Hummeressen, wie man es in Maine den Touristen servierte. Jeder trug ein Plastiklätzchen, das Aki ihnen um die Hälse gebunden hatte. Auf jedem Lätzchen sah man einen fröhlich winkenden Hummer, der es kaum erwarten konnte, bei lebendigem Leibe gekocht zu werden.

«Ein Hummäh wie von Walt Disnäh», sagte Bad George und trank noch einen Schluck Bier. Er wollte, daß Grijpstra und de Gier mittranken, wenn man doch feierte, und da sie bald abreisen würden. Und außerdem noch, weil die *Kathy III* auf dem Meeresboden lag und er und Flash nicht wußten, wie es weitergehen sollte. «Was soll's!» sagte Bad George. Er selber hatte keinen Alkohol getrunken, bis zu jenem Tag, als ihm ein betrunkener Autofahrer in den Wagen gerast war; seine Frau starb dabei, und er selbst kam zu diesem Gesicht, das nun immer und für alle Zeiten gleich aussah. Für *immäh*. «So isses, das Leben», sagte Bad George.

Flash Fartworth, der die Arbeit an seinem Hummer immer wieder für einen Schluck aus der Bierflasche unterbrach, um Bad George Gesellschaft zu leisten, erzählte seinen Kaninchentraum. «Dieser Bunnäh von Walt Disnäh.» Bugs Bunny hoppelte durch Flashs

Traum, dieser schlaue Bursche mit der roten Schleife, der immer ein Lied auf den Lippen hatte, und Kathy II packte Bunny still und leise und schüttelte ihn, bis er tot war.

«Was soll der blöde Bunnäh-Quatsch», sagte Bad George.

«Wie wär's mit einem echten Bären, ohne Quatsch», sagte Grijpstra. «Hab ihn auf Jeremys Insel getroffen, er hat an einer Leiche herumgenagt.»

Bad George hörte nicht zu. Er erzählte gerade die Geschichte von den Bären auf der Müllkippe. Sie handelte von einem jüngeren George, noch ohne das *Bad*, dessen wundervolle Frau ihm zum Geburtstag eine Kamera geschenkt hatte. Er war losgegangen, um Bären zu fotografieren. Es war im Morgengrauen, die Bären durchstöberten den Müll nach Eßbarem, und Bad George war mit dem Einstellen seiner Kodak beschäftigt («damals machte man seine Fotos noch mit amerikanischen Kameras»), und auf einmal waren die Bären zwischen Bad George und seinem Auto und kamen immer näher.

Flash Fartworth hatte Grijpstras Bemerkung gehört. «Was hast du gemacht, Krip, als du gesehen hast, wie der Bär die Lady fraß?»

«Ich hab ihm etwas vorgesungen», sagte Grijpstra.

«Was für ein Lied, Krip?»

«Über das, was du eben gesagt hast, Flash. Über die unaufhörliche Folge des ewig Gleichen und über das, was Bad George gesagt hat: ‹So isses, das Leben.›»

«Man muß Respekt haben», sagte Bad George. «Man darf nichts Unhöfliches sagen zu den Bären. Und ehrlich muß man sein. So wie ich, auf der Müllkippe.» Er schlug sich gegen die Brust. «Krip?»

Grijpstra sah auf, eine Hummerschere in der Hand. «Ja, Bad George?»

«Krip, du hast nicht versucht, dem Bären die tote Lady wegzunehmen?»

Grijpstra knackte die Schere, zog das weiße Fleisch heraus, tunkte es in die Butter, nahm einen tüchtigen Mundvoll, kaute, schluckte, lächelte zufrieden. «Aaaaah.»

«Oder doch, Krip?»

Das Schweigen dehnte sich. Man aß Hummer, knackte die Schale, lutschte, stocherte, zerkleinerte, tunkte, kaute.

Grijpstra sah de Gier an. Er senkte ein Augenlid ein klein wenig.

«Eine Bazooka?» sagte de Gier wie auf ein Stichwort. «Die *Kathy III* wurde von einer Bazooka getroffen?»

Bad George sah Flash Fartworth an. Er nickte ganz leicht.

«Hairy Harry mag uns nicht», sagte Flash Fartworth, nachdem man auch ihm seinen Einsatz gegeben hatte. «Weil wir zuviel wissen. Waren doch immer draußen mit der *Kathy III*, haben eine Menge gesehen. Der Sheriff weiß nicht, daß wir nicht petzen. Wieso petzen, wenn die Drogenpolizei die Dealer sowieso nicht kriegt?»

«Die DEA.» Grijpstra nickte ernst. «Die Pickelgesichter.»

«Aber angenommen, die Pickelgesichter werden irgendwann erwachsen», sagte Flash. «Und wir sehen noch immer, wie diese Salzsäcke vor Rogue Island auftauchen, gleich vor der Treppe? Und wir sagen es dann den Pickelgesichtern?»

Bad George schüttelte ganz leicht den Kopf.

Flash zuckte die Achseln. «Kein Boot, nichts zu petzen. Das ist es, was Hairy Harry denkt.»

«Uns so einen Schrecken einzujagen», sagte Bad George. «Hat man so was schon gesehen? Und die *Kathy III* zu verlieren...»

Aki brachte noch von den Sauerteigbrötchen, die zum Hummeressen gehörten. Kathy II stubste mit ihrer feuchten Nase Grijpstras Hand. Grijpstra ließ ein Brötchen auf den Boden fallen. Der Hund schob es hin und her. «Muß erst ein bißchen Butter dran», sagte Aki und hob es auf. Grijpstra tunkte das Brötchen ein, entschuldigte sich bei Kathy II und gab es ihr noch einmal. Kathy II wedelte einmal mit dem Schwanz, nahm das Brötchen zwischen die Zähne und zog sich damit zurück. Sie setzte sich, ließ den Leckerbissen zu Boden fallen, schnüffelte ausgiebig und hocherfreut daran, bevor sie hineinbiß. Sie fraß mit zierlichen Bewegungen, ohne jede Hast.

Grijpstra machte eine Bemerkung über die guten Manieren des Hundes.

«Hab ein bißchen geübt mit ihr.» Flash sah recht finster aus. «Man merkt es ihr doch an, oder?»

«Du schlägst sie doch nicht?» fragte de Gier.

Flash strich mit den Fingern durch seinen Bart. «Welcher Mann schlägt schon seine Mutter.»

«Also», sagte de Gier, wobei er sich immer wieder unterbrach, um das Fleisch aus einem spindeldürren Hummerbein herauszusaugen,

«Hairy Harry oder Billy Boy haben eine Rakete auf die *Kathy III* abgeschossen?»

«Die Mistkerle machen, was sie wollen», sagte Flash, «sie haben auch alle möglichen Waffen.»

«Wer weiß, was sie wirklich gemacht haben?» Bad George berichtete, daß er und Flash das Boot im Hafen von Jameson vertäut hatten, es war Ebbe. Er selbst war in den Bus gestiegen, um Verwandte zu besuchen, und Flash machte Besorgungen in Jameson. Kaufte Vorräte ein, hielt sich da und dort ein wenig auf, um etwas zu plaudern, «um nach dem Rechten zu sehen». Dabei könne man, was Recht und Ordnung angehe, diese Welt sowieso vergessen, meinte Bad George. Man könne höchstens versuchen, für eine Weile zu überleben. «Wie diese Dinosaurier, als sie den Meteor kommen hörten.»

«Ist ziemlich schwierig zu überleben, ohne *Kathy III*», sagte Flash Fartworth.

Grijpstra bestellte noch eine Runde Bier für seine Gäste («Heinekäh...» rief Aki im Kellnerinnen-Singsang über die Theke, «Buddäh...» Womit sie Budweiser meinte. «Jedes Bier ist gutes Bier», sagte George), bevor er um weitere Einzelheiten über den Untergang der *Kathy III* bat.

«Wie bei der *Macho Bandido*», sagte Bad George.

Darüber wußte de Gier inzwischen Bescheid. Von seiner Schuld befreit, saß doch Lorraine, ein leichtes Lächeln um die Lippen, neben ihm, konnte er von seinen jüngsten Aktivitäten berichten: Er war zu der Stelle gerudert, wo die Jacht geankert hatte, und hatte mit einem Schlepphaken den Anker aufgefischt – das Tau war tatsächlich zerschnitten. «Durchgetrennt, wahrscheinlich mit einem Drahtschneider. Solche Taue reißen nicht von allein.»

«Hat der Sheriff gesehen, wie du nach dem Kabel gefischt hast?» fragte Flash.

«Billy Boy kam vorbei», sagte de Gier.

«Könntest selber ins Visier einer Bazooka geraten», meinte Flash.

«Einen ganz gewöhnlichen Hammer hat der Sheriff genommen.» Bad George beharrte darauf. «Das Schiff war so verrottet, daß ein Schlag auf eine Planke an der Wasserlinie genügte. Durch das Loch in der Planke mußte sie sinken, sobald die Strömung sie aus dem Hafen getragen hatte.»

Für eine Weile blieb es still, man gedachte des alten Hummerboots, das so lange Zeit seinen Dienst verrichtet hatte, zum Nutzen und auch zur Freude seiner Besitzer. Keiner, der nicht in Gedanken beim DeLorean-Riff verweilte, wo das Wrack nun auf Grund lag und von der Brandung allmählich zerdrückt wurde. Drei Meilen vor Jameson war das, und Ishmael hatte das sterbende Schiff vom Flugzeug aus entdeckt und die traurige Nachricht zu *Beth's Restaurant* gefunkt.

«Was jetzt?» fragte Flash.

«Ein neues Boot anschaffen», sagte Grijpstra. «Was denn sonst?»

Wie konnte Mr. Geldsack mit seinen Europa-Dollars, sagte Bad George, dasitzen und so etwas, ohne mit der Wimper zu zucken, sagen? Ein neues Boot von der Größe der dahingegangenen *Kathy III*, ein Kabinenkreuzer, der so stabil wie ein Fischkutter war, aus diesem neumodischen Fiberglas – denn wer verwendete heute noch Holz, Holz gab es nicht mehr, und wenn, dann wollte sich keiner die Zeit dafür nehmen – kostete über hunderttausend Dollar.

«Ich sag dir, was du tust, Bad George», sagte Grijpstra. «Du besorgst dir hunderttausend Dollar oder besser hundertzwanzigtausend, und damit kaufst du dir die *Kathy IV* – mit Radar, Loran, Funk und Echolot und allem Drum und Dran, Rettungsfloß und Beiboot, Kabinenheizung, einem Kühlschrank mit...» Grijpstra stimmte den Singsang an. «...Heinekäh... Buddäh... Mikkeläh... nicht zu vergessen den Boiler für das Bad...»

Bad George grunzte. «Flash Fartworth badet nicht.»

«Bist du nicht derselben Meinung, Bad George?» fragte de Gier ganz ernsthaft. «Ist Armut nicht bloß eine schlechte Gewohnheit, eine falsche Sicht der Dinge, was meinst du?»

Bad George, der nach dem vierten Bier schon wie auf Wolken schwebte, sah es auch so. Er und Flash würden nur zu gern die falsche Sicht der Dinge korrigieren, schlechte Gewohnheiten ablegen, positiv denken, damit das Bild von selbst Wirklichkeit würde: wie sie beide auf einem funkelnagelneuen Kabinenkreuzer übers Meer schipperten. Aber einmal angenommen, sie würden es tatsächlich schaffen – warum eigentlich nicht? – dies war Amerika, und wenn es etwas hier nicht gab, dann importierte man es eben, hier konnten die Bäume bis zum Himmel wachsen. Wenn man sich nur eindrücklich genug vorstellte, mit so einer Filmlady Freundschaft zu schließen,

vielleicht würde man eines Tages sogar Catherine Deneuve flach-
legen...

Flash wurde rot. «...meine Traumfrau...»

«Flash bestellt sich immer Videos mit Catherine Deneuve», sagte
Aki. «Er darf sie auf Beths Recorder abspielen. Es ist ihm gleich, was
Madame Deneuve tut, ob sie über die Straße geht, abwäscht, Mist-
kram aus dem Briefkasten holt. Sie könnte auch ihren Text vergessen haben...»

Grijpstra lächelte. «Wir wollen die *Kathy IV* nicht aus den Augen
verlieren...»

Flash Fartworth tuckerte mit der *Kathy IV* übers Meer, fünfzehn
Knoten machte das Boot bei fünf Gallonen Diesel pro Knoten und
einem Dollar zwanzig pro Gallone; durch Eggemoggin Reach, Mer-
chant's Row und andere Passagen südlich von Zwielichtland ging
es, magische Namen und Orte, die für die *Kathy III* unerreichbar
gewesen waren. Doch leider, darauf mußte Flash noch hinweisen,
während er mit einem Finger lässig am Ruder drehte, durfte man
keineswegs Hairy Harry vergessen, der sicher Billy Boy befehlen
würde, auch das neue Schiff mit einer Bazooka in die Luft zu pusten.

«Wumm!» rief Flash.

Gerade als Beth und Aki schließen wollten, kam Ishmael herein.
Er machte ein grimmiges Gesicht.

«Wie geht's, Ishmael?»

Ishmael ging es einfach glänzend. Er war durch die Gegend geflogen, vor einigen Stunden noch, bis zu dem Augenblick, da man ihn
abgeschossen hatte.

«Dich haben sie nicht getroffen», sagte Flash, nachdem er Ishmael
etwas genauer betrachtet hatte.

«Haben die Maschine erledigt», sagte Ishmael. Er lächelte tapfer.
Natürlich war er auch ein bißchen stolz auf dieses Abenteuer, er
hätte nie gedacht, daß er ein so schwer beschädigtes Flugzeug auf
einem fünfundvierzig Grad steilen Hang würde landen können.
Wer geschossen hatte? Ishmael war sich nicht ganz sicher, aber später, nachdem er den Abhang heruntergeklettert und zur Straße gegangen war, stand da Hairy Harry und bot ihm an, ihn mitzuneh-
men. Und in dem Bronco lag eine Büchse mit Zielfernrohr, das
Neun-Millimeter-Mausergewehr, auf das der Sheriff so stolz war.
Hairy Harry hatte Zielübungen gemacht an diesem Nachmittag. Er

erzählte Ishmael, daß er auf fliegende Ziele ganz besonders gern schoß.

«Warnschüsse», sagte Beth, die für Ishmael noch einen Hummer ins siedende Wasser warf, obwohl die Küche schon geschlossen hatte.

Das meinte auch Lorraine.

«Für wen?» fragte Grijpstra.

«Für dich?» fragte Aki.

Ishmael fragte sich, was er ohne Flugzeug anfangen sollte.

«Du kriegst ein neues», sagte Flash Fartworth. «Armut ist nur eine falsche Sicht der Dinge.»

Ishmael meinte, daß ihm eine nagelneue, federleichte Cessna, die sogar als Traumbild schnell wie der Wind war, schon recht wäre. Aber einmal angenommen, der Traum würde Wirklichkeit, würde der Sheriff dann nicht wieder seine Schießübungen machen?

«Wumm!» rief Bad George.

Sie lachten noch immer, als Billy Boy in seinem Jeep im Zwielicht vor dem Restaurant anhielt, den Arm hob und auf die Uhr blickte.

«Ich darf nach Ladenschluß kein Bier mehr servieren», sagte Beth.

«Wollen wir zu mir?» fragte Ishmael.

Man zwängte sich in de Giers Ford und Beths großen Lieferwagen, ein Pick-up mit wenigen Sitzplätzen, und Beth & Aki, de Gier & Lorraine, Bad George & Flash sowie Grijpstra & Kathy II fuhren zu Ishmaels alter Konservenfabrik bei The Point. Die Hündin saß auf Grijpstras Schoß, die langen, wuscheligen Ohren aufgerichtet, daß man an Zöpfe denken mußte. Sie sah aus dem Seitenfenster, und zwanzig muskulöse Zehen, die sich abstützten, massierten Grijpstras Oberschenkel. Es war ein angenehmes Gefühl. Grijpstra fragte sich, ob er denn Nellie und de Giers Katze Täbris dazu bewegen könnte, etwas in der Art von Kathy II in dem Haus an der Rechteboomgracht zu dulden.

«Frag sie einfach», sagte de Gier.

Grijpstra konnte es nicht ausstehen, wenn de Gier seine Gedanken las.

19

Die ehemalige Konservenfabrik, so erfuhr de Gier von Flash Fartworth, enthielt die ganze Sammlung.

«Wovon, Flash?»

«Von allem, Rinus.»

Das kleine Männchen, das schwer an seiner Vogelnestfrisur zu tragen hatte, dieser zerzauste Kobold in Stiefeln und grünem Overall, der unruhig auf seinem demolierten Hintern hin und her rutschte, mochte übertrieben haben. «Aber es ist wahr genug», sagte Grijpstra, nachdem Ishmael seine Gäste ins Schlepptau genommen hatte, um ihnen die Fabrik zu zeigen. Ein rechteckiger Bau mit rissigen Ziegelmauern, darin kleine Fenster mit Gittern, von Ranken überwuchert, die sich nun herbstlich rot färbten. Eine Reihe von Schuppen umgab einen Hof, die Schuppen enthielten Autos – dieselbe Marke: Ford, dasselbe Modell: Pinto.

«Billig», sagte Bad George. «Kein Mensch kauft Pintos.»

Ishmael erklärte ihnen sein ‹Prinzip des Gegensatzes›: Sammle das, was gerade keinen interessiert. «Man muß sich etwas denken dabei», predigte Ishmael, der sich auf einen Stapel Kisten in den verschiedensten Größen gestellt hatte. Der Ford Pinto stand in dem Ruf, hin und wieder zu explodieren, weil der Benzintank zu nahe am Motor angebracht war. Tatsächlich hatte es aber nur wenige Vorkommnisse dieser Art gegeben.

«Warum sammelt man zweiunddreißig identische Autos, die niemand haben möchte», fragte Ishmael Ishmael.

Ishmael erläuterte sein ‹Prinzip der magischen Multiplikation›: Aus dem Aneinanderreihen identischer Objekte ergab sich eine neue, magische Wirklichkeit. Es hieß nicht einfach, Gegenstände oder ihren praktischen Wert zu vervielfachen, vielmehr erhielten sie eine neue Bedeutung jenseits unserer Welt. Wieviel Großartigkeit ging doch von diesem Bild aus, meinte Ishmael: Pintos vis-à-vis, Pintos in diagonaler Anordnung, Pintos über- und untereinander, Pintos, die auf der Seite lagen und sich mit den Rädern berührten.

«Zwillingspaare bei der Liebe?» flüsterte de Gier Lorraine zu.

Beth gefiel der Gedanke. Vielleicht konnte man auf Hawaii identische Akis finden? «Und identische Beths?» fragte Aki.

Es gab noch mehr Beispiele für die magische Multiplikation. Ishmael zeigte ihnen drei Gegenstände, die von vertrocknetem Seetang, Flechten, Mies- und Entenmuscheln überwachsen waren. Dreimal das gleiche, vielleicht große Dynamos; Taucher hatten sie aus einem gesunkenen Frachter in der Bucht von Jameson geborgen. Eine Glühbirne beleuchtete das Ensemble, das auf einer aufgebockten Tischplatte lag.

«Das Unbekannte in dreifacher Ausführung», sagte Ishmael.

Es gab auch Ensembles aus Gegenständen, die nicht identisch, sondern nur ähnlich waren: rostige Vogelkäfige hingen in dem Hof, einige mit Stoffvögeln darin. Die Türen waren offen. «Menschliche Kalamitäten in der Vogelwelt», sagte Ishmael. «Frei, aber wohin soll man sich wenden? Wie dieser Verrückte in der staatlichen Nervenklinik von Maine: Er sitzt in einem Käfig nicht weit vom Schwesternzimmer; er ist vernünftig geworden, deshalb öffnet man die Käfigtür. Aber er verläßt ihn nicht.

«Warst du das?» fragte Grijpstra.

Es war Ishmael, sagte Ishmael, einer, der lernen mußte, ohne Religion zu leben. Es war einige Zeit her, er wollte nicht mehr predigen, er mußte neue Überlebenstechniken entwickeln.

«So was ist nicht einfach», sagte Beth.

Im Innern der Fabrik gab es eine Puppensammlung, eine Sammlung von Werkzeug, von Masken, sauber beschriftete Kästchen auf Regalen mit jeder Art von Nägeln, Schrauben, Dichtungsringen, Muttern, Klinken und Scharnieren, Schreibgerät, Pinseln, Federn, Rohren und Armaturen, Glühbirnen und Neonröhren, Besteck, Töpfen aller Größen. Ishmael machte es Spaß, aufzustellen und zu ordnen, was andere weggeworfen hätten: Überbleibsel von Flohmärkten und Räumungsverkäufen, die er mit einem Pinto nach Hause schaffte. Es lag keineswegs daran, daß er etwas gegen Verschwendung hatte – das ganze Universum war möglicherweise pure Verschwendung.

«Gibst du davon auch etwas ab?» fragte de Gier. «Angenommen, es kommt jemand und braucht etwas davon? Würdest du uns mit irgendeinem Stück aushelfen? Gratis?»

Sicher, sagte Ishmael, aber sie sollten bloß nichts hineinsehen wollen. Es ginge hier nicht um Sinn und Zweck. Für ihn gebe es keinen Sinn.

«Kunst», sagte Grijpstra, «das ist Kunst. Es geht um das Arrangement, wie bei den Bergungsstücken aus dem Meer. Nennt man so etwas heute nicht Kunst?»

Sie sollten es bitte nicht Kunst nennen, sagte Ishmael. Nur eine Beschäftigung für Regentage oder auch Sonnentage, alle Tage.

Kathy II kläffte leise mit geschlossener Schnauze, um so Grijpstra zu bitten, sie eine Treppe hinaufzutragen, die für einen kleinen Hund zu steil war. In der zweiten Etage der Fabrik sah man Buchstützen in Eulengestalt, aus Stein und anderen Materialien, die meistens griesgrämig dreinblickten; es gab Modelle von Flugsauriern, die an der Decke baumelten, einige als Skelette, die im Dunkeln leuchteten, andere mit ledrigen Flügeln. Es gab auch einen Parcours mit allerlei Hindernissen, den Kathy II unbedingt probieren wollte: Sie sprang durch Reifen, balancierte auf einer Schaukel, die Ishmael für sie anstieß, hüpfte über Balken und landete schließlich auf einem Hocker, wo sie Männchen machte und dabei erwartungsvoll in die Runde blickte. «Braver Hund», sagte jedermann und klatschte Beifall. Kathy II verzog die Schnauze zu einem Grinsen.

«Sie hat dazugelernt», sagte Flash.

«Kathy I war schlimm», sagte Bad George, «schon guten Tag zu sagen waren ihr zu viel gute Worte.»

«Kann man verstehen», sagte Ishmael. «In einem ausgebrannten Wohnwagen zu leben, von Lebensmittelmarken, mit einem Säufer als Mann und Flash als Sohn...»

«Sie hatte ihre Gründe», gab Flash zu, «aber nicht Grund genug. Ich hab ihr gesagt, sie würde als Hund zurückkommen. Da ist sie.» Er tätschelte den Hund.

Kathy II grinste noch immer.

«Ich wäre lieber ein Hund», sagte Beth zu Aki. «Man kann sagen, man sei dabeigewesen, aber man lebt nicht lange, und die meiste Zeit verschläft man sowieso.»

Das Musikzimmer war auf der dritten Etage, die überwiegend im Stil der dreißiger Jahre eingerichtet war. «Art deco», sagte Ishmael und zog einen Bildband hervor, um seine Quellen zu belegen. Die Wandtäfelung des Musikzimmers war aus grobgemasertem Ahornholz, das er beim Ausverkauf eines Holzhändlers nach einem Brandschaden erstanden hatte. Weiter oben waren die Wände mit Schlangenleder verkleidet, Schuhleder von aufgeweichten Damenschuhen. Eine Schiffsladung, die man aus dem Meer gefischt hatte… Die Lampenschirme hatten die Form von Tulpenkelchen und waren aus farbigen Glasscherben zusammengeklebt.

«Du stolperst einfach so über die Sachen, die du für das hier brauchst?» fragte Grijpstra.

«*Sie* stolpern über *mich*», sagte Ishmael. Es mußte so etwas wie positives Denken sein, wie es zum Amerikanischen Traum gehörte, dabei dachte er sonst eher negativ. Aber er brauchte nur an etwas zu denken, und nicht lange danach tauchte es auf. Was sollte er machen?

«Was wäre, wenn du deine ganze Sammlung verlieren würdest?» fragte Grijpstra. «Würde es dir als Negativdenker etwas ausmachen?»

Ishmael mußte eingestehen, daß es eine rechte Last sein konnte, soviel zu besitzen; es zu verlieren hätte auch seine guten Seiten.

Instrumente gab es in Hülle und Fülle; in der Mitte stand das Schlagzeug, das Grijpstra um sich herum gruppierte. Es gab eine Ventilposaune, mit der Beth umgehen konnte, ein Saxello, drei Tablas, eine Doussn'gouni und ein Lyricon, auf dem Bad George sich erfolglos versuchte. De Gier fand eine schmuddelige, zerbeulte Trompete, es gab Congas, eine Gitarre, die Flash gleich zur Seite legte, weil die Saiten gesprungen waren, und natürlich Ishmaels Klavier. Sie konnten noch nicht anfangen, denn Flash und Bad George waren noch immer am Probieren. Eine Melodica? Nein. Ein Kontrabaß? Bad George wollte den Baß haben. Für Flash fand er eine Tuba.

«Also gut», sagte Grijpstra und begann mit dem Jazzbesen auf der kleinen Trommel die Suppe umzurühren, nicht ohne einen gelegentlichen Schlag auf das obere Becken der Charlestonmaschine; er gab den Takt an. Er schlug auch das untere Becken. «*Bemsha Swing?*» Die Baßtrommel dröhnte. De Gier blies in seine Trompete. «B!»

Es wurde nicht viel aus dem B, auch nicht, als Bad George es endlich gefunden hatte auf seinem Kontrabaß. Grijpstra schlug stur seinen Takt und sang die Melodie von *Bemsha Swing*, um die Sache in Gang zu bringen, Bad George fiel ein, schaffte auch die Modulationen und blieb im Takt. Ishmael schaltete sich ein. Er hatte das Stück auf de Giers Stereoanlage gehört, es schon einmal probiert und wiederholte jetzt das Thema in ganzen Clustern hoher Töne. Flashs Tuba tutete, es kam genau richtig und ermunterte Beth, mit der Posaune einzusetzen. Aki sang, Lorraine schlug die Kuhglocken.

Jetzt war die Band am Spielen, mit Ausnahme de Giers, der die Krümel aus seiner Trompete klopfte. Der eingetrocknete Speichel des früheren Besitzers, sagte er später, er wunderte sich, daß ihm nicht schlecht geworden war. Ein wahres Rattennest, ein Seuchenherd, und das alles für ein bißchen Musik, aber was tat man nicht für die Mitmenschen.

Die Band wartete auf de Gier, der endlich die Führung übernehmen sollte, und erging sich in einem auf und ab wogenden Rhythmus, den Grijpstra mit den Becken und Besenstrichen auf der kleinen Trommel in feste Bahnen lenkte, Posaune, Tuba und Singstimme deuteten einen kleinen Unisono-Chorus an, den Bad George auf dem Baß unterstützte. Flash, der nur ganz vorsichtig in die Tuba blies, tat ein übriges. Ishmael trillerte. De Gier versuchte es noch einmal. «B!»

«Tu-TA!» Jetzt waren sie endlich zusammen. «Tu-TA, tutututu-ta-tu-ta-tu-ta-tu-TAAA!» Auch Lorraine, auf dem Tamburin, war dabei.

Nach *Bemsha Swing* spielten sie *Endless Blues,* de Giers eigene Komposition. Die Trompete schluchzte, Grijpstra wirbelte auf dem Tomtom. Er war wieder in dem Ruderboot und sah Nellie und die Hokusai-Wellen vor sich. Es war das Becken, das die Wellen in Gang brachte. Bad George auf dem Baß erweckte die stampfenden Schritte des Bären zum Leben. Aki sang das Lied der Seetaucher. Der Kojotenchor bediente sich diesmal einer Trompete, aber das war noch nicht alles. Im Duett von Posaune und Singstimme erstanden auch die Lavastrände von Kona auf Hawaii, mit langen Tönen wie Sonnenuntergänge, Vulkanleuchten in der Nacht, sonnenglitzernde Gischt auf den Brandungswellen. Kleine Feinheiten auf dem Klavier und einige trockene Schläge gegen die Seite der kleinen Trommel sorgten für etwas Kontrast zwischen den Szenen und für Disziplin, damit niemand von seinen Gefühlen überwältigt wurde. Bad George hatte ein Solo, er strich den Baß mit dem Bogen, und immerhin war Kathy II so beeindruckt, daß sie sich zur Seite rollte und einen rosafarbenen Bauch sehen ließ, bevor sie aufsprang und bellte.

Draußen hörte man Autos vorfahren, und Billy Boys Stimme rief einige Kommandos. Hairy Harrys Aufgebot kam die Treppen der Fabrik heraufgestampft.

Da man die Leute angewiesen hatte, hart durchzugreifen, wenn sie den Durchsuchungsbefehl ausführten, ging der größte Teil von Ishmaels Sammlung zu Bruch. Handel mit nicht freiverkäuflichen Medikamenten lautete der Verdacht, und die Fabrik sollte der Umschlagplatz sein. Es gab auch einiges Rempeln und Rüpeln, warum sollte man Lesben (Hairy Harry gebrauchte noch einige schönere Bezeichnungen), Zwerge, Geistesschwache, ausländische Dealer, einen abtrünnigen Prediger und ein Hippiegirl mit Samthandschuhen anfassen. Kaum eines von Ishmaels feinsinnigen Ensembles war noch intakt, nachdem einem halben Dutzend Deputies in Nazistiefeln und Pfadfinderhüten, die man aus entfernten Ecken von Zwielichtland eingeflogen hatte, die Puste ausgegangen war.

Nichts von Bedeutung wurde gefunden, nichts von Bedeutung blieb übrig.

Die Horde verschwand, wie sie gekommen war. Motoren wurden angelassen, Autos wendeten und fuhren mit quietschenden Reifen davon.

Verletzte gab es nicht, aber zwei von Ihnen hatten Blutergüsse davongetragen: Beth am Hintern, Bad George an der Schulter.

«Du meine Güte... du meine Güte», jammerte Grijpstra, dem fast das Herz brach, als er sah, was von einem Flugsaurier von sieben Meter Spannweite übriggeblieben war. Er kickte zerbrochene Eulen seiseite, führte Kathy II um die Scherben zerbrochener Krüge herum.

De Gier jammerte draußen auf dem Hof; er hielt eine Bärenmaske in die Höhe, die er im Schutt gefunden hatte. Schutt aus all jenen Dingen, die die wild gewordenen Deputies aus dem Fenster geworfen hatten. Lorraine weinte vor zerbrochenen Puppen mit eingedrückten Gesichtern. Aki gefiel de Giers Bärenmaske. Sie zog sie über. «Kann ich sie haben, Ishmael?»

«Sicher», sagte Ishmael. Er hatte Masken en gros eingekauft. «Da müßten noch mehr sein, Teufels- und Drachenköpfe. Besser als der Bär. Willst du welche haben?»

Die anderen Masken waren zu stark beschädigt, es war hoffnungslos.

Ishmael erklärte ihnen sein ‹Prinzip des großen Knalls›. «Den Dinosauriern ging es Millionen von Jahren lang gut. Dann war die Sache überholt. Der große Knall hat den Weg freigemacht.»

Beth stimmte zu. Ishmael konnte nach dem großen Knall sein Fabrik-Universum neu und ganz anders erschaffen. Alles war irgendwann verbraucht und alt. Sie hatte übrigens Spinnweben bemerkt.

«Hab mich in letzter Zeit wenig um das Zeug gekümmert», sagte Ishmael, «hat sich jetzt von selbst erledigt.» Er inspizierte, was von seiner Wohnung und den Gästezimmern übriggeblieben war. Jeder Raum war ein kleines Museum für sich gewesen, eine Art Schaukasten, und enthielt neben den Möbeln aus den vierziger und fünfziger Jahren auch Bücher, Vorhänge und Teppiche aus jener Zeit, sogar die passenden Haushaltsgeräte. Und alles hatten die eifrigen Deputies zertrümmert, in Fetzen gerissen und in die Ecken geschleudert. «Kann euch nicht mal ein Bett für die Nacht anbieten», sagte Ishmael zu Bad George und Flash. «Kann nicht mal selber hier schlafen.»

Lorraine paddelte nach Hause, nach Bar Island. Beth und Aki fuhren zurück nach Jameson. Grijpstra und Ishmael ruderten ihre Dingis von The Point nach Squid Island. Ishmael nahm de Gier und Bad George an Bord und erging sich während der Fahrt in Reden über die Herausforderung, die solche Leere darstellte; denn hätte er erst die Trümmer weggeräumt und ein hübsches Feuer im Hof vor der Fabrik gemacht, dann gab es vier leere Stockwerke, Leere, die er nach Belieben auffüllen konnte. «Kannst du dir das Gefühl vorstellen?» fragte er de Gier. «Der Zustand *vor* der ersten Seite der Bibel? Die Spannung vor der Erschaffung der Welt?»

Grijpstra ruderte mit Flash Fartworth in de Giers Dingi.

«Wir sind doch Freunde, oder?» fragte Grijpstra. «Erinnerst du dich an Meister Petz und die Lady, die er verspeisen wollte? Kannst du mir sagen, wer dieses Grab im Stollen gegraben hat?»

«Ich hab niemals nicht ein Grab gegraben», sagte Flash Fartworth. «Das war Billy Boy. Der Stollen gehört jetzt Hairy Harry. Ich und Bad George haben gesehen, wie sie die Lady von der *Macho Bandido* dort verscharrt haben.»

«Du hast die Tote ausgegraben, um de Gier zu erschrecken?»

«War meine Idee», sagte Flash voller Stolz. «Die *Kathy III* war nicht mehr zu gebrauchen, ich und Bad George ohne Geld, dann dieser Rinus mit seinen vielen Scheinen. Lorraine war sauer auf Rinus, wünschte ihn zum Teufel. Und Rinus war betrunken wie ein Schwein, wußte nicht mehr, wo vorn und hinten war...»

«Er weiß noch immer nicht, wo vorn und hinten ist», sagte Grijpstra.

«Hat nicht so ganz funktioniert», meinte Flash. «Ist alles nur noch schlimmer, richtig, Krip? Kein Boot, kein Flugzeug, die Fabrik im Eimer. Hairy Harry zeigt die Zähne. Die Deputies trampeln alles über den Haufen. Erinnerst du dich an Pearl Harbor, Krip? Wir haben uns nicht unterkriegen lassen, oder?»

«Zum Glück für Europa», sagte Grijpstra und zog an den Riemen. Einer rutschte ihm aus der Hand, er fiel hintenüber.

De Gier wartete am Dock von Squid Island. «Kümmere dich um Betten für deine Gäste», sagte Grijpstra, «und gib mir den Schlüssel für das Ford-Produkt, bitte.»

«Gibt es noch etwas, was ich tun kann, während du nach Hause telefonierst?» fragte de Gier.

20

«Das geht in Ordnung», sagte der Commissaris. Er trommelte mit den Fingern auf der Schreibtischplatte, wo er die Karte ausgebreitet hatte, «ich werde ihnen meinen Segen geben.»

Katrien war sich da nicht so sicher.

Der Commissaris senkte einen Finger auf Rogue Island. «Aber Katrien...»

«Aber es geht doch um den Sheriff von Woodcock County», sagte Katrien, «ein Beamter. Bitte, Jan, wir sind doch zivilisierte Leute – es muß noch andere Möglichkeiten geben, sag ihnen, sie sollen den Schuft verhaften lassen...»

«Wie?»

«Von der DEA», sagte Katrien.

«Pickelgesichter», sagte der Commissaris. «Erinnerst du dich an diese Wagenladung Marihuana?» Sein Finger bohrte sich in die Landkarte. «Genau hier, bei The Point, Aki hatte sie informiert. Hinter jedem Busch lauerte ein Drogenfahnder, als das Ungeheuer von Lastzug angefahren kam...»

«Amerika ist eine Demokratie, Jan.»

«Die Niederlande auch», sagte der Commissaris, «und der kleine

Jimmy von nebenan hat sich Aids eingefangen, als er sich das Geld für Crack verdienen wollte.»

«Die brasilianischen Todesschwadrone», sagte Katrien, «ich hab es im Fernsehen gesehen. Sie erschießen Kinder und behaupten, es wären Bandenmitglieder. Polizisten, die freiwillig Überstunden machen.»

«Hairy Harry», sagte der Commissaris. «Eine Todesschwadron, auch zur normalen Dienstzeit.» Er nickte. «Aber wie immer hast du nicht ganz unrecht.» Seine Augen wurden schmal. «Man darf es nicht auf die Spitze treiben, hm?» Seine Augen wurden zu Schlitzen. «Wenn es hart auf hart geht, Katrien, dann verstehen es die Schlauen, sich herauszuhalten.»

«*Schlau* ist kein schönes Wort, Jan.»

«Wenn du manchmal nur ein klein bißchen boshaft sein könntest», sagte der Commissaris und rieb sich schadenfroh die Hände. «Weißt du, worum es hier geht, Katrien? Ein Stammeskrieg.» Er zeigte auf das Lexikon im Regal. «Ich habe nachgeschlagen, was es für Indianerstämme an der Ostküste gab. Es gab Algonkins und Irokesen, und die Irokesen waren grimmig und die Algonkins schlau. Sie hatten eine Menge Spaß zusammen.»

«Skalpieren», sagte Katrien, «der Marterpfahl. Das haben wir hinter uns.»

«Den Hang zur Gewalt haben wir nie hinter uns gelassen», sagte der Commissaris. «Und auch darum geht es hier, verstehst du nicht? Gewalt auf eine Weise, die Spaß macht. Lerne deinen Feind kennen, Katrien. Hairy Harry ist ein paranoider Irokese. Er ist überzeugt, daß Grijpstra und de Gier sich in seine Drogengeschäfte einmischen wollen und sich auch um all die anderen Missetaten kümmern werden – Boote stehlen, Leichen verstecken, Flugzeuge abschießen, den Parcours eines kleinen, unschuldigen Hundes mutwillig zerstören. Wirklich, Katrien, das ist mein Ernst; er sieht Grijpstra fast täglich nach Übersee telefonieren, wohl um Bericht zu erstatten. Wem? Jemandem in der Karibik? Einem Drogenboss auf St. Martin?»

«Und die Algonkins haben Freunde in einflußreicher Position? fragte Katrien.

«Keineswegs abwegig für einen paranoiden Irokesen, Katrien.»

Sie küßte ihn auf die Wange. «*Du* bist ein Freund in einflußreicher Position.»

165

«De Gier war schon einmal in Maine», fuhr der Commissaris fort, «die Staatspolizei hat ihn nach Jameson geflogen. Vielleicht ist damals eine Legende entstanden. Ishmael kannte Jeremy. Der Einsiedler kannte mich. Ich war Chef der Mordkommission.»

«Chef der Bürgerwehr.»

«Hmmm.» Er stand vom Schreibtisch auf, fand in einer Ecke des Zimmers seinen Stock und ging zur Terrasse.

Wenig später sah sie ihn mit Schildkröte. Sie hatte sehr feine Ohren, und weil sie von seinen Lippen las und sich sehr konzentrierte, konnte sie das meiste von dem verstehen, was er zu dem Tier sagte.

«Ein Stammeskrieg», sagte der Commissaris. «Katrien ist noch immer eine Idealistin, und das ist gut so. Keineswegs habe ich daran etwas auszusetzen... nein, nein... Aber wir haben ganz einfach ideale Bedingungen. Zwielichtland, Schildkröte. Wilde Irokesenkrieger, die einen Stamm friedlicher Algonkins bedrängen.

Ob ich rationalisiere, Schildkröte? Sicher. Man braucht einen Grund. Das Marihuana ist es nicht. Marihuana ist ein wenig Sand im Getriebe der Welt. Die Räder drehen sich langsamer. Das ist gut für die Umwelt. Weniger stinkender Qualm aus weniger Schornsteinen.

Ob es um Jimmy von nebenan mit seinem Crack geht? Schon besser, Schildkröte.

Es ist scheußlich, wenn man die Dinge überstürzen muß, wie ein schlechter Geruch in der Nase, Schildkröte.

Schildkröte?

Keine Gewalt, hat sie gesagt? Du meinst, es geht auch anders? Ob ich mich an den Schamanen unter dem Banyanbaum erinnere, in Milne Bay, Neuguinea?

Gewiß, gewiß, Schildkröte, wir schicken de Gier doch nicht umsonst ans Ende der Welt. Ja, Schildkröte, ich erinnere mich, was er vom Zauberknochen erzählt hat, o ja.

Wie das geht? Ein Kinderspiel. Man braucht einen Knochen. Man braucht ein paar verwandte Seelen, die ebenso stark fühlen wie man selbst. Man richtet den Knochen auf den paranoiden Irokesen. Man konzentriert sich. Man stellt sich vor, was passieren soll.»

«Ach du meine Güte», sagte Katrien, als sie den Commissaris die Gartentreppe heraufsteigen sah.

«Katrien?»

«Was ist, Jan?»

«Was meinst du», sagte der Commissaris, «diese Lammkeule, die ich im Kühlschrank gesehen habe, könnte man die nicht zum Abendessen kochen?»

«Mit Brüsseler Endivie?»

«Köstlich», sagte der Commissaris, «mag Nellie nicht Brüsseler Endivie ganz besonders gern? Warum laden wir sie nicht ein zum Essen?»

Der Commissaris ging zum Telefon.

21

Lorraine kam mit ihrem Kajak von Bar Island herüber und brachte ihre Kriegspfeife mit. Sie war nicht echt, sie hatte sie nach einem Museumsstück selbst angefertigt. Lorraine war fest überzeugt, daß man die hilfreichen Geister dieses Ortes nur mit Dingen rufen konnte, die diese Gegend hervorgebracht hatte. Der Pfeifenstiel aus «Elchholz», einer Art Weide, war mit einer steinernen Ahle ausgehöhlt worden, die aus jenem Indianerdorf stammte, das einst an Jamesons Stelle hier an der Küste gelegen hatte. Das Birkenholz für den Pfeifenkopf hatte sie selbst geschnitten. Um den Stiel war ein Riemen aus Waschbärfell gewickelt, der zu einer nun ausrangierten Seminolen-Sandale gehört hatte, wie man sie in den Everglades von Florida an Straßenständen verkaufte. Zu dem Federschmuck aus fünf langen Schwungfedern, mit Preiselbeersaft rot gefärbt, hatten die Adler der Gegend beigetragen; es waren bei der Mauser abgeworfene Federn, die sie und Aki am Strand gefunden hatten.

«Seht euch an, was ich während meiner Therapie gebastelt habe, Leute», sagte Lorraine.

Bad George deckte den Küchentisch in der Pagode. Flash backte kleine Brotfladen und verteilte sie auch gleich. Ishmael versuchte, de Giers Vorrat an Obst zu einem Stilleben aus Apfelstücken und Grapefruit zu arrangieren. Bad George hatte auch für gebratenen Speck gesorgt, von dem es ölig auf die Papierservietten tropfte; auf dem Herd brutzelte ein duftiges Omelett.

Zuerst aß man, während die Kriegspfeife, die de Gier mit Angel-
schnur an die Küchenlampe gebunden hatte, über ihren Köpfen
baumelte, unheilschwanger, ein Menetekel trotz der Späße, die
man machte.

Lorraine hatte auch einen Plastikbeutel mit Tabak mitgebracht,
Marke Drum.

«Made in Holland», las de Gier laut von dem Plastikbeutel.

An Vorzeichen war wirklich kein Mangel.

«Beth?» sprach Ishmael in das Mikrofon von de Giers CB-
Gerät. «Willst du mit Aki zum Kaffee vorbeikommen? Ich werde
euch am Dock von The Point abholen.»

Beth war ihr Häuptling, weshalb es ihr zukam, die Kriegspfeife
loszubinden. Lorraine stopfte sie mit dem groben Drum-Tabak.
Aki zündete das Streichholz an.

Die Krieger nahmen einen Zug aus der Pfeife, einer nach dem
anderen.

«Sind wir bereit?» fragte Beth, als die Runde vollendet und die
Pfeife wieder bei ihr angekommen war.

De Gier hob die Hand. «Für den Versuch, unseren Krip hier zu
töten, indem er nichts unternahm, als die Flut ihn in Little Max'
Boot aufs Meer hinaustrieb.»

«Hugh», machte die Versammlung.

«Für das Versenken der *Kathy III*, indem er die Vertäuung löste
und ein Loch in den morschen Rumpf schlug.»

«Hugh.»

«Für den Abschuß von Ishmaels Flugzeug und die mutwillige
Zerstörung seiner Sammlung *von allem*.»

«Hugh.»

«Aber das macht doch nichts», sagte Ishmael, «ich werde diese
neue Sache mit der Farbensymbolik ausprobieren, ich habe doch
noch diese Farbdosen mit Gelb und Orange und den Stapel Sperr-
holz! Und...»

Kein Augenpaar in der Runde, das ihn nicht böse angestarrt
hätte.

«Ich mache nur hugh für das Abschießen, okay?» sagte Ishmael.

«Für das Töten der Seetaucher?» sagte Flash. «Für die Stockenten, den Delphin, die Bären?»

«Hugh.»

Beth hob die Hand. «Dafür, daß er das Mädchen auf der *Macho Bandido* nicht ins Krankenhaus brachte.»

Nachdenkliches Schweigen in der Kriegerrunde.

«Du meinst, daß die Koks-Lady noch zu retten war?»

Beth hatte im Restaurant eine Bemerkung von Billy Boy aufgeschnappt. Er hatte zu Hairy Harry gesagt, daß diese Person seiner Meinung nach tot genug für ein Begräbnis ausgesehen hätte.

«Hugh.»

«Wieso hugh?» fragte Beth.

Grijpstra bat vor weiteren Taten um etwas Aufschub. Da wäre noch ein Algonkin-Häuptling, den er um Rat fragen wollte, ein Häuptling *otium cum dignitate*.

«In Ehren entlassen», sagte de Gier. «Ihr wißt, wie das ist. So ein alter Kauz, dem man verpflichtet ist.»

«Wir wollen nicht unhöflich sein», sagte Grijpstra.

«Er soll sich nicht übergangen fühlen.»

«Hugh», machte Beth.

Warum Beth den Vorsitz des Kriegerrats führte, wurde später von verschiedener Seite verschieden erklärt. Bad George und Flash Fartworth meinten, daß Beths mächtiger Körper einfach beeindruckte. Ishmael meinte, es wäre der Geist in diesem Körper. Beth hatte ihn auf die Idee seiner Sammlung *von allem* gebracht, nachdem er aus der staatlichen Nervenklinik entlassen worden war. Beth hatte in jener Klinik gearbeitet, sie leitete die Wäscherei. Da sie einen weißen Kittel trug, glaubten manche Patienten, daß sie zum medizinischen Personal gehörte. Beth hatte Ishmaels Geisteszustand als normal bezeichnet. «Könnt ihr euch das vorstellen?» sagte Ishmael. «Ich hatte gerade die Religion aufgegeben. Und nichts zu haben, an das man sich halten kann, soll *normal* sein? Und ausgerechnet Beth sagt mir das?»

Aki sagte, daß Beth eben liebenswert sei, Lorraine hielt sie für einen hochanständigen Menschen. Und Grijpstra und de Gier waren doch nur Gäste in dem schönen, großen Land. De Gier hatte auch einen Traum gehabt, es war in Neuguinea, bevor er nach Maine kam. Er hatte ihn geträumt, nachdem er an einem Ritus der Papuas teilgenommen hatte, unter dem Banyanbaum, unter Anleitung des Medizinmanns. In de Giers Traum war ihm das Absolute erschie-

nen. Es erschien in Gestalt eines fetten schwarzen Zahnarztes.
«Aber Beth ist nicht schwarz», sagte Grijpstra. «Beth ist auch keine
Zahnärztin», sagte Aki.

«Wir bräuchten eine Strategie», sagte Ishmael.

«Wir bräuchten ein neues Boot», sagte Bad George.

22

«Korrigiert mich, wenn ich etwas Falsches sage», sagte de Gier,
«aber Salz löst sich im Wasser auf, mit Kokain macht man mehr
Profit als mit Marihuana, und Hairy Harry hat Probleme, sein Geld
loszuwerden.»

«Erzähl mal vom Salz und dem Wasser», sagte Grijpstra.

De Gier war das mit dem Salz klargeworden, während er die al-
gonkinische Kriegspfeife rauchte. Flash, vielleicht auch Bad George
– er hatte vergessen, welcher von beiden es war –, erwähnte die
Salzsäcke, die vor der Treppe auf Rogue Island ins Meer plumpsten.
Rogue Island kam gleich nach Jeremys Insel. Er hatte gesehen, wie
ein Flugzeug ziemlich nah vorbeigeflogen war, und hatte auch den
Sheriff mit dem Polizeiboot dort gesehen, aber nie beides zur selben
Zeit. Offensichtlich war die Besatzung der *Kathy III* Zeuge geworden, wie das Flugzeug Säcke abwarf, und deshalb war das Schiff
versenkt worden. Was passierte, wenn man einen salzgefüllten Sack
ins Meer fallen ließ? Der Sack sinkt. Was passiert, wenn das Salz
sich aufgelöst hat? Der Sack taucht wieder auf, vorausgesetzt man
sorgt für den nötigen Auftrieb.

«Schwimmer von Hummerfallen», sagte Bad George. «Aber von
anderer Farbe als die Schwimmer, die man gewöhnlich vor Rogue
Island benutzt.»

Sehr schön, die ungewöhnlich gefärbten Schwimmer, die nach
dem Auflösen des Salzes auftauchen, hatten also etwas zu bedeuten.
Was? Kokain. Wo war das Kokain? In dem Salzsack, in Dosen vermutlich, die man luftdicht verlötet hatte. Clever. Wußte man, wie
lange das Salz brauchte, um sich aufzulösen, dann konnte man aus-
rechnen, wie lange es dauerte, bis die Schwimmer an der Oberfläche
erschienen. Man brauchte nur zur rechten Zeit dazusein, dann

konnte man bequem Schwimmer und Säcke aus dem Wasser fischen.

«Ich dachte, Hairy Harry wäre im Marihuanageschäft?» fragte de Gier de Gier. Sicher. Aber Rauschgift bleibt Rauschgift, und teures, kompaktes Rauschgift ist besser als voluminöses und billiges Rauschgift. Zehntausend Dollar fürs Kilo sind besser als tausend Dollar fürs Kilo. Aber eines war noch zu klären: Rogue Island war von Sandbänken und Riffen umgeben. Einige davon waren bei Hochwasser nur einige Zentimeter unter Wasser, bei Niedrigwasser waren es wieder andere, die ebenfalls nur Zentimeter unter Wasser waren. Sogar mit einem Dingi dort zu rudern war gefährlich.

«Was soll daran unklar sein?» fragte Grijpstra.

Unklar war, wie der Sheriff mit dem Polizeiboot, ohne Schaden zu nehmen, in diesem tückischen Gewässer kreuzen konnte.

«Die Attrappen», sagte Bad George. Es gab ein Fahrwasser, das im Zickzack zwischen rasiermesserscharfen Riffen hindurchführte und genau vor der Steintreppe der Insel endete. In den Jahren der Prohibition hatte die Insel Schmugglerkönigen gehört. Die Treppe hatte man aus dem Granit der Insel erbaut, damit die Motorboote aus Kanada ihre Fracht rasch entladen konnten. Damals hatte man das Fahrwasser mit den Entenattrappen markiert.

«Stockenten aus Plastik», sagte Flash Fartworth, «sogar mit grünen Köpfen. Hairy Harry und Billy Boy sausen zwischen den Enten durch.»

«Fein ausgedacht», sagte Grijpstra.

Aber, darauf wies Ishmael völlig zu Recht hin, man war auf der Erde, auf dem Planeten des Zufalls. Auch böse Menschen hatten Probleme. Ein Pilot, der zu hoch flog, konnte das Ziel verfehlen. Der letzte Abwurf war fehlgeschlagen, Säcke prallten auf die Felsen und zerplatzten. Schwimmer wurden vom Sturm weggespült, und Hairy Harry und Billy Boy waren fast jeden Tag draußen, in Neoprenanzug und mit Taucherbrille, und suchten den Meeresboden ab.

«Sollen wir sie abknallen, wenn sie aus dem Wasser kommen?» fragte Flash Fartworth.

Grijpstra und de Gier drucksten lange herum. Der Algonkin-Häuptling im Ruhestand, der aus Amsterdam, hätte sich noch nicht geäußert.

«Du hast doch noch deine Schrotflinte?» fragte Bad George Ishmael. «Wir nehmen eine Flinte und die Kajaks von Aki und Lorraine, dann... schleichen... wir... uns... an...»

«... ganz ... ganz ... leise», flüsterte nun Flash Fartworth, «... und WUMMM!» grölten Bad George und Flash.

«Warum nicht?» fragte de Gier Grijpstra am nächsten Morgen, nachdem Grijpstra nach Jameson gerudert war, um mit dem Commissaris zu telefonieren. Jetzt war er zurück und bereitete das Frühstück.

«Ganz unnötig», sagte Grijpstra und schenkte Kaffee ein.

«Ganz unnötig», sagte de Gier und schmierte Butter auf seinen Toast. «Warum ganz unnötig?»

«Sie haben den Knochenzauber probiert», sagte Grijpstra. «Wenn man den Knochen auf jemanden richtet, ganz gleich, wo er ist, und ihn verwünscht und so und dazu singt und was noch alles, dann stirbt derjenige.»

Der Knochenzauber (Grijpstra konnte einfach nicht glauben, daß Nellie und Katrien, bitte schön: *Nellie* und *Katrien*, sich jemals murmelnd über einen Lammknochen beugen würden, während der Commissaris dazu sang – was nur, zum Teufel? Die niederländische Nationalhymne?) hatte wahrscheinlich – höchstwahrscheinlich – kaum etwas mit den Ereignissen zu tun, die nun folgten. Doch Hairy Harry und auch Billy Boy starben.

Unfälle gibt es immer wieder an der Küste von Maine, besonders in Zwielichtland. Fischer segeln in eine Nebelwand und werden nie wieder gesehen. Taucher schwimmen in eine Höhle, verlieren die Orientierung und steigen immer weiter ab anstatt nach oben. Wanderer in den Wäldern werden von Kriebelmücken aufgefressen. Jäger schießen sich gegenseitig tot.

Auch Hairy Harry wurde erschossen, von Billy Boy. Schuld daran hatte Ishmaels Bärenmaske. Aki gab die Maske Little Max, Little Max verkaufte sie an Hairy Harry. Zehn Dollar bekam er dafür, die er in Eiskrem anzulegen gedachte, die von Beth, mit den Schokoladesplittern obendrauf. Hairy Harry und Billy Boy hatten gewettet, wer zuerst den Bären erwischen würde, und Bildah Fartworth hatte einen Preis von tausend Dollar ausgesetzt. Hairy

Harry, mit Bärenmaske und eingesprüht mit einem ganz besonderen Parfum, Duftnote «läufige Bärin», das in einem Jagdkatalog angeboten wurde, versuchte Meister Petz anzulocken. Das war auf Jeremys Insel, im Morgengrauen, und genau da hob Billy Boy seine Büchse und zielte. Was er sah, war ein Bärenkopf. Es war ein guter Schuß mit einer Kugel vom Kaliber 0.308, und Hairy Harrys spitzer Schädel unter dem Bärenkopf war nicht mehr wiederzuerkennen. Billy Boy starb etwas später an diesem Tag, auf der Rückfahrt durch das Entenfahrwasser. Die Staatspolizei, die er über Funk alarmiert hatte, wartete am Dock. Hairy Harrys Leiche war nicht auf dem Polizeiboot, denn der Bär hatte sich in dem Augenblick, als Billy Boy nach ihr sehen wollte, auf sie gestürzt. Das Boot, an die achtzig Kilometer pro Stunde schnell, hätte Jameson in wenigen Minuten erreichen müssen, aber es kam nie an. Die Kriminalpolizei versuchte, den Unfall zu rekonstruieren, und fand schließlich eine zufriedenstellende Erklärung. Irreguläre Winde, man nannte sie «Katzenpfoten», die von nirgendwo zu kommen scheinen, überraschend zupacken, Unheil anrichten und schon wieder abgeflaut sind, mußten die Enten aus ihrer Position geweht haben. Die Markierung des Fahrwassers stimmte nicht mehr. Das Polizeiboot mit Billy Boy am Ruder, der verständlicherweise noch ganz unter dem Eindruck der Ereignisse stand, fuhr gegen ein Riff.

Der Bootsrumpf schoß über den Felsen hinweg, aber die Außenbordmotoren blieben daran hängen. Das Boot überschlug sich rückwärts und begrub Billy Boy unter sich.

Nach einem letzten Hummeressen verabschiedeten sich Grijpstra und de Gier von den listigen Algonkins und fuhren in dem Ford-Produkt zum Bostoner Flughafen. Dort stiegen sie in eine El-Al-Maschine.

Nellie erwartete sie auf dem Amsterdamer Flughafen. De Gier sollte bei ihr und Grijpstra wohnen, er bezog das Dachgeschoß von Nellies Haus, das durch die fehlenden Zwischenwände recht geräumig und fürs erste (obwohl Grijpstra zu Nellie sagte, daß es möglicherweise dabei bleiben würde) mit Badewanne, Bett, Tisch und einem Stuhl möbliert war.

«Wenn man den Knochen auf jemanden richtet», hatte Katrien den Commissaris am Abend vor der Rückkehr Grijpstras und de Giers gefragt, «dann stirbt derjenige doch?»

«Ich fürchte, du hast recht, Katrien.»

«Es war also kein Spaß?»

«Nein, Katrien.»

«Und stirbt derjenige bald?»

«Ziemlich bald», sagte der Commissaris.

«Und das glaubst du wirklich?»

«Katrien», sagte der Commissaris, «selbstverständlich glaube ich das. Der Knochenzauber, richtig ausgeführt nach den Regeln, die de Gier mir genannt hat, ist hohe Magie. Und wir haben alles richtig gemacht. Alle Voraussetzungen stimmten. Wir waren ernsthaft. Du und Nellie, ihr seid aufgeschlossene und fähige Menschen. Ihr habt aus freien Stücken mitgeholfen. Natürlich mußten Hairy Harry und Billy Boy sterben.»

Katrien strickte. Die Nadeln klickten monoton. Im Garten tschilpten die Spatzen. Man hörte die Glocke des Eisverkäufers, der in seinem Lieferwagen den Koninginne-Boulevard, auf der anderen Seite des Hauses, entlangfuhr.

«Was glaubst du wohl, warum ich de Gier nach Neuguinea geschickt habe?» fragte der Commissaris.

Katrien legte ihr Strickzeug beiseite. «Du bist arrogant, Jan. De Gier wollte bei den Papuas leben, bei einem kriegerischen Stamm, der keine Fehde scheute. Er hat jahrelang davon geredet. Palmen, Urwaldlichtungen, Tamtam und halluzinogene Pflanzen...»

«Ich habe seinen Wunsch unterstützt», sagte der Commissaris. «Ich selbst konnte nicht gehen, ich war schon zu gebrechlich.»

«Dann ist de Gier so etwas wie dein verlängerter Arm?»

Der Commissaris schwieg.

«Sei nicht so unhöflich, Jan.»

«Nein», sagte der Commissaris. «Ich bin zu alt, um unhöflich zu sein. Ich sag dir eins, Katrien. Ich habe mich oft genug gefragt, ob es eine Möglichkeit gibt, auf die Dinge einzuwirken, damit es ein bißchen besser läuft. Und auch, wie weit wir gehen können, sollten wir eines Tages unsere Umwelt ein wenig beeinflussen können. Zum gegenseitigen Nutzen, was von einer maßgeblichen Autorität entschieden werden müßte.»

«Etwa von dir, Jan?»

Der Commissaris saß ganz gerade auf seinem Stuhl, die Hände auf den Knien, die Augen weit offen.

«Jan?»

«Ja, Katrien.»

Katrien strickte wieder. Ihre Stimme klang gelassen. «Sag mir doch, wo Grijpstra und de Gier all dieses Geld herhaben?»

«Ich glaube, sie haben es gefunden, Katrien.»

«Wo?»

«Ich glaube nicht, daß man es Nellie erzählen sollte.»

«Nellie weiß es nicht?»

«Grijpstra müßte es ihr sagen», sagte der Commissaris.

«Ich werde es nicht ausplaudern, also sag schon.»

Der Commissaris erzählte Katrien, daß er ziemlich sicher war, daß sie das Geld in einem Haus in der Altstadt gefunden hatten, in der Bloedstraat mitten in der Stadt. Es mußte etwa zwei Jahre her sein. Adjudant Grijpstra und Brigadier de Gier hatten in einer Bar einige Nachforschungen angestellt, und wenige Tage später hatten sie den Dienst quittiert.

«Nachforschungen wegen einer Leiche?» fragte Katrien.

Keine Leiche, ein Vermißter. Ein japanischer Tourist, der später gesund und munter wieder auftauchte. Die Japaner liebten diese Bar in der Bloedstraat.

«Du bist dem nachgegangen?»

Der Commissaris zuckte die Achseln. Natürlich ging er so einer Sache nach. Zog ihn nicht jedes Geheimnis magisch an? Die beiden Männer seiner Abteilung, denen er am meisten vertraute, schieden plötzlich aus und verkündeten, daß sie unmöglich im Dienst bleiben könnten, wenn er, der Commissaris, in Kürze doch pensioniert würde.

«Ist das nicht rührend, Jan?»

«Grijpstra außer Dienst und auf seine Ersparnisse angewiesen? Ein paar Hunderter? De Gier und die Erbschaft seiner Mutter? Ein paar Tausender? Und als nächstes renoviert Grijpstra Nellies Haus, und de Gier fährt nach Neuguinea?»

«Ich erinnere mich», sagte Katrien. «Du liefst herum mit dem

175

breitkrempigen Hut deines Vaters und Onkel Piets runder Brille mit den kleinen Gläsern und trugst den Mantel, den du aus dem Abfall geklaubt hast, und wenn du abends nach Hause kamst, hast du nach Genever gerochen. Also was passierte in der Bloedstraat?»

Wenn man etwas wissen will, muß man in eine Bar gehen. Der Commissaris ging in die Bar in der Bloedstraat; er war in die Rolle eines pensionierten städtischen Angestellten geschlüpft, ein Trinker, der in sich gekehrt am Tresen hockte. Er hörte sich an, was die anderen Trinker, Leute aus der Bloedstraat, zu sagen hatten, und hörte sie von einem Haus nicht weit von der Bar sprechen, das wegen offener Steuerschulden enteignet werden sollte. Dort hatten drei Männer gelebt, Schwarze mittleren Alters, aus Surinam, der ehemaligen holländischen Kolonie an der Ostküste Südamerikas. Die drei hätten mit französischen und belgischen Francs nur so um sich geworfen, hätten Maseratis gefahren, die sie umgehend gegen neue Maseratis tauschten, wenn der Aschenbecher voll oder der Kassettenrecorder kaputt war. Und Maseratis wären italienische Sportwagen, die mindestens eine Viertelmillion Gulden kosten würden. Solche Surinam-Typen wären einfach verrückt nach nagelneuen Maseratis, hieß es.

«Aber sie waren nicht mehr da, Jan?»

Die Autos waren noch dagewesen, verlassen und von Vandalen heimgesucht, hatten sie in der Bloedstraat gestanden. Als Grijpstra und de Gier in der Bar davon hörten, hatten sie die Wagen zum Polizeipräsidium schleppen lassen. Es stellte sich heraus, daß Bußgelder unbezahlt geblieben waren, also versteigerte man die Autos. Die Differenz zwischen Bußgeldern und Erlös war beträchtlich.

«Aber niemand meldete Ansprüche auf das Geld an?»

Niemand kam, um einige hunderttausend Gulden zu kassieren. Der Commissaris wandte sich ans Rauschgiftdezernat. Die wußten ganz vage von dem Haus in der Bloedstraat, man hatte die Verdächtigen überwacht.

«Was für ein Verdacht, Jan?»

Es gab wohl eine Verbindung nach Südamerika. Vanderveld, der mittlerweile auch pensionierte Chef des Rauschgiftdezernats, hatte den Verdacht, daß in den tiefgefrorenen Dosen mit Fruchtsaft, die von Paramaribo nach Amsterdam verschifft wurden, Kokain geschmuggelt wurde. Paramaribo war die Hauptstadt Surinams, die Importgesellschaft für Fruchtsaft gehörte den drei Maserati-Fahrern, und das Kokain wurde im Amsterdamer Hafen von den französischen und belgischen Kunden in Empfang genommen. Commissaris Vanderveld hielt das Haus in der Bloedstraat lediglich für den Wohnsitz der Dealer. Die drei Männer waren selbst kokainsüchtig.

«Aha», sagte Katrien.

«Du siehst schon klarer?» fragte der Commissaris.

«Panik?» fragte Katrien. «Die süchtigen Surinamesen glaubten, daß man sie beobachtete, daß sie jederzeit festgenommen werden konnten, und liefen davon?»

Der Commissaris nickte. Kokainsüchtige reagierten oft völlig unvorhersehbar. Nachdem er so weit gediehen war, fragte er in Surinam an, wo das niederländische Justizministerium einige Informanten beschäftigte. Es gab ein Gerücht in Paramaribo, wonach die drei Verdächtigen bei ihrer Rückkehr von der Militärpolizei verhaftet wurden. Das Gerücht besagte auch, daß die Behörden, die den Fruchtsaftimporteuren das Kokain überlassen hatten, für einige vorangegangene Lieferungen bezahlt werden wollten. Die drei Verdächtigen hatten kein Geld bei sich. Sie waren ziemlich stümperhaft gefoltert worden und starben, bevor sie den Militärpolizisten sagen konnten, wo das Geld versteckt war.

«Ach», sagte Katrien, «und Grijpstra und de Gier haben es gefunden? Versteckt in dem Haus in der Bloedstraat?» Sie legte die Hand auf den Mund. «Du lieber Himmel, Jan, ist das zu fassen? Ein verstecktes Kellergewölbe, in dem ganze Millionen gestapelt sind?»

Der Commissaris glaubte schon, daß sie einen Berg von Geld gefunden hatten. Die kleinen Scheine in französischer und belgischer Währung, typisches Drogengeld, wie es die Dealer in den Straßen von Paris und Brüssel kassierten, hatten Probleme bereitet. Geldwäsche in großen Beträgen war in Amsterdam nicht einfach, schon gar nicht für Schwarze mit Surinam-Akzent. Man hatte schon öfter große Summen gefunden, die von Dealern zurückgelassen wurden; das Geld fiel an die Staatskasse.

«Und verschwand?»

Es verschwand im Räderwerk des Staatsapparates. Oder wurde in Projekten verschleudert, die gar nicht funktionieren konnten, aber die Anstellung gutbezahlter Beamter erforderten. Der Ruf der niederländischen Polizei, besonders in Amsterdam, war nicht mehr der beste. Böse Menschen behaupteten, daß nur eines von zehn Verbrechen aktenkundig wurde. Eines von vier aktenkundigen Verbrechen wurde aufgeklärt. Verdächtige wurden freigelassen, weil es nicht genug Gefängniszellen gab. Süchtige Prostituierte verbreiteten Krankheiten. Arbeitslose Einwanderer rotteten sich zu Banden zusammen, die Läden ausraubten und alte Leute überfielen.

Katrien schüttelte den Kopf. «Sie haben es einfach behalten? Kannst du das gutheißen, Jan?»

«Vor diesem Hintergrund?» sagte Commissaris. «Ja.»

«Keiner der beiden macht sich doch etwas aus Geld», sagte Katrien.

«De Gier will sich ein Auto kaufen», sagte der Commissaris.

«Einen Maserati?»

«Einen Citroën 2 CV, gebraucht. Für dreitausend oder so. Ein verrücktes, aber ganz praktisches Auto, das man auf der Straße stehenlassen kann, ohne daß es gestohlen wird.»

«Katrien?» fragte der Commissaris. «Ich habe hier diesen Prospekt über die Kreuzfahrt. Es ist ein kleines Schiff, es gehört einer Naturschutzorganisation. Ziemlich luxuriös, mit sehr gut ausgestatteten Kabinen. Nächsten Monat geht es los. Vogelkundliche Exkursionen an der Küste von Maine. Wir brauchen bloß mit der El Al nach Boston fliegen, und da ich mich in letzter Zeit schon viel besser gefühlt habe...»

24

Einige Wochen später wurde von einem Schiff, das in der Bucht von Jameson ankerte, ein Schlauchboot zu Wasser gelassen. *Lazy Loon* hieß das Schiff, das einer Naturschutzorganisation gehörte, und Loon bedeutet Seetaucher. Es war schon Ende Herbst, und der Commissaris trug seinen Schaffellmantel. Katrien konnte ihn an diesem Tag nicht besonders gut leiden, aber es reichte immerhin zu einem Winken.

Der junge Mann am Ruder des Schlauchboots, ein Student der

Meeresbiologie, konnte gar nicht anders als seinen Passagier auf die
Seehunde, die Kegelrobbe, die Rückenflossen einiger Delphine und
die beiden Seetaucher aufmerksam zu machen, bevor er ihn im Hafen
vor *Beth's Restaurant* absetzte.

«Akiapola'au?» fragte der Commissaris. «Dieser Vogel, von dem
Sie Ihren Namen haben.»

«Ist das Algonkin-Sprache?» fragte Aki. «Das kann man ja gar
nicht aussprechen. Aber Sie haben einen holländischen Akzent. Sie
müssen dieser wichtige Mann aus Amsterdam sein. Wie geht es
Rinus und Krip?... Beth, schau mal, wer da ist.»

Beth brachte Blaubeer-Muffins.

Aki setzte sich zu ihm. «Beth und ich, wir wollen nach Hawaii
gehen.»

«Für immer?» fragte der Commissaris.

«Für einige Zeit», sagte Aki. «Wir können es uns jetzt leisten.
Werden Sie sich anschauen, was Ishmael aus der Fabrik gemacht
hat? Werden Sie uns davon erzählen?»

«Bad George?» fragte der Commissaris. «Flash Fartworth?»

Beth brachte einen krabbengefüllten Pfannkuchen und noch
etwas Kaffee. «Die *Kathy IV* kreuzt gerade vor Eggemoggin Reach,
sie haben es eben durchgegeben. Sie wollen Makrelen fischen. Ishmael
ist ihnen gestern nachgeflogen, seine neue Cessna ist ein Wasserflugzeug.
Die drei werden sich's da unten gutgehen lassen.»

«Die vier», sagte der Commissaris.

Die Frauen lachten. «Sie kennen auch Kathy II?»

Auch Kathy II ging es gut.

«Lorraine?» fragte der Commissaris.

Lorraine war wieder in New York und hielt Vorlesungen über ihr
Seetaucherprojekt. Sie traf sich mit ihrem geschiedenen Mann, der
ihr nicht verschwiegen hatte, daß er wieder verheiratet war. Sie traf
sich auch mit seiner Frau.

«Bildah Fartworth?»

Beth fuhr ihn zu Bildah Fartworths Villa oben auf dem Berg, die
früher Hairy Harry gehört hatte. Bildah war zu Hause. Beth stellte
den Commissaris vor. «Sie beide haben zu reden», sagte sie, bevor
sie wegfuhr.

Bildah, ein kleiner älterer Mann mit markanten, aber nicht unangenehmen
Zügen, trug eine randlose Brille, einen Filzhut auf dem

kahlen Kopf und eine pelzgefütterte Jacke («Sie haben bemerkt, wie ähnlich wir uns sehen?»). Er wollte mit dem Commissaris einen Spaziergang machen.

«Wissen Sie», sagte Bildah, «wenn hierzulande einer angeklagt wird, dann sagt er: ‹Ich habe nichts Böses getan.›»

«Ich klage Sie nicht an», sagte der Commissaris.

«Sie sind pensioniert, habe ich gehört», sagte Bildah. «Hairy Harry hat das überprüft, Sie wissen doch, der frühere Sheriff. Er hatte großen Respekt vor Ihnen.»

«Und Sie haben nichts Böses getan», sagte der Commissaris.

Sie gingen unter Bäumen mit roten und gelben Blättern, an einem Palisadenzaun entlang, der mit scharlachroten Ranken überwachsen war. Am Fuß des Hügels breitete sich die Bucht von Jameson aus. «Schön hier», sagte der Commissaris.

Bildah nickte. «Wir können uns nicht beklagen.» Er berührte den Commissaris am Ärmel. «Genaugenommen habe ich nichts Böses getan.»

«Das Mädchen war tot, als Sie sie auf der *Macho Bandido* fanden?» fragte der Commissaris.

«Hairy Harry hat es gesagt.» Bildah blickte über die Bucht, wo man die Jacht an ihrem Liegeplatz sehen konnte. «Er hat das Boot für sich beansprucht. Ich habe das Mädchen nie gesehen.»

«Die Jacht gehört jetzt Ihnen?»

So war es. Bildah erzählte, daß Hairy Harry verheiratet war, aber kinderlos. Die Witwe wollte alles verkaufen und wegziehen. Sie verkaufte das Haus an Bildah.

«Zu dem Preis, den Hairy Harry Ihnen bezahlt hat? Ein Fünftel des Werts? Von denen ein Viertel erst beglichen war? Sie gaben ihr fünfundzwanzigtausend Dollar, und sie ging?»

Und weitere fünfzigtausend Dollar für die Jacht, sagte Bildah. Er hatte nichts Böses getan. Ihm fiel alles zu. Geld, Häuser, Boote.

«Und Sie halten Ihre Hand auf?» fragte der Commissaris freundlich.

«Natürlich. Ich wollte immer schon reich sein.» Bildah lächelte. «Gut zu leben heißt, dem Leben ein Schnippchen zu schlagen. Die beste Revanche. Und Sie, sind Sie auch reich?»

Der Commissaris mußte nachdenken. «Ja. Ich habe viel mehr, als ich ausgeben kann.»

Sie genossen den Ausblick.

«Ich glaube nicht an Schuld», sagte Bildah. «Ich halte mehr von Wißbegierde. Und von Luxus.»

Der Commissaris blickte über die Bucht von Jameson, die Inseln, das bunte Herbstlaub, das endlose Meer, die Jacht, die zum Auslaufen bereit war.

«Ein schönes Plätzchen.»

«Ich sollte eigentlich auf dem Meer sein», sagte Bildah. «Ich wollte mir heute das Kreuzfahrtschiff anschauen, aber Little Max mußte zum Zahnarzt, und allein komme ich mit der *Macho Bandido* nicht zurecht.»

Sie gingen weiter. «Ihre Männer haben gute Arbeit geleistet», sagte Bildah. «Hairy Harry und Billy Boy hatten ihr Geld in einem Versteck. Ihre Männer müssen Ishmael & Co. gesagt haben, wo sie suchen müssen. Das Geld entschädigte sie für das, was sie verloren hatten. Jedermann konnte zufrieden sein.»

«War es auf Jeremys Insel?» fragte der Commissaris.

Bildah nahm es an.

«Viel Geld?»

Ein schöner Batzen, glaubte Bildah.

«Bedauern Sie, daß es nicht an Sie ging?»

Bildah lächelte. Er hatte andere Möglichkeiten.

«Was ist mit den Salzsäcken und den Marihuanalieferungen?»

«Das ist jetzt Big Max' Angelegenheit», sagte Bildah. «Aber der neue Sheriff wird wohl ein Wörtchen mitreden.»

«Er wird es selber in die Hand nehmen?»

Das glaubte Bildah nicht. Vielleicht würden sie einen ehrlichen Sheriff bekommen. Wenn ja, dann mußte das Geschäft etwas weiter nach Norden verlagert werden.

«Eine Frage», sagte der Commissaris. «Warum haben Sie Hairy Harry nicht unterstützt? Sie waren hier, ich dagegen weit vom Schuß. Sie hätten ihn und Billy Boy doch unter Ihre Fittiche nehmen können, nicht?»

«Ich wollte nicht», sagte Bildah.

«Sie mochten den Sheriff nicht?»

Die beiden alten Männer saßen auf einem Felsen und bewunderten schweigend das Panorama. «Ein rücksichtsloser Mensch», sagte Bildah. «Er hat Croakie totgeschossen.»

Croakie war Bildahs Rabe, den er als Nestling gefunden und aufgezogen hatte. Vielleicht war er aus dem Nest gefallen, vielleicht gestoßen worden. Croakie war auf einem Auge blind und hatte ein lahmes Bein, und sein Platz war auf Bildahs Schulter. «Ich habe keine Familie», sagte Bildah. «Haben Sie ein Haustier?»

Der Commissaris erzählte von Schildkröte.

Mit Reptilien kannte sich Bildah nicht aus, er liebte Vögel. Und am allermeisten hatte er Croakie geliebt. Wollte Croakie Bildah aufheitern, dann flog er mit dem Bauch nach oben durch die Gegend. Er konnte eine Reihe von Schimpfwörtern aufsagen, und er tat es mit Bedacht. «Croakie flog immer frei herum, natürlich. Er hatte sein eigenes Fenster, das er selbst öffnen konnte, und kam zum Schlafen immer in mein Zimmer.»

Bildah erzählte, daß den Sheriff und seinen Deputy hin und wieder der Blutrausch überkam; dann schossen sie auf alles, was sich bewegte, daß es Schrot vom Himmel regnete. Sie schossen auf Spatzen, auf Möwen, auf Croakie.

«Sie jagen nicht?» fragte der Commissaris.

«Nicht mehr seit Korea.» Bildah war im Krieg gewesen, als Sanitäter.

«Aber es macht Ihnen nichts aus, Drogen unter die Leute zu bringen?»

«Die Drogenlawine ist sowieso nicht mehr aufzuhalten», sagte Bildah. «Ich selber mache mir nichts aus dem Zeug. Man sollte es legalisieren, meinen Sie nicht? Wie Alkohol auch?»

Der Commissaris meinte, daß es darauf vielleicht hinauslaufen würde. Bildah fuhr den Commissaris zurück zum Hafen.

«Ist Akiapola'au wirklich so schön, wie alle sagen?» fragte Katrien, während man dem Commissaris die steile Gangway des Schiffs hinaufhalf. «Fahren wir jetzt nach Hawaii?»

An diesem Abend, als sie in ihrer Kabine saßen, während die *Lazy Loon* träge auf den leichten Wellen der Bucht von Jameson schaukelte, während der Vollmond groß und still am Himmel stand und drüben bei Squid Island die Seetaucher kicherten, sagte der Commissaris, daß er es nie und nimmer verstehen würde.

«Was denn verstehen, Jan?»

Niemals würde er begreifen, sagte der Commissaris, wie es soviel Schönheit geben könne.

Sjöwall / Wahlöö

«Man konnte zwar schon 1963 die zunehmende Versumpfung der schwedischen Sozialdemokratie voraussehen, aber andere Dinge waren völlig unvorhersehbar: die Entwicklung der Polizei in Richtung auf eine paramilitärische Organisation, ihr verstärkter Schußwaffengebrauch, ihre groß angelegten und zentral gesteuerten Operationen und Manöver... Auch den Verbrechertyp mußten wir ändern, da die Gesellschaft und damit die Kriminalität sich geändert hatten: Sie waren brutaler und schneller geworden.»
Maj Sjöwall

Maj Sjöwall / Per Wahlöö
Die Tote im Götakanal
(rororo 22951)
Nackte tragen keine Papiere. Niemand kannte die Tote, niemand vermißte sie. Schweden hatte seine Sensation...

Der Mann, der sich in Luft auflöste
(rororo 22952)

Der Mann auf dem Balkon
(rororo 22953)
Die Stockholmer Polizei jagt ein Phantom: einen Sexualverbrecher, von dem sie nur weiß, daß er ein Mann ist...

Endstation für neun
(rororo 22954)

Alarm in Sköldgatan
(rororo 22955)
Eine Explosion, ein Brand – und dann entdeckt die Polizei einen Zeitzünder...

Und die Großen läßt man laufen
(rororo 22956)

Das Ekel aus Säffle
(rororo 22957)
Ein Polizistenschinder bekommt die Quittung...

Verschlossen und verriegelt
(rororo 22958)

Der Polizistenmörder
(rororo 22959)

Die Terroristen
(rororo 22960)

Maj Sjöwall / Tomas Ross
Eine Frau wie Greta Garbo
(rororo 43018)

«**Sjöwall/Wahlöös** Romane gehören zu den stärksten Werken des Genres seit Raymond Chandler.»
Zürcher Tagesanzeiger

Weitere Informationen in der **Rowohlt Revue**, kostenlos im Buchhandel, und im **Internet:** www.rororo.de

Colin Dexter

«Dexter ist allen anderen Autoren meilenweit voraus.»
The Literary Review

«Seit Sherlock Holmes gibt es in der englischen Kriminalliteratur keine interessantere Figur als Chief Inspector Morse ...»
Süddeutsche Zeitung

Ihr Fall, Inspector Morse
Stories
(43148)

Der letzte Bus nach Woodstock
(22820)

...wurde sie zuletzt gesehen
(22821)

Die schweigende Welt des Nicholas Quinn
(23220)

Eine Messe für all die Toten
(22845)
Ausgezeichnet mit dem Silver Dagger der britischen Crime Writers' Association.

Die Toten von Jericho
(22873)
Ausgezeichnet mit dem Silver Dagger der britischen Crime Writers' Association.

Das Rätsel der dritten Meile
(42806)
«... brillant, komisch, bizarr und glänzend geschrieben.»
Südwestpresse

Hüte dich vor Maskeraden
(23221)
«Ein intelligenter Krimi zum Mit-Denken. So etwas ist selten.»
Frankfurter Rundschau

Mord am Oxford-Kanal
(42960)
Ausgezeichnet mit dem Gold Dagger der britischen Crime Writers' Association.

Finstere Gründe
(43100)
Ausgezeichnet mit dem Gold Dagger der britischen Crime Writers' Association.

Die Leiche am Fluß
(23222)
«... ganz vorzüglich.»
Süddeutsche Zeitung

Der Tod ist mein Nachbar
(23223)
«... ein weiteres listig-verschlungen konstruiertes Kriminalrätsel aus der meisterlichen Hand von Colin Dexter.»
The New York Times Book Review

Und kurz ist unser Leben
(22819)

Weitere Informationen in der **Rowohlt Revue**, kostenlos im Buchhandel, und im **Internet:** www.rororo.de

Ruth Rendell

«Mich fasziniert jedesmal wieder, wie leise-harmonisch die Romane von **Ruth Rendell** beginnen, wie verständlich und normal die ersten Schritte sind, mit denen die Figuren ins Verhängnis laufen. Ruth Rendells liebevoll-ironisch geschilderte Vorstadtidyllen sind mit einer unterschwelligen Spannung gefüllt, die atemlos macht.»
Hansjörg Martin

Dämon hinter Spitzenstores
(23072)
Ausgezeichnet mit dem Gold Dagger 1975, dem begehrtesten internationalen Krimi-Preis.

Die Grausamkeit der Raben
(26328)
«... wieder ein Psychothriller der Sonderklasse.»
Cosmopolitan

Die Verschleierte
(23071)

Die Masken der Mütter
(42723)
Ausgezeichnet mit dem Silver Dagger.

In blinder Panik
(23074)
«Ruth Rendell hat sich mit diesem Krimi selbst übertroffen: die Meisterin der Spannung ist nie spannender zu lesen gewesen.»
Frankfurter Rundschau

Sprich nicht mit Fremden
(23073)

Die neue Freundin *Kriminalstories*
(42778)

Der Fieberbaum *Kriminalstories*
(43004)

Durch das Tor zum Himmlischen Frieden
(42684)

Der Pakt
(43293)

«**Ruth Rendell** – die beste Kriminalschriftstellerin in Großbritannien.»
Observer Magazine

rororo Unterhaltung

Weitere Informationen in der **Rowohlt Revue**, kostenlos im Buchhandel, und im **Internet:** www.rororo.de

3017/9

Virginia Doyle

Virginia Doyle ist das Pseudonym einer mehrfach ausgezeichneten Krimiautorin. Im Rowohlt Taschenbuch Verlag sind folgende Titel lieferbar:

Die schwarze Nonne
(43321)
Wir schreiben das Jahr 1876: Jacques Pistoux, französischer Meisterkoch und Amateurdetektiv, löst seinen ersten Fall auf dem Gut des Lords von Kent, bei dem er eine Stelle als Leibkoch angenommen hat.

Kreuzfahrt ohne Wiederkehr
(43352)
Nach seinem Abenteuer bei dem Lord von Kent beschließt Jacques Pistoux, dem britischen Inselleben den Rücken zu kehren und mit einer amerikanischen Reisegesellschaft eine Kreuzfahrt auf dem Mittelmeer zu wagen. Doch auch hier zieht der Meisterkoch das Verbrechen an wie der Honig die Fliegen.

Das Blut des Sizilianers
(43356)
Nach seinem Kreuzfahrtabenteuer hat es Jacques Pistoux nach Sizilien verschlagen, wo er ganz unfreiwillig zum ersten Undercover-Agenten der italienischen Justiz wird, die ihn als Küchenjungen auf dem Landsitz eines Mafia-Paten einsetzt ...

Tod im Einspänner
(43368)
Im Jahr 1879 verlassen der junge Meisterkoch und seine adelige Geliebte Charlotte Sophie Sizilien und erreichen nach einer abenteuerlichen Odyssee Wien.

Die Burg der Geier *Ein historischer Kriminalroman*
(22809)
Jacques Pistoux befindet sich auf dem Weg nach Frankreich. In Heidelberg engagiert ihn ein adeliger Landsmann ...
Und wieder begibt sich der junge Meisterkoch in ein schmackhaftes Abenteuer.
«Ein wahrhaft appetitliches Lesevergnügen.» *Norbert Klugmann*

Das Totenschiff von Altona
(23153)
Der neue Fall von Jacques Pistoux: Viel Spannung und historisches Hamburg-Flair!

Weitere Informationen in der **Rowohlt Revue**, kostenlos im Buchhandel, und im **Internet:** www.rororo.de

Martha Grimes

Die Amerikanerin **Martha Grimes** gilt zu Recht als die legitime Thronerbin Agatha Christies. Mit ihrem Superintendent Jury von Scotland Yard belebte sie eine fast ausgestorbene Gattung neu: die typisch britische «Mystery Novel», das brillante Rätselspiel um die Frage «Wer war's?».
Martha Grimes lebt, wenn sie nicht gerade in England unterwegs ist, in Maryland/USA.

Inspektor Jury küßt die Muse
Roman
(rororo 12176 und in der Reihe Großdruck 33129)

Inspektor Jury schläft außer Haus Roman
(rororo 15947 und in der Reihe Großdruck 33146)

Inspektor Jury spielt Domino
Roman
(rororo 15948)

Inspektor Jury sucht den Kennington-Smaragd Roman
(rororo 12161)

Was am See geschah Roman
(rororo 13735)

Inspektor Jury bricht das Eis
Roman
(rororo 12257 und in der Reihe Großdruck 33152)

Inspektor Jury spielt Katz und Maus Roman
(rororo 13650 und in der Reihe Großdruck 33135)

Inspektor Jury geht übers Moor
Roman
(rororo 13478)

Inspektor Jury lichtet den Nebel
Roman
(rororo 13580)

Inspektor Jury steht im Regen
Roman
(rororo 22160)

Inspektor Jury gerät unter Verdacht Roman
(rororo 13900)

Mit Schirm und blinkender Pistole Roman
(rororo 13206)

«Es ist das reinste Vergnügen, diese Kriminalgeschichten vom klassischen Anfang bis zu ihrem ebenso klassischen Ende zu lesen.».
The New Yorker

Weitere Informationen in der **Rowohlt Revue**, kostenlos in Ihrer Buchhandlung oder im **Internet: www.rororo.de**

rororo Unterhaltung

3233/10